U0109352

古典詩歌研究彙刊

第三一輯

龔鵬程 主編

第 7 冊

剛健、婀娜孰短長
——清代「豪放」「婉約」詞論研究

趙銀芳 著

國家圖書館出版品預行編目資料

剛健、婀娜孰短長——清代「豪放」「婉約」詞論研究／趙銀芳
著 -- 初版 -- 新北市：花木蘭文化事業有限公司，2022〔民
111〕
目 2+198 面；17×24 公分
（古典詩歌研究彙刊 第三一輯；第 7 冊）
ISBN 978-986-518-680-7（精裝）
1.CST：清代詞 2.CST：詞論
820.91　　　　　　　　　　　　　　　　　110022041

ISBN-978-986-518-680-7

9 789865 186807

古典詩歌研究彙刊
第三一輯　第 七 冊　　　　　ISBN：978-986-518-680-7

剛健、婀娜孰短長
──清代「豪放」「婉約」詞論研究

作　　　者　趙銀芳
主　　　編　龔鵬程
總 編 輯　杜潔祥
副總編輯　楊嘉樂
編輯主任　許郁翎
編　　　輯　張雅淋、潘玟靜、劉子瑄　美術編輯　陳逸婷
出　　　版　花木蘭文化事業有限公司
發 行 人　高小娟
聯絡地址　235 新北市中和區中安街七二號十三樓
　　　　　電話：02-2923-1455／傳真：02-2923-1452
網　　　址　http://www.huamulan.tw 信箱 service@huamulans.com
印　　　刷　普羅文化出版廣告事業
初　　　版　2022 年 3 月
定　　　價　第三一輯共 7 冊（精裝）新台幣 13,000 元　　版權所有‧請勿翻印

剛健、婀娜孰短長
——清代「豪放」「婉約」詞論研究

趙銀芳 著

作者簡介

趙銀芳，女，中國國家圖書館副研究館員，中國人民大學文學博士，主要研究方向是中國古代文學、文獻及典籍文化，偏重於古典詩詞。出版、撰有《節日中的古詩詞》（中國輕工業出版社）《白居易》（中華書局）等書籍，發表學術論文近三十篇，另有數十篇文化評論、散文類作品見於《人民日報》（海外版）《光明日報》等。

提　要

　　詞之研究若只有內容，忽略理論，就好比生靈之徒有血肉，而失其骨骼，「豪放」「婉約」問題即為詞之「骨骼」問題的探討，有助於大家更好地瞭解詞這種文學樣式。此題為我國詞學研究重要論題，也是詞作風格、詞體正變、詞學思想領域多重交叉命題，自宋代始就爭論不休，至今懸而未解，文獻搜集和系統歸納研究的缺失是一大特點。葉恭綽曰：「蓋詞學濫觴於唐，滋衍於五代，極於宋而剝於明，至清乃復興。」在清代這一詞學發展鼎盛期，筆者盡力搜集文獻資料，針對「豪放」「婉約」呈現方式如何，究竟是否形成了詞派？內涵外延是如何演化的？有無規律可循？和文學團體之間關係怎樣？等問題進行探討，以「豪放」「婉約」為切入點和線索，貫穿清代詞學發展歷程，以小見大。本書以「清代『豪放』『婉約』詞論」為研究對象，正文為五章，前有緒論，後有結語，加參考書目，共八部分。

　　第一章對「豪放」「婉約」進行溯源，勾勒出其早期語辭意義及文學理論內涵形成和發展的宏觀軌跡，用文獻還原歷史事實，充分把握先秦至明代「豪放」「婉約」的語詞及文學理論內涵。第二章介紹詞話、詞籍序跋、詞選、論詞詩詞這四種清代主要詞論載體，闡釋清代「豪放」「婉約」詞論的大略存在方式。論述重點集中在第三至五章，選取詞話、詞籍序跋、詞選、論詞詩詞中相關詞論，結合文學團體和重要詞人詞論，分別對清代前、中、清末民初「豪放」「婉約」詞論進行解析，探索「豪放」「婉約」詞論內容及呈現規律。選取的代表性詞派有雲間派、廣陵詞壇、陽羨派、浙西詞派、常州詞派等；詞人代表有納蘭性德、譚瑩、鄧廷楨、謝章鋌、劉熙載、譚獻、馮煦、陳廷焯、王國維、梁啟超等。

　　蘇軾在論及書法時云：「端莊雜流麗，剛健含婀娜」，同樣適用於詞的「豪放」「婉約」問題。更何況，此論題何嘗不是我國「剛健」「婀娜」等傳統美學中的重要組成部分呢？遂以此為題，試圖管中窺豹。若能對文藝理論大命題有所裨益，亦是令筆者萬分榮幸之事。

前　圖

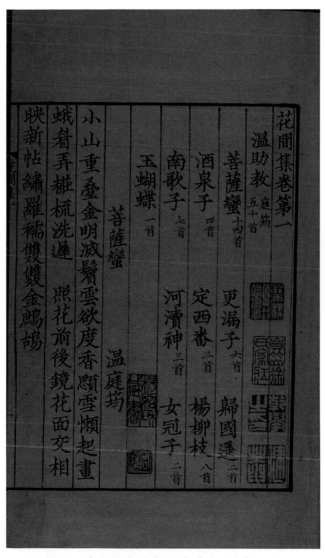

圖一　中國國家圖書館藏《花間集》十卷

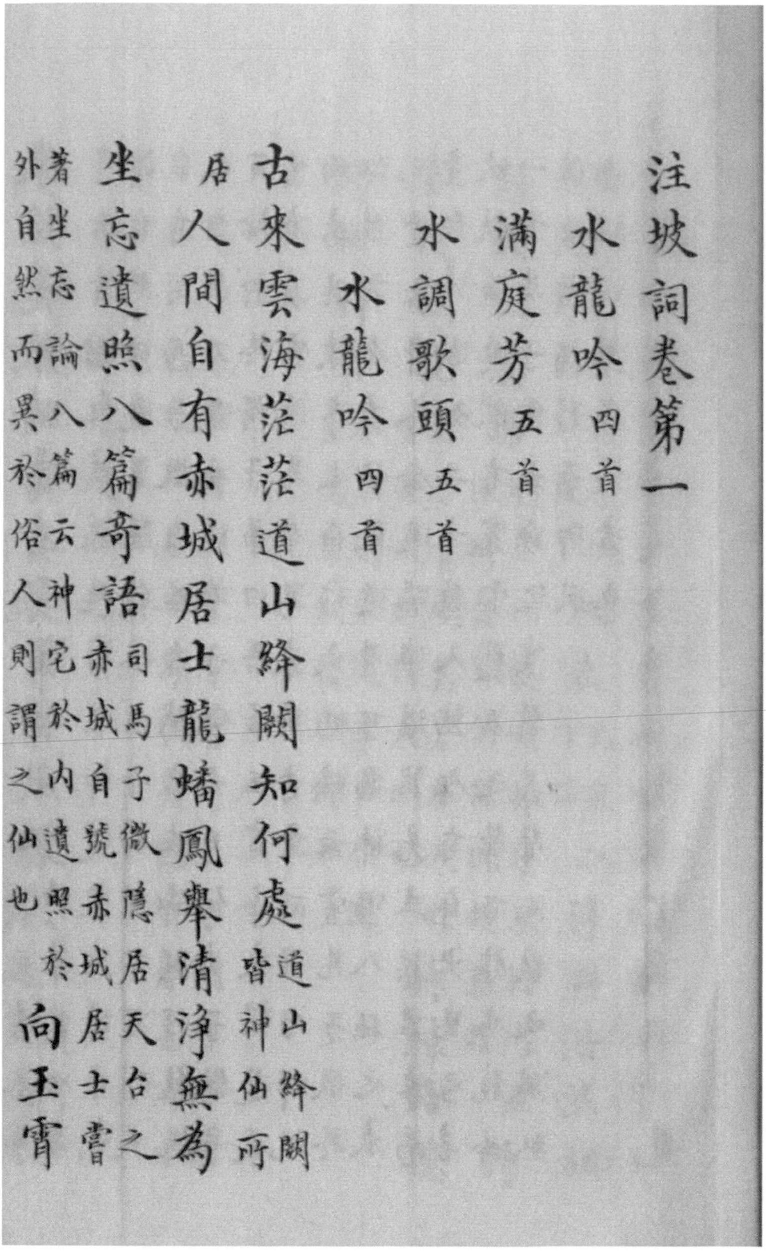

注坡詞卷第一

水龍吟 四首

滿庭芳 五首

水調歌頭 五首

水龍吟 四首

古來雲海茫茫道山絳闕知何處皆神仙所 道山絳闕

居人間自有赤城居士龍蟠鳳舉清淨無為 司馬子微隱居天台之贊

坐忘遺照八篇奇語 赤城居士嘗著坐忘論八篇云神宅於

外自然而異於俗人則謂之仙也 內遺照於外著坐忘論八篇云神宅於

向玉霄 內遺照於外自然而異於俗人則謂之仙也

圖二　中國國家圖書館藏《注坡詞》

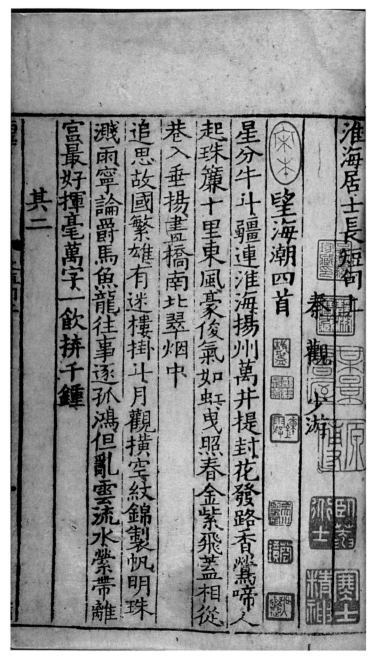

圖三　上海博物館藏《淮海居士長短句》三卷

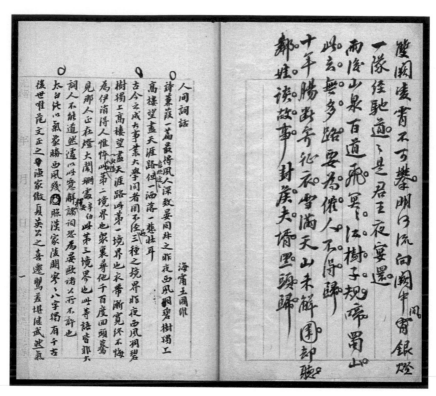

圖四　中國國家圖書館藏王國維《人間詞話》手稿

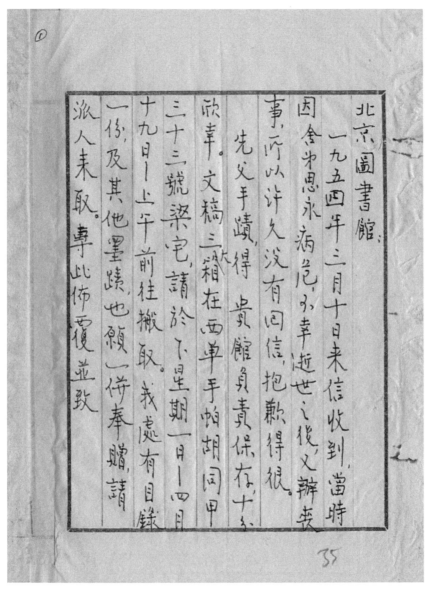

北京圖書館：

一九五四年三月十日來信收到，當時因舍弟思永病危，不幸逝世，之後又辦喪事，所以許久沒有回信，抱歉得很。

先父手蹟，得貴館負責保存，十分欣幸。文稿三箱在西單手帕胡同甲三十三號梁宅，請於下星期一日－四月十九日－止，午前往搬取。我處有目錄一份，及其他墨蹟，也願一併奉贈，請派人來取。專此佈覆並致

圖五　梁啟超之女梁令嫻贈書函1

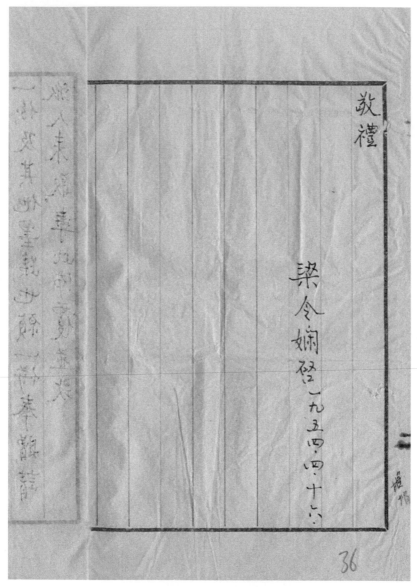

圖六　梁啟超之女梁令嫺贈書函2

目

次

緒　論

第一節　選題意義

　　「豪放」「婉約」是我國文學及批評領域的重要範疇，具有豐富的文學和美學內涵及理論意義，充分認識它們，在傳統文化研究中意義重大。詞學是隨著詞這種源於詩，但又有別於詩的後起文學樣式的發展而逐漸形成的一門重要學科。清代是詞學發展的鼎盛期，表現在詞的大量創作，詞學流派的紛紜多樣，詞學理論的繁榮等許多方面，所以，把「豪放」「婉約」詞論放到清代詞學背景下去探討有其必要性。

　　從先秦時期開始，「豪放」「婉約」及它們的有機組成部分「豪」「放」「婉」「約」等語辭就不斷出現在文學作品、史學著作及批評理論中，對豐富我國語言文字的內涵及文學批評的發展起到了積極的作用，深入理解「豪放」「婉約」有助於我們透過形態紛紜的表象，從更高程度上把握住文字的美及文學的奧妙，從而深化審美認識。具體到詞學領域，深入理解「豪放」「婉約」，有助於我們深入理解詞，更好地把握這種文學樣式的核心及特徵。簡言之，「豪放」「婉約」問題是詞學領域的大問題，從宋代開始就一直存在著爭論，直至當代，該問題都沒有得到很好的解決。「豪放」「婉約」哪個是詞的本色？「豪放詞派」「婉約詞派」是否存在？豪放詞好還是婉約詞好，還是二者均為詞所納，平分

秋色？這些問題困擾了人們近千年。清代是詞學理論的高峰期，舉例來講，目前最大的詞話總集是唐圭璋編《詞話叢編》，共收詞話 85 種，其中清代詞話有 68 種，加上附錄中的 3 種，清詞話有 71 種之多，佔了三分之二還要多，說明清代詞論之豐富，從側面告訴我們清詞論在詞學史上地位的重要性，突出了清朝「豪放」「婉約」詞論研究中的必要性。但是，作為源頭的北宋和上游的南宋、金、元、明時期的接受史，也自有其不可替代的意義，為後代詞論的發展做了厚重的鋪墊。此外，清代還有論詞之詩和論詞之詞及諸多清詞選本序跋等，這些批評資料裏，「豪放」「婉約」論佔了大量筆墨。

一直以來，「豪放」以蘇、辛為首，「婉約」以易安為宗，幾乎是詞學中的通論。談「豪放」「婉約」問題，難免會涉及到蘇軾、辛棄疾、李清照等人，這幾位詞人以自己的創作實踐和理論表達了對「豪放」「婉約」的看法，三人的名號在清代批評資料裏多次出現，且多和談「豪放」，論「婉約」有關。

宋詞的「豪放」與「婉約」問題，狹而觀之，是詞學研究中令人矚目的關於風格與流派的重要命題，廣而論之，它涉及到文學、文論的許多方面，也因而引起了眾多古今論者的關注與興趣。自宋代直至今天，對此問題的討論、評價幾乎就沒有中斷過，研究水平也在不斷提高。尤其是現當代，研究者們力圖用更加科學、辯證的方法來看待這一問題，以期得出更加合理的結論。

「豪放」「婉約」問題不僅是文字、文學、詞論問題，從更廣闊的角度講，它還是一個美學命題。清代詞人就曾減少對「豪放」「婉約」的使用頻率，轉而用「剛」與「柔」等更具美學意義的範疇來代替它們。對「豪放」「婉約」問題的探討，很大程度是我們民族對「陽剛」與「陰柔」這兩種美認識的重要一環，所以，對「豪放」「婉約」問題的討論實質上體現了我們這個民族審美意識的進步。我們這個民族對「陽剛」與「陰柔」兩種美的認識也經歷了一個漫長的過程，直至清代姚鼐才準確概括出「陽與剛之美」，「陰與柔之美、優美」範疇，正如王

國維的「境界說」凝結著前人思想的精華一樣，姚鼐能提出「陽剛之
美」與「陰柔之美」的範疇也絕非偶然，其中也積澱著前人對此問題的
可貴探索，其中就有「豪放」「婉約」問題的探討之功，這個問題的探
討有助於人們更加清晰地認識這兩種美。

　　在明人張綖以前，還沒有人用「豪放」「婉約」來概括兩大詞風，
但對於「豪放」「婉約」問題，宋人是早有認識的。所以，筆者以為應
把宋人的有關資料盡可能地歸入到對「豪放」與「婉約」問題的討論中
去。

　　南宋俞文豹《吹劍續錄》載：「東坡在玉堂，有幕士善謳，因問：
我詞比柳詞何如？對曰：『柳郎中詞只好十七、八女孩兒，執紅牙拍板，
唱楊柳外曉風殘月，學士詞須關西大漢，執鐵板，唱大江東去。』公為
之絕倒。」〔註1〕幕客的話雖只就蘇柳兩家詞風的差異而言，但卻生動
地反映了當時人們對兩種美的直觀感受。這段記載是宋代最早對詞的
「豪放」與「婉約」詞風差異的言論，雖然它所用的方式是形象直觀而
不是理論概括。從「公為之絕倒」也可看出，這種形象概括的準確性與
蘇軾的想法不謀而合。所謂「關西大漢」的行為表現出一種陽剛之美，
雄健之氣。當時的眾多評論者，無論是肯定還是否定蘇軾的創新，客觀
來講，都指明了它改變了「婉約」詞風一統天下的局面。如王灼《碧雞
漫志》說蘇軾「指出向上一路，新天下耳目」，胡寅《酒邊集序》贊其
「一洗綺羅香澤之態，擺脫綢繆宛轉之度」〔註2〕，劉辰翁《辛稼軒詞
序》亦道：「詞至東坡，傾蕩磊落，如詩、如文、如天地奇觀，豈與群
兒雌聲學語較工拙。」〔註3〕三人都以肯定、讚美的口吻描述了這股強
勁雄風給詞壇面貌帶來的改變。一些以「婉約」為正宗的人則從另一角

〔註1〕　（宋）《吹劍續錄》，見（宋）俞文豹撰、張宗祥輯錄《吹劍錄全編》，
　　　　　中華書局1959年版，第38頁。

〔註2〕　（宋）胡寅《酒邊集序》，見金啟華、張惠民編《唐宋詞集序跋彙編》，
　　　　　江蘇教育出版社1990年版，第117頁。

〔註3〕　（宋）劉辰翁《辛稼軒詞序》，見金啟華、張惠民編《唐宋詞集序跋彙
　　　　　編》，江蘇教育出版社1990年版，第173～174頁。

度承認了豪放詞風的存在，如陳師道《後山詩話》云：「退之以文為詩，子瞻以詩為詞，如教坊雷大使之舞，雖極天下之工，要非本色，今代詞手，惟秦七黃九爾，唐諸人不追也。」〔註4〕所謂「本色」，即傳統的「花間」風格，「要非本色」，已指明蘇詞跳出傳統的風貌。又沈義父《樂府指迷》云：「近世作詞者不曉音律，乃故為豪放不羈之語，遂借東坡、稼軒自比。諸賢之詞，固豪放矣，不豪放處，未嘗不迭律也。」〔註5〕可知南宋時已有人以「豪放」稱呼新詞風，亦可知當時即有人以蘇辛為豪放派之領袖，只是「豪放派」的說法尚未出現。另外，張炎主清空古雅之說，把詞分為「豪氣詞」和「雅詞」，也是間接體現了對「婉約」與「豪放」詞風的大致區分。

後來，明人張綖於明萬曆年間著《詩餘圖譜》三卷，取宋詞一百一十首，以黑白圈標識平仄，著為圖譜，首次明確提出「豪放」「婉約」的概念。他說：「詞體大略有二：一體婉約，一體豪放，婉約者欲其詞調蘊藉，豪放者欲其氣象恢宏。然亦存乎其人。如秦少游之作，多是婉約；蘇子瞻之作，多是豪放。大約詞體以婉約為正，故東坡稱少游為今之詞手，後山評東坡如教坊雷大使舞，雖極天下之工，要非本色。」由於這種說法簡潔明瞭，且基本符合歷史事實，所以贏得了後人的普遍認同，並迅速傳播開來。

至於何者為「正宗」的問題，我們沒有必要過分考究，筆者以為，「豪放」「婉約」問題的意義不在於強分詞派，而在於透過形態紛繁的詞的表象從更高程度上把握住了詞的特質，從而深化審美認識，體現出我們民族抽象的審美概括能力。多元化的區分是必要的，這有助於大家對問題的瞭解，但不能永遠拘泥在這個層面，否則永遠也跳不出這一窠臼。

〔註4〕（宋）陳師道《後山詩話》，見（清）何文煥《歷代詩話》上冊，中華書局 2004 年版，第 309 頁。

〔註5〕（宋）沈義父《樂府指迷》，見唐圭璋《詞話叢編》第一冊，中華書局 2005 年版，第 282 頁。

　　筆者以為，「豪放」詞的優點不僅僅是從數量角度考慮，更重要的是它體現了一種新的藝術追求，在《花間》被視為正宗，柔婉之風籠罩詞壇之時，要突破傳統，用本為「豔科」的文體吹雄健之風，樹陽剛之美，這無論從當時和現在來看都是一項壯舉。蘇軾變革詞風的意義就在於他超越了一般人的思想意識，改變了當時人都認為本應如此、理所當然的局面，從而使詞苑出現了剛柔交濟、雄婉相映的生動局面，他對詞的貢獻是巨大的。

　　詞在北宋即有關於「豪放」「婉約」的爭論，南宋詞壇，蘇詞的革新已逐漸受人認可。如胡寅稱讚蘇軾道：「及眉山蘇軾，一洗綺羅香澤之態，擺脫綢繆宛轉之度，使人登高望遠，舉首高歌，而逸懷浩氣，超然乎塵垢之外。於是《花間》為皁隸，而柳氏為輿臺矣。」〔註6〕前文提到的王灼的《碧雞漫志》對蘇軾的豪放創舉也是評價甚高。詞的「婉約」傳統的堅定捍衛者李清照在經歷了國破家亡的悲慘遭遇之後也寫出了「豪放」風格的詞作，如《漁家傲》：「我報路長嗟日暮，學詩謾有驚人句，九萬里風鵬正舉……」面對此景，我們不得不感歎時代的推移、世事的變遷。在山河破碎、國家動盪之際，「歌舞升平」逐漸淡出了有志之士的視線，取而代之的是滿腔的熱血和激憤，南宋張孝祥等詞人繼承了蘇軾的革新精神以慷慨沉鬱、不受拘束的豪放風格和重才重氣、發揚個性的創作思想，為文學的發展注入了生機，他們為恢復中原的理想和雄才大略難以實現而悲憤填膺、悲愴沉鬱的感情傾瀉到詞中，鑄就了許多壯麗奔放的詞章。連朱熹都為之擊節。辛棄疾更是高舉蘇軾大旗，「以詩為詞」「以文為詞」「以議論為詞」，真正確立了「豪放」詞的地位，創作出大量的「豪放」詞篇。同時，對「婉約」詞風也頗為欣賞，吸收和借鑒了蘇軾、李清照的精華，把自己鎔鑄成了一個能豪能婉、能剛能柔、能壯能逸，既發揮了豪放詞的特長，造豪放詞之極詣，同時又能博取眾芳，融會貫通的詞壇大家。辛棄疾形成了以豪放為

〔註6〕　（宋）胡寅《酒邊集序》，見金啟華、張惠民編《唐宋詞集序跋彙編》，江蘇教育出版社 1990 年版，第 117 頁。

主導的多樣化的風格特色，或高遠開朗，或沉鬱凝重，或明快疏宕，或幽默詼諧。有不少作品寫得情致纏綿，詞意婉約，還有一些作品則突破了豪放與婉約的界限，將豪放與婉約熔於一爐，豪放中見委婉，綿麗中顯俊爽，令人大開眼界。劉克莊道：「公所作大聲鞺鞳，小聲鏗鞫，橫絕六合，掃空萬古，自有蒼生以來所無，其秾纖綿密者，亦不在小晏秦郎之下。」〔註7〕在某些方面，辛詞成就甚至高出了蘇詞。可以說，蘇軾是「豪放」詞風的奠基者和開創者，而辛棄疾則更加發揚光大了「豪放」創舉，直接促成了「豪放」詞派的形成。但是，在宋朝末年，就整個詞壇來看，還是被周邦彥、姜夔詞風所籠罩，不過，「豪放」詞也受到愛國詞人的強烈擁護。

　　宋詞為「一代之文學」，創造了詞體發展史的最高峰。就詞學理論而言，清代則無疑取得了超越前人的更高成就。劉慶雲編著，嶽麓書社於 1990 年出版的《詞話十論》一書的「導論」裏，把古代詞論的發展大體分為三個時期：1. 北宋為詞論的初興期。2. 南宋為詞論的進一步發展時期。3. 清代為詞論發展的高峰時期，詞論著作繁複，詞論家對詞的理論展開了全面的研究，在許多詞學問題上都有精闢的論述。清代對很多問題的理論總結，所蘊含的詞學思想，不僅對我們研究古典詩詞提供了有價值的東西，而且對今天的詩歌創作也具有某種指導作用。可以「古為今用」。清代詞學理論流派多、批評大家多、理論觀點鮮明、論辯交鋒激烈，以此為論題是有重要的學術意義的，又是有相當的難度的。所謂難度體現在有些熱點問題前人論述已比較充分，而一些問題則又開拓為艱。選擇題目，做進一步研究，會對我們更加深刻、全面地理解與尚友古人，乃至改變對他們的某些傳統的片面認識有所裨益。

　　筆者簡單做了一下統計，改革開放以來，有關詞論研究的論文超過四百篇，詞的「豪放」「婉約」問題是其中的熱點問題，這方面的研究性論文很多，但是把「豪放」「婉約」放到整個清代詞學背景下去研

―――――――――――――――――――――――

〔註 7〕　（宋）劉克莊《辛稼軒集序》，見金啟華、張惠民編《唐宋詞集序跋彙　　　　編》，江蘇教育出版社 1990 年版，第 173 頁。

究的論文卻寥寥。對詞學批評理論的研究，不能僅限於批評自身，而應該有更廣闊的視野，把詞的批評之學與詞學觀的變化、審美追求的多樣性，以及文學思想的發展等聯繫起來進行綜合的歷史考察，是近期詞學研究的新進展。清代詞學是詞學的高峰期，詞的「豪放」「婉約」是詞學領域的重要論題，筆者以為，把二者結合，去探討清代「豪放」「婉約」詞論，宏觀和微觀相結合，收集各種歷史文獻資料，擺脫純理論研究的深奧晦澀和純文學研究的表層觀照的不足，結合清人的創作實踐和審美思潮及文學觀念探討詞論的內容及發展變化，以期對建立和完善的詞學批評體系有所幫助。

　　建立現代詞學的批評體系，要清理詞學批評的發展歷程，須對傳統詞論進行歸納整理，評價其歷史地位，清代詞學是其中關鍵的一環。做好「豪放」「婉約」詞論這個點，對清代詞學批評理論的建構無疑是很重要的。《吳熊和詞學論集》說得清楚：「自宋以來，詞論的形式，大體有四類，詞話是其中之一。另外三類，一是詞集序跋……二是詞集評點……三是論詞絕句。」〔註8〕研究清代詞論，文獻資料是重點也是難點，因為現存的險關資料並不完備，尤其是詞集評點何論詞絕句，筆者擬對此四類文獻資料進行進一步挖掘，廣為收集詞論資料，認真研讀，以期在此基礎上勾勒清代「豪放」「婉約」詞論全貌。

　　一般意義上講，蘇軾、辛棄疾是豪放詞派的典型代表，李清照是「婉約之宗」，所以，要討論「豪放」「婉約」詞論的問題，這些詞人及其詞作、詞論是不可避免的話題，清人眼中的蘇、辛、李清照面貌如何，與「豪放」「婉約」又有著怎樣的、千絲萬縷的聯繫？筆者擬以此為個案，更深入、具體地把握「豪放」「婉約」詞論，同時更加全面、客觀地認識這些詞壇大家及其創作風格。

〔註8〕　吳熊和《吳熊和詞學論集》杭州大學出版社 1999 年版中對宋以來的
　　　　重要詞論進行歸類：「自宋以來，詞論的形式，大體有四類，詞話是其
　　　　中之一。另外三類，一是詞集序跋……二是詞集評點……三是論詞絕
　　　　句。」

　　詞論研究非空中樓閣，研究清代詞學要放在清代社會的大背景下。清代是一個怎樣的朝代，需要聯繫社會狀況進行研究，同時我們的研究對認識那時社會的狀況和文學的關係有重要的作用。

第二節　文獻概述

　　《清代「豪放」「婉約」詞論研究》屬於詞學研究領域的命題，通俗地來講就是清代人對詞的「豪放」「婉約」的認識，宏觀上從宋始、到金、元、明、清、一直到現在都在爭論不休的問題，具體到微觀上的清代環節，清代人的具體看法是怎樣的，筆者擬以此為切入點來研究詞學。研究過程中的文獻收集情況大致分為這樣幾個步驟：宋、清兩代的社會文化背景；詞學領域的研究狀況，重點在宋代詞學和清代詞學研究情況；詞學中詞論的研究狀況；清代詞論的研究現狀尤其是關於清代「豪放」「婉約」詞論的文獻資料。從邏輯上看，該文獻範圍呈現出由大到小，逐步限定，最後具體到文本內容和細節的特徵。

　　第一，有關宋、清兩代社會文化背景的文獻資料。

　　中華書局1995年版的張毅《宋代文學思想史》是關於宋代思想狀況的一部力作，該書以宋代文化思想的發展為背景，從具體時期、具體文學創作活動中所形成的共同的創作傾向和審美追求入手，總結作家在創作方法、審美情趣、藝術風格和表現技巧等方面體現出來的文學觀念的變化，結合文學理論批評，按照文學思想發展過程中自然形成的時間段落，對宋三百二十年中國文學思想的歷史和演變過程作了整體的把握和全面論述。另外，張毅等人所著的《宋代文學研究》對深入瞭解宋代文學狀況也大有裨益。蔣述平等人撰寫的《宋代文學理論集成》對具體的宋代文學理論進行了梳理。而對清代學術做全景式描述的則是梁啟超《中國近三百年學術史》，另外青木正兒著，楊鐵嬰譯的中國社會科學出版社出版的《清代文學評論史》、陳居淵的《清代樸學與中國文學》、馬積高《清代學術思想的變遷與文學》、王俊義等人的《清代學術與文化》都是研究清代文學必讀的資料，否則，具體論題就無從建構。

　　第二，詞學領域尤其是宋代、清代詞學的研究資料。

　　詞學領域近些年大放異彩，研究者眾多，且有待於進一步挖掘。謝桃坊的《中國詞學史》（修訂本）是為數不多的詞學方面的通史，有助於我們更好地把握詞學的全貌。筆者在讀本科時最先接觸的詞學方面的重要論著是吳熊和先生的《唐宋詞通論》，自覺受益匪淺。該書一個顯著的特點是把許多詞學理論通俗化，深入淺出，分詞源、詞體、詞調、詞派、詞論、詞籍、詞學七章。詞派中對「豪放」「婉約」詞派的論述，對筆者的選題尤有幫助。陳水雲的《清代前中期詞學思想研究》是瞭解清代初期詞學流派思想淵源的重要著作，另外，他的《清代詞學發展史論》更對整個清代詞論作了比較深入的研究和探討，並且資料豐富，論述清晰，時有新見。王兆鵬的《詞學史料學》對詞學方面的資料進行了詳細的論述，對清代詞學文獻資料搜集具有指導性作用。孫克強對詞學，尤其是清代詞學領域研究做出了很大貢獻，他在考證的基礎上對清代詞學既有宏觀把握又有微觀、深層次的探索，其《清代詞學》是清代詞學研究的重要成果，該書對清代各詞學流派的詞學主張進行的分門別類地論述，並附錄有《清代詞話簡目》，把現存詞話分為三類：《詞話叢編》收錄之清代詞話，《詞話叢編》之外今存之清代詞話，僅見引述或著錄之清代詞話，為筆者論文資料的搜集省去了許多繁瑣的過程。2008 年 11 月，他的新作《清代詞學批評史論》由上海古籍出版社出版，其中對清代詞學的南北宋之爭，清代詞學的雅俗之辨、詩詞之辨，清代詞學正變論、範疇論，清代詞學與禪學，清代詞論與畫論，清代詞學流派論，詞選及清代論詞詩詞都進行了專門論述，尤其是書後面的附錄，包括清代佚失詞話輯考和清代論詞絕句組詩，對筆者的詞學研究有很大幫助。另外，張惠民編的《宋代詞學資料彙編》、嚴迪昌的《清詞史》，龍榆生的針對詞學具體論題的《詞學十講》、方智範的《中國詞學批評史》也都是詞學研究的重要資料。

　　第三，詞論相關的研究資料，尤其是清代詞論相關資料，其中有許多涉及到「豪放」「婉約」的文獻資料。

　　清代詞論包括詞話、詞籍序跋、詞選、論詞詩詞等。鍾振振等編寫的《歷代詞紀事會評叢書》收集了關於詞的各種評論及本事，是目前比較詳備的詞論資料。金啟華的《唐宋詞集序跋彙編》則給我們提供了清人對唐宋詞人詞集的序跋資料。施蟄存的《詞籍序跋萃編》，令筆者欣喜異常，該書所存的詞籍序跋相對完備，從唐、五代到清代的總集、別集的序跋大都收錄在冊，另外還有一些詞話、詞譜、詞律及其他序跋，挖掘其中相關「豪放」「婉約」詞論是筆者的重要興趣和任務。蒙導師所賜，邱世友的 2002 年版人民文學出版社《詞論史論稿》以人物為線索，對各重要詞家及詞學流派的詞論有一個史的展示，有助於筆者把握清代詞論史的全貌。朱崇才的《詞話史》是 2006 年由中華書局出版的詞話研究著作。這部書在佔有最新文獻資料和研究成果的基礎上，對詞話的產生和發展周密論述，首先對「詞話」進行了概念上的界定，並對各階段的詞話著作掌握全面，探幽發微。張宏生的《清初清詞選本考論》，其中對清代初期的詞選本有詳細的考論。筆者閱讀的書籍還有遲寶東的《常州詞派與晚清詞風》，黃志浩的《常州詞派研究》等。

　　唐圭璋等編寫的《詞話叢編》自問世以來，一直是詞學研究領域的基本書獻資料。收宋代近代詞話 85 部，其中清代詞話 68 種，包括附錄中的 3 種，清詞話共 71 種。研究詞論，掌握詞話中相關詞話是首要的任務，筆者對此進行了認真研讀，詳讀其中與論題相關的重要資料。並以此為立足點，搜羅了更多、相對來說更完備的詞論資料，此外，《蘇軾資料彙編》《辛棄疾資料彙編》《李清照資料彙編》收各代相關評論，有助於筆者多角度研究「豪放」「婉約」詞論。

　　第四，與「豪放」「婉約」相關的重要學術論文。

　　筆者目前收集到的與本選題相關的博士論文有南京師大鍾振振先生指導之博士高峰畢業論文《以詞話為中心的宋元詞論研究》，該文以宋元詞話專著為主要研究對象，兼及相關的詞籍序跋、筆記、詩話、書信等詞學批評材料，選擇一些重要的論題進行論述，將詞論與宋元詞創作實踐、宋元社會文化、審美風尚、文學潮流等諸多因素有機結合在

一起，重點剖析其在體性、情趣、技巧三方面的觀點和成就，梳理出宋元詞論發展的內在脈絡，揭示其在中國詞學史上的獨特價值；華東師大方智範教授之博士李睿完成於 2006 年的畢業論文《清代詞選研究》資料翔實，分上下兩編對清代詞選進行論述，上編重點在清代詞選繁榮的表現、概況及特點等，下編選取典型詞選對清前、中、後期詞選進行分析，論證嚴密，言之有據，有許多值得筆者借鑒和學習之處。另外還有揚州大學曹明升 2006 年提交博士論文的《清代宋詞學研究》以清代宋詞學為研究對象，對清人研究宋詞的學術路徑、批評方法與知識體系進行提煉和梳理，由此反觀清人對「詞」的文體特性、文學精神和藝術風格的理解與詮釋，進而揭示清人研究宋詞與清代詞學建構、清詞創作實踐之間互為發生的深層關係。

第三節　研究思路與方法

一、研究思路

　　詞學發展很早就引起了詞學研究者的注意，根據詞學界的研究狀況，王兆鵬引述前輩所說，把詞學界定為「顯學」，這當然無可厚非，但並非每個朝代、每個詞人的詞學研究都是「顯學」，如清代詞學研究等，此種現象於上世紀後期更為明顯。也就是說，雖然，詞學是「顯學」，但並非各方面都被挖掘殆盡，如關於元明詞的研究文章不多，清詞研究也非常冷清。清初以來，詞話中就有許多與明詞有關的言論，認為明代的詞不足道，有些人甚至斷定「詞亡於明」，事實上，這種說法是不準確的。前些年，《全明詞》主編者之一的張璋先生依據自己掌握的大量資料，發表文章駁斥「詞亡於明」的舊說。據他介紹，《全明詞》共收得明詞人一千三百多家，詞作二萬多首，這個數量與《全宋詞》大略相等。他認為，從這些作品的藝術質量來判斷，明詞是比不上宋詞，但輕言「詞亡於明」則顯然是違背事實，亂下結論。這個情況還表明，至今為止，除了《全明詞》的編者之外，詞學界很少有人全面認真地接觸過明詞的

資料，更甭提對明詞進行研究和評論了。從整個詞史上來看，明代確是詞體文學中衰的時期。但「中衰」不等於斷流和空白，它仍是詞史上有機的一環。另外，明詞是詞的衰落期，也應該有具體而詳盡的理由，在論據充分的條件下才能得出正確的結論。清詞，相對明詞來說，是近些年詞學研究的熱點，但是我們又為何說對它的研究顯得冷清呢，這是因為大多研究者的目光都停留在幾個著名詞人的研究上，如朱彝尊、龔自珍、納蘭性德等，而且重在詞的創作研究，理論研究欠缺。理論研究一般分為兩種，一種是宏觀的詞學理論的創造和建構，一種是微觀的具體的詞學理論的研究和深入探討。「豪放」「婉約」詞論則處在宏觀和微觀的結合點上。說它宏觀是因為，詞產生伊始，就開始了「豪放」「婉約」的爭論，千載之下，爭論不休，直至今日，仍然是詞學領域沒有解決的問題。說它微觀是因為「豪放」「婉約」問題畢竟不能涵蓋所有的詞學問題，也並不是詞學發展的主線，只是一個重要的典型性問題，這個問題的探討有助於我們更好地理解詞，從而更好地把握這種文學樣式的核心特徵。近些年關於「豪放」「婉約」問題的爭論，有人趨於向傳統的回歸，亦有人說，「豪放」「婉約」詞論探討有了新的進展。總而言之，對詞的「豪放」「婉約」問題的探討對詞的發展來說是有益的，就像戰國時期的「百家爭鳴」一樣，參與到這個問題的探討中的人越多，說明人們對這個問題越關注，也從另一方面說明了人們對詞的喜愛。

今人對「豪放」「婉約」仍存在如此大的爭議，令我們不得不溯源，探索其在中國古代的存在狀況。清代是詞學發展史上濃墨重彩的一筆，因為詞這種文體在這個時期，達到了巔峰時期，具體表現在眾多的詞學流派，大量的詞作，詞學批評家、詞學理論著作蔚為大觀等，遠遠超出此前各朝代，代表著詞學理論的最高成就。既然清代是詞學發展史上重要的一環，「豪放」「婉約」是詞學史上重要的議題，我們不得不考慮將二者合而為一，這是筆者選題《清代「豪放」「婉約」詞論研究》之最初動機。

論文擬分為五部分。

第一章　清前「豪放」「婉約」詞論的宏觀嬗變

重點回顧「豪放」「婉約」作為語辭和詞論在各個歷史時期的產生、發展情況，是以時間為線索的梳理。就「豪放」「婉約」大的範疇來講，先秦兩漢時期是「豪放」「婉約」的萌芽時期，「婉約」與「豪」和「放」及由此衍生的詞開始進入人們的視野，代表了其早期的意義；三國至唐為「豪放」「婉約」的產生、發展時期，這段時期，完整的「豪放」語辭隨「婉約」之後問世，並逐漸步入文學批評領域；而宋、金至明、清則為「豪放」「婉約」的繁榮時期，「豪放」「婉約」進入詞論，在詞學史上大放光芒，宋及之後的每個朝代幾乎都圍繞這個問題爭論不休，並引出詞的正變等問題的探討。但是，就詞學範疇來講，宋金兩朝可稱「豪放」「婉約」詞論的萌芽時期，「豪放」始被用於論詞，「婉約」的同義、近義詞也開始見於詞學論著；明代為其產生發展時期，其實，「豪放」詞論要更早一些，但以「婉約」論詞明代才多次出現，並且開始成對出場，被明確確立為詞的兩種體型。

第一節　「豪放」「婉約」意義的溯源

「豪放」作為一個語辭，最早出現於北朝，《魏書》載：「彝少而豪放，出入殿庭，步昕高上，無所顧忌。文明太后雅尚恭謹，因會次見其如此，遂召集百僚督責之，令其修悔，而猶無悛改。善於督察，每東西馳使有所巡檢，彝恒充其選，清慎嚴猛，所至人皆畏服，儔類亦以此高之。」〔註9〕從先秦時期開始，「婉」和「約」就不斷出現在文學、史學著作中。「婉」和「約」兩詞都有「委婉」「曲折」即含蓄之意。「婉」一方面是表達方式的含蓄不外露，婉轉而柔順，另一方面也指女子由內而外散發出的柔美；「約」的本義為纏束，引申為精練、隱約、微妙。按《說文解字》中的解釋，「婉，順也。」，意為柔順，在男權社會裏女子溫柔和順便是「美」的體現，所以，「婉」與「約」都有「美」的意思，《詩·野有蔓草》：「有美一人，清揚婉兮」，這裡的「婉」即指柔順、

〔註9〕（北齊）魏收撰《魏書》第一冊，中華書局，1974 年版，第 1428 頁。

美麗。《左傳‧成公十四年》載:「《春秋》之稱,微而顯,志而晦,婉而成章」〔註10〕,《荀子‧勸學》中也有類似記載:「《春秋》約而不速」。眾所周知,《春秋》是通過敘事來進行褒貶,不著正面議論,文字簡要而含義深微曲折,不直抒胸臆,需要慢慢體會,所以,古人常用「婉」「約」來評《春秋》,意思是含蓄委曲。另外,《漢書‧司馬遷傳》中司馬遷遭李陵之禍時發出「夫詩書隱約者,欲遂其志之思也」〔註11〕的感歎,同樣向我們傳達出一個信息:「婉」是「曲折、隱晦」之意,具體來講,主要指寫作手法、表達方式上的含蓄不盡、耐人尋味。

就筆者目前掌握的資料來看,「婉」「約」兩字連用組成一個語辭最早見於《國語‧吳語》:「夫固知君王之蓋威以好勝也,故婉約其辭,以從逸王志,使淫樂於諸夏之國,以自傷也。」〔註12〕這裡的「婉約」不再指「美」,而是內容和表達上的含蓄、委婉。此後,「婉約」便不斷出現在文學和史學作品中,到三國、兩晉、南北朝時,已經成「燎原之勢」。

三國至唐朝,可以被歸納為「豪放」「婉約」的產生、發展時期。「豪放」「婉約」真正進入文學批評領域的時間也並不相同。「婉約」詞論在明代以前一直處在匿形狀態,只見其意不睹其形,但在詩歌批評中卻多次出現。「豪放」進入詩歌批評領域是在唐代,司空圖的《二十四詩品》。

該節主要探討「豪放」「婉約」作為語辭在文學和史書及批評中的意義之發展。對其含義進行全面、多方位的探討和探源。

第二節　宋代「豪放」「婉約」詞論

宋代,「豪放」被廣泛應用到詩歌批評領域。據筆者粗略統計,在現存蘇軾詩、詞、文等作品中,作者對「豪」字情有獨鍾,先後出現達

〔註10〕邵炳軍、梅軍撰《左傳春秋文繫年注析》,廣西師範大學出版社,2008年版,第 292 頁。

〔註11〕（漢）班固撰《漢書》第九冊,中華書局 1962 年版,第 2720 頁。

〔註12〕上海師範大學古籍整理組校點《國語》下冊,上海古籍出版社 1978 年版,第 595 頁。

324 次之多，幾乎包羅了「豪」字到目前為止的各種意義；「放」字出現多達「778」次，但幾乎全是「放入」「擺放」「投放」等其他意義，所涉「豪放」意義不多；「豪放」一詞出現 5 次；「婉」字出現 47 次，多是用來評價人物的溫柔、賢淑；「約」字出現 570 次，但也幾乎和詞的「婉約」意義無涉，而「婉約」一詞出現次數為零，也再一次證明宋人尚沒有以「婉約」論詞的習慣。

「婉約」雖是宋詞創立之始就體現出的創作準則，但以「婉約」論詞，宋人始未見自道，主要行於明清，但並不意味著「婉約」沒有發展變化。該詞在唐以前主要用來評價《左傳》的隱晦和女子的柔美，到了宋代，有了更豐富的範疇，包括思想內容、語言音調、藝術風格多種因素的統一，變得更加立體，兼有內容上的婉轉、含蓄，語言上的一場三歎，表達方式上的委曲迴環。

此節主要論述「豪放」「婉約」在宋代詞論中的產生和發展，重點在於蘇軾、李清照、辛棄疾等人對這一問題的看法。

第三節　金元明時期「豪放」「婉約」詞論

系統考察了「豪放」「婉約」詞論在宋、金、元、明各個朝代的發展狀況。從詞的產生開始，其後的幾百年裏，雖然詞這種文學樣式經歷了許多變化，如蘇軾的異軍突起，「豪放」「婉約」先後進入詞學批評領域等，詞論家們所持觀點基本上沿襲「婉約」為正統、本色的觀念，但是「豪放」詞也在逐漸地擴大影響，散發出令人不可忽視的藝術魅力，尤其是明代張綖的說法使得「豪放」成為可以與「婉約」並放的體性，作為一對體式進入詞學批評範疇。

第二章　清代「豪放」「婉約」詞論之表述方式

本章對清代「豪放」「婉約」詞論之表述方式進行了介紹，有統領下文的作用，也是本書的難點。

清代詞學理論成績斐然，相比前代，理論內容更加豐富，並且形成了一定體系，對於「豪放」「婉約」等詞學具體問題也有了更加細緻而深入的論述。「豪放」「婉約」問題是詞學領域的重大問題，宋代以來

一直爭論不休，直至今日都是詞學領域未解決的問題。清代詞學發展繁盛，詞論內容豐富多樣，對詞的「豪放」「婉約」問題也論述詳細，民國以至當代的許多詞學著作、詞學家對「豪放」「婉約」問題的認識及詞的風格流派的看法都是對清人詞論的沿襲，或是在清人詞學闡釋的基礎上而發展形成的，所以，探討「豪放」「婉約」問題，清代是至關重要的一環。

　　清代詞論形式較前代更為多樣，也更為完備，包括詞話、詞集和詞選的序跋批註、論詞詩詞，以及文、筆記、詞譜、詩話、曲話、書札中的相關內容，這其中有專門的詞論著作，也有散見於各處的點滴評說，清代詞學文獻浩瀚，再加上這些詞論的分散性，全部收集起來就頗為困難，而儘量佔有盡可能多而確鑿的文獻資料，是詞學研究的前提。把它們分為四種基本形式，清代的詞論形式比以前更為豐富多樣，無論是詞話、詞集序跋、詞集評點，還是論詞絕句，在數量上都遠遠超出歷史上的朝代，內容上也更為詳盡。〔註 13〕

　　筆者在研究清代「豪放」「婉約」詞論時參考前人考述，對搜集到的現有相關文獻資料進行了分析、歸類，大致分為詞話、詞選、詞籍序跋、論詞詩詞四種，〔註 14〕擬從這四方面的材料著手，對清代「豪放」「婉約」詞論進行探討，每種形式，筆者都會舉出例子，讓大家對清代的「豪放」「婉約」詞論在諸多詞學資料中的存在狀況及表述方式有一個直觀瞭解和總體把握。

　　論文的第三至五章是對清代「豪放」「婉約」詞論的詳細論述。筆者以時間為線索，結合時代背景，分之為清代前期、清代中期、清代末年及民國初年三部分進行闡釋。

〔註 13〕 吳熊和《吳熊和詞學論集》杭州大學出版社 1999 年版，中對宋以來的重要詞論進行歸類：「自宋以來，詞論的形式，大體有四類，詞話是其中之一。另外三類，一是詞集序跋……二是詞集評點……三是論詞絕句。」
〔註 14〕 本書某些論述「豪放」「婉約」的資料有重合的部分，因為詞話、詞選、詞籍序跋中的某些論述難免重疊，作者在內容上會避開，但形式上不再刻意區分。

　　第三章是清代前期「豪放」「婉約」詞論。

　　自清人入關至雍正末年（1644～1735）為前期，這一時期距明代不遠，處於戰亂和恢復階段，清政府大肆鎮壓漢人，民族矛盾尖銳。該時期詞學流派眾多，相互之間有關聯又有對立，雲間派、廣陵詞壇、西泠詞人、陽羨派、浙西詞派，倡「豪放」者有之，崇「婉約」者頗多，不分高下者亦有之，另有跳出窠臼，另覓新途者，總的來說，態度漸趨包容，豪放詞地位有很大提高。雲間派崇南唐北宋，尚婉麗當行，倡含蓄蘊藉，延續了詞壇一貫的崇「婉約」風氣，代表人物陳子龍對李清照、姜夔、柳永的婉約詞風相當推崇，從明代詞壇尚俗豔的《草堂詩餘》之風回歸到詞之本色當行，是對詞本身特質的一種肯定。廣陵詞壇、西泠詞人鄒祗謨在「豪放」「婉約」之外另開「閒淡」一派，新人耳目，認為稼軒詞是本色詞，可以看出「豪放」的地位得到很大提高，已經被人以「本色」稱之。王士禎認為「豪放」「婉約」當分正變，不當分優劣，無論是豪放還是婉約詞，自有可觀之處，都是當行本色詞。賀裳倡「婉約」，對「豪放」的態度更加包容，卻譏稼軒詞為「粗豪」。陽羨派倡導豪放詞，鼓勵學蘇辛，是詞學史上第一個明確且大張旗鼓地提倡豪放詞的正規的詞學流派，在該派倡導下，豪放詞實現了大跨越，無論在理論上還是創作實踐中均形成「豪放」風氣。以陳維崧為首的陽羨派的形成標誌著「豪放」詞風的發展進入新時期，把詞提高到與經、史同等地位，充分重視詞的功能和作用，認為詞既能感人，亦能發揮經、史的作用。浙西詞派是清初影響最大的詞學流派之一，朱彝尊的詞學態度是重南宋，於「豪放」「婉約」之外，獨尊姜張雅詞，鄙視俚俗詞作，跳出「豪放」「婉約」之爭，不再執著於一端，審美方式多元化，「豪放」「婉約」之爭有了暫時的停歇，但事實上是「婉約」佔了上風，因為南宋雅詞是在婉約基礎上的強化醇雅的特質。厲鶚是浙西詞派重要傳承者，相對朱彝尊，他對「豪放」「婉約」的看法逐漸明朗化，認為「婉約」高於「豪放」，並且形象地比之為南宗和北宗，欣賞清婉深秀之作，蘇軾等人的豪放詞比之婉約纏綿的吳兒詞稍遜一籌。郭麐

對同為豪放派的領袖蘇、辛的態度有差別，誇讚東坡以天才之姿作詞，使豪放雄詞別為一宗，卻認為辛棄疾、劉過詞豪放太過，流於粗豪，對「豪放」「婉約」不分高下，詞學態度更為客觀。納蘭性德在更新一代詞學觀念方面作了可貴努力，他欣賞南唐李後主式的「婉約」，從詞的本身的特性出發，重詞人真情實感，內心感情的抒發，認為「豪放」「婉約」不是詞的關鍵問題，重要的是詞要發揮自身功能，尤其要言之有情。清代前期的「豪放」「婉約」詞論主要以雲間派、陽羨派、浙西詞派等幾個詞派的重要代表人物陳維崧、朱彝尊等人為主的相關詞論為主，另外，考慮到納蘭性德的巨大影響，對其「豪放」「婉約」的相關詞學思想也進行了簡要分析。

第四章是清代中期的「豪放」「婉約」詞論。

自乾隆初年至道光十九年（1736～1839）為清代中期，該時期詞學流派不多，以常州詞派為主，同時，另有受這一時期常州詞派、浙西詞派影響又不依附於這兩個詞派的詞論家鄧廷楨、謝章鋌等。該時期和清初不同，明代的「豪放」「婉約」二分法，不再是詞壇主線，更多的詞論家選擇跳出這一窠臼，用更加開放的眼光去看待「豪放」「婉約」問題，儒家「經世致用」思想深入人心，在南北宋問題上也很少厚此薄彼，蘇辛，尤其是辛棄疾的地位空前提高，周濟「退蘇進辛」是典型例子，而且人們對蘇辛問題的探討更為細化，詞為「小道」「末技」的詞學觀念被詞學家們所打破，詞和詩歌等正統的文學樣式一樣，成為人們探討的重點和熱點，也提出了許多新的詞學審美價值觀，如常州詞派的「深美閎約」，偶有一些詞人，如譚瑩仍然擺脫婉約為詞之本色的觀念。鄧廷楨認為豪放派詞人有婉約之作，婉約派詞人有豪放作品，不能一概論之。周濟認為，作詞貴在有心、貴在深厚、含蓄，不必硬分豪放、婉約。該時期主要是以常州詞派為主，常州詞派的代表人物很多，張惠言、董士錫、周濟等對「豪放」「婉約」問題都有重要貢獻。常州詞派之外，筆者又對謝章鋌、鄧廷楨、譚瑩的「豪放」「婉約」詞論加以論述。

第五章是清末民初的「豪放」「婉約」詞論。

這一時期是詞論的高潮期，出現了諸多有價值的詞論，筆者分三節進行論述，第一節是劉熙載「豪放」「婉約」詞論。劉熙載歷經清代中葉和晚期，是清代重要的詞學理論家，其詞學理論有承上啟下之功，上承清代中期，下啟清代晚期，其對「豪放」「婉約」的看法在清代晚期很有代表性，仍然沿用這一觀點論詞，但是不再主張強分詞派，亦要求打破門戶的偏見還詞以自由，詞人們可以相互學習，典型的例子就是，他認為張惠言的詞也不僅僅是師法白石，而是轉益多師，吸取了各家的精華，並加以融會貫通，這和清代中葉相比是一個很大的進步。第二節是常州詞派餘緒之「豪放」「婉約」詞論。常州時期主要活動在清代中後期，但是到清末民初，受其詞學思想影響的詞人仍不在少數，有譚獻、馮煦、王鵬運、朱祖謀、鄭文焯、況周頤，還有陳廷焯，這些詞論家一方面重比興寄託，另一方面，在「豪放」「婉約」問題上也有許多新的看法。第三節主要闡釋了王國維、梁啟超的「豪放」「婉約」詞論。在清末民初大動盪、大變革的時代背景下，隨著西方思想的湧入，我國傳統的詞學批評無論從方法上還是從內容上都受到了極大的衝擊，王國維、梁啟超深受西方思想影響，那麼他們的「豪放」「婉約」詞論呈現出一種什麼樣的狀態呢？筆者圍繞此問題進行了探究。

二、主要研究方法

首先是多角度的研究方法。結合文學、批評理論、文獻學等，對「豪放」「婉約」詞論進行探討，總結其特徵。「豪放」「婉約」既是文學理論又是美學範疇，把這些相聯繫，從不同角度透視「豪放」「婉約」，有助於全面把握該詞論。筆者盡可能多地佔有本階段的文獻資料，鑽研、比較、鑒別，爭取在觀點和材料的統一上達到新的水平。拓寬視野，盡量收集更多的詞話、詞籍序跋、論詞詩詞等詞論資料，在此基礎上深入探討清代「豪放」「婉約」詞論。

其次是宏觀和微觀相結合的方法。既注重對「豪放」「婉約」詞論

宏觀的產生發展進程，又要把重點放在清代，詳細地探討清代「豪放」「婉約」詞論的存在形式、具體意蘊。這首先體現在文章章節的安排上，首章先溯源，對「豪放」「婉約」的語辭意義及從先秦時期到明代的產生和發展過程進行了宏觀概括，這樣，有助於筆者立論，為後文分章論述的寫作奠定了堅實的基礎。其次體現在每章的內容上，筆者習慣在每章開頭概述這一時期的時代背景，包括政治、經濟、文化各方面，直至具體到詞學上「豪放」「婉約」問題的闡釋，具體到各個詞學流派，甚至個人，這也是一個宏觀和微觀相結合的過程。

再次是從具體到一般的研究方法。從具體的「豪放」「婉約」詞論專論中，蘇軾、辛棄疾、李清照等個案與「豪放」「婉約」的關係中概括詞論總體性歷史特徵及發展的基本線索。

然後是傳統的「知人論世」的研究方法的運用。這主要體現在聯繫清代具體的社會狀況，分析清人的審美心理與詞論的關係。在論述到具體詞人詞論時亦會結合本人的詞作狀況對其理論進行分析。

最後是定量分析的研究方法的運用。對具體論點，如「豪放」「婉約」、蘇軾等在某一部詞學理論或某一些詞學文獻中存在的情況作定量分析，以期從中提煉出某些重要特徵，如第二章中，筆者就對唐圭璋本《詞話叢編》中的「豪放」「婉約」及相關內容的詞論進行了統計，並進行了分析。這是定量分析方法的具體運用，有助於我們對「豪放」「婉約」出現的及率進行直觀地把握，從而對我們深入探討這一詞學問題起到重要的作用。

第一章　清前「豪放」「婉約」之宏觀嬗變

　　在文學研究，尤其是文學命題的探討中，對概念的理解尤其重要。概念的含混和模糊必然會影響內容的理解，從而影響我們的判斷和結論。概念的內涵缺乏明確性、限定性，是中國古代文學理論的一大通病，許多無謂的論爭就發生在概念的不同理解上，詞的「豪放」「婉約」問題之所以千載之下仍然爭論不休，很大程度上是我們對這兩個詞的理解上存在問題，也就是說，要探討詞的「豪放」「婉約」問題，首先應該對這兩個詞的內涵和外延有一個準確的把握。[註1]漢字是表意文字，也是中國文學的符號，因此對我們文學、文論研究者來講，準確理解字和詞的字面和深層含義，不僅可以正確把握字義、詞義，而且有助於深入把握這些字詞所代表的概念的核心內涵和特徵。孟子曰：「頌其詩，讀其書，不知其人，可乎？是以知人論世也。」[註2]「知人論世」是我國傳統人文學科基本的研究方法，具體到詞學研究領域，這個方法同樣適用，通俗地講，就是將探討「豪放」「婉約」的語辭意義納入

〔註1〕王兆鵬，《對宋詞研究中「婉約」「豪放」兩分—兼論宋詞的分期》，棗莊師專學報 1990 年第 1 期。

〔註2〕楊伯峻譯注《孟子譯注·萬章章句下》，中華書局，2005 年第 2 版，第 251 頁。

到「豪放」「婉約」詞論研究中。鍾嶸《詩品》評價漢朝以下的詩人，均為之溯源，所以，我們也應該首先對「豪放」「婉約」這兩個詞語進行溯源，看其在不同的時代、不同的背景下有無區別。這在幫助我們更好地理解作家、作品的同時，也為文學理論研究開闢了一條道路，對我們更全面系統地理解批評範疇起到了重要作用。

第一節 「豪放」「婉約」溯源

先秦兩漢時期為「豪放」「婉約」的醞釀和萌芽時期。從先秦時期開始，「婉」和「約」就不斷出現在文學、史學著作中。「婉」和「約」兩詞都有「委婉」「曲折」，即含蓄之意。「婉」一方面是表達方式的含蓄不外露，婉轉而柔順，另一方面也指女子由內而外散發出的柔美；「約」的本義為纏束，引申為精練、隱約、微妙。按《說文解字》中的解釋，「婉，順也。」，意為柔順，在男權社會裏女子溫柔和順便是「美」的體現，所以，「婉」與「約」都有「美」的意思，《詩·野有蔓草》：「有美一人，清揚婉兮」，這裡的「婉」即指柔順、美麗。《左傳·成公十四年》載：「《春秋》之稱，微而顯，志而晦，婉而成章」〔註3〕，《荀子·勸學》中也有類似記載：「《春秋》約而不速」。眾所周知，《春秋》是通過敘事來進行褒貶，不著正面議論，文字簡要而含義深微曲折，不直抒胸臆，需要慢慢體會，所以，古人常用「婉」「約」來評《春秋》，意思是含蓄委曲。另外，《漢書·司馬遷傳》中司馬遷遭李陵之禍時發出「夫詩書隱約者，欲遂其志之思也」〔註4〕的感歎，同樣向我們傳達出一個信息：「婉」是「曲折、隱晦」之意，具體來講，主要指寫作手法、表達方式上的含蓄不盡、耐人尋味。

就筆者目前掌握的資料來看，「婉」「約」兩字連用組成一個語辭最早見於《國語·吳語》：「夫固知君王之蓋威以好勝也，故婉約其辭，

〔註 3〕邵炳軍、梅軍撰《左傳春秋文繫年注析》，廣西師範大學出版社 2008
　　　　年版，第 292 頁。
〔註 4〕（漢）班固撰《漢書》第九冊，中華書局 1962 年版，第 2720 頁。

以從逸王志,使淫樂於諸夏之國,以自傷也。」〔註5〕這裡的「婉約」不再指「美」,而是內容和表達上的含蓄、委婉。此後,「婉約」便不斷出現在文學和史學作品中,到三國、兩晉、南北朝時,已經成「燎原之勢」。如,陳琳《為袁紹與公孫瓚書》云:「得足下書,辭意婉約。」陸機《文賦》載:「或清虛以婉約,每除煩而去濫」。張彥遠《法書要錄・梁庾元威論書》曰:「敬通又能一筆草書,一行一斷,婉約流利。」著名的文學批評著作《文心雕龍》也沿襲了大家的用法,用「婉約」來品評《左傳》,更詳盡地點明了其內涵:「昔者夫子閔王道之缺,傷斯文之墜,靜居以歎鳳,臨衢而泣麟,於是就太師以正《雅》《頌》,因魯史以修《春秋》。舉得失以表黜陟,徵存亡以標勸誡;褒見一字,貴逾軒冕;貶在片言,誅深斧鉞。然睿旨幽隱,經文婉約;丘明同時,實得微言,乃原始要終,創為傳體。」〔註6〕

上述幾例談「婉約」時儘管參照物不同,或針對「暢直」,或針對「繁複」,卻從不同角度指出了「婉約」所包含的特質:柔美、含蓄不盡、意內言外,有九曲迴環之妙,由此可見,常規意義上的「婉約」,其含義稍類於國畫中的寫意,三筆兩點淡墨,便有無限江山盡收眼底之效,既有內在的委婉,也有表達方式上的含蓄,但展示在大家面前的內容同樣是五彩斑斕的。

相對於「婉約」,「豪放」語辭出現稍晚,漢代,史傳文學尚乏關於「豪放」的記載,但「豪」「放」單用,史料中卻頻繁出現,早已屢見不鮮。僅以《史記》為例,「豪」字就曾多次出現,常見的用法是「豪」與「傑」「俊」等字連用,指英豪、有傑出才能的人,具體如下:

> 秦併兼諸侯山東三卜餘郡,繕津關,據險塞,修甲兵而守之。然陳涉以戍卒散亂之眾數百,奮臂大呼,不用弓戟之

〔註5〕上海師範大學古籍整理組校點《國語》下冊,上海古籍出版社 1978 年版,第 595 頁。

〔註6〕（梁）劉勰撰、周振甫譯《文心雕龍今譯》,中華書局 1986 年版,第142 頁。

兵，鋤耰白梃，望屋而食，橫行天下。秦人阻險不守，關梁不闔，長戟不刺，強弩不射。楚師深入，戰於鴻門，曾無藩籬之艱。於是山東大擾，諸侯並起，豪俊相立。

　　　　　　　──《史記‧卷六‧秦始皇本紀第六》〔註7〕

斬木為兵，揭竿為旗，天下雲集響應，贏糧而景從，山東豪俊遂並起而亡秦族矣。

　　　　　　　──《史記‧卷六‧秦始皇本紀第六》〔註8〕

墮名城，殺豪俊，收天下之兵聚之咸陽，銷鋒鑄鐻，以為金人十二，以弱黔首之民。

　　　　　　　──《史記‧卷六‧秦始皇本紀第六》〔註9〕

攻陳，陳守令皆不在，獨守丞與戰譙門中。弗勝，守丞死，乃入據陳。數日，號令召三老、豪傑與皆來會計事。三老、豪傑皆曰：「將軍身被堅執銳，伐無道，誅暴秦，復立楚國之社稷，功宜為王。」

　　　　　　　──《史記‧卷四十八‧陳涉世家第十八》〔註10〕

陳王征國之豪傑與計，以上蔡人房君蔡賜為上柱國。

　　　　　　　──《史記‧卷四十八‧陳涉世家第十八》〔註11〕

由此可見，從「英豪、有傑出才能的人」這個意義上講，「豪」主要偏重人的內在氣質和精神狀態，胸中有韜略的英雄志士最為適用，而且司馬遷在運用這類詞的時候，對被形容的對象是讚賞的語氣，屬於褒義詞。

　　以「英豪」之意名世的同時，「豪」還有另外一種意思，即有錢有勢者，權貴之人，如「豪富」「豪臣」，但該意義在《史記》中出現的及

〔註 7〕　（漢）司馬遷撰《史記》，中華書局 2007 年版，第 276 頁。
〔註 8〕　（漢）司馬遷撰《史記》，第 281～282 頁。
〔註 9〕　（漢）司馬遷撰《史記》，第 280～281 頁。
〔註 10〕（漢）司馬遷撰《史記》，第 1952 頁。
〔註 11〕（漢）司馬遷撰《史記》，第 1954 頁。

率不如前一種。舉例如下：

> 大梁人尉繚來，說秦王曰：「以秦之彊，諸侯譬如郡縣
> 之君，臣但恐諸侯合從，翕而出不意，此乃智伯、夫差、愍
> 王之所以亡也。願大王毋愛財物，賂其豪臣，以亂其謀，不
> 過亡三十萬金，則諸侯可盡。」
>
> ——《史記·卷六·秦始皇本紀第六》〔註12〕

該意義上的「豪」褒貶之意不明顯，只是客觀地陳述一種狀態，說明被
修飾對象對財富和權力的擁有狀況。

先秦時期，莊子就曾有「放」論，指人獲得巨大自由，無拘無束
的狀態。但在漢代，「放」的主要運用語境是「流放」「放逐」，是對古
代獲罪官吏的一種刑罰，把該類官員降級，發配到偏遠之地，使其身心
遭受巨大折磨。

> 成王少，周初定天下，周公恐諸侯畔周，公乃攝行政當
> 國。管叔、蔡叔群弟疑周公，與武庚作亂，畔周。周公奉成
> 王命，伐誅武庚、管叔，放蔡叔。以微子開代殷後，國於宋。
>
> ——《史記·卷四·周本紀第四》〔註13〕

> 始皇置酒咸陽宮，博士七十人前為壽。僕射周青臣進頌
> 曰：「他時秦地不過千里，賴陛下神靈明聖，平定海內，放逐
> 蠻夷，日月所照，莫不賓服。以諸侯為郡縣，人人自安樂，
> 無戰爭之患，傳之萬世。自上古不及陛下威德。」始皇悅。
>
> ——《史記·卷六·秦始皇本紀第六》〔註14〕

> 屈平既嫉之，雖放流，眷顧楚國，繫心懷王，不忘欲反，
> 冀幸君之一悟，俗之一改也。
>
> ——《史記·卷八十四·屈原賈生列傳第二十四》〔註15〕

〔註12〕 （漢）司馬遷撰《史記》，第 230 頁。
〔註13〕 （漢）司馬遷撰《史記》，第 132 頁。
〔註14〕 （漢）司馬遷撰《史記》，第 254 頁。
〔註15〕 （漢）司馬遷撰《史記》，第 2485 頁。

東漢許慎的《說文解字》中對「放」也有界定，曰：「放，逐也」〔註16〕。正是沿用了《史記》中的這項用法。據此分析，「放逐」應為「放」的本義，而「豪放」則是其引申義。

三國至唐朝，可以被歸納為「豪放」「婉約」的產生、發展時期。就筆者目前掌握的資料判斷，「豪放」作為一個語辭，最早出現於北朝，《魏書》載：「彝少而豪放，出入殿庭，步眄高上，無所顧忌。文明太后雅尚恭謹，因會次見其如此，遂召集百僚督責之，令其修悔，而猶無悛改。善於督察，每東西馳使有所巡檢，彝恒充其選，清慎嚴猛，所至人皆畏服，儔類亦以此高之。」〔註17〕根據《魏書》內容，我們很容易就能作出判斷，張彝是良臣，然而這樣一個享譽朝野的棟樑之才的「豪放」之舉尚引起太后和百官的督責，可見「豪放」之舉在當時難為眾人接受，亦可知此處的「豪放」一詞是稍含貶義的，它的內涵大概和魏晉時期的「放誕」所包含的內容類似，表現在行為上則是目中無人，說話、做事無所顧忌。無獨有偶，《辭源》中在解釋「豪放」一詞時的也以此引文為例，並解釋為「狂放不檢點」，說明「豪放」在一段時期內的主要意義是貶義詞，行為舉止不甚得當。

《現代漢語字典》中對「豪放」的定義是：「氣魄大而無所拘束」。這就牽涉到一個古今詞義的比較問題。把我們今天所理解的「豪放」和史傳文學中的「豪放」相比較，我們發現，二者在意義和運用者所持的態度上均存在差別。現代漢語意義上的「豪放」重在形容人從內在精神狀態到外在行為的豁達、開朗和自由奔放，並不認為有傷大雅和不檢點的行為，而古代則不盡相同。由此可見，自「豪放」一詞產生後，其意義並非凝固不變，而是隨著時代的發展和應用領域的不同而不斷發展變化的，是一個動態的過程。

我們再從美學的角度來看，在美學中，「豪放」屬壯美範疇，彰顯的是陽剛之美，而「婉約」則屬於陰柔之美。正如中國傳統文化中

〔註16〕（清）段玉裁《說文解字注》，上海古籍出版社1981年版，第160頁。
〔註17〕（北齊）魏收撰《魏書》第一冊，中華書局1974年版，第1428頁。

的長短相生、高下相形，陰陽相對，萬物相和一樣，「豪放」和「婉約」這一對範疇不斷地應用於史學、文學、美學等各個領域，發展到現代，形成了對舉定勢、反義詞。相對來講，如果說「豪放」是指精神上的極大自由、內外氣質的張揚，如奔放豪邁的高山大河的話，「婉約」則恰好意義相反，指把手腳束縛起來，輕手躡腳，委曲、低調，如山澗的溪流，安靜和緩地流淌，又如羞澀的女子，低眉順眼，溫婉靜謐。

　　總之，唐以前，「豪放」「婉約」作為語辭進入應用領域的例子真是不勝枚舉，但是真正進入文學批評領域的時間卻並不早。「婉約」雖曾現身於《文心雕龍》，但也只是作為一個普通的語辭被劉勰驅遣，尚未對其進行單章論述，也並未作為概念提出，更甭提上升到理論範疇了。但是，我們卻從中發現，「婉約」的語辭含義在這段時期內趨於穩定。和「婉約」相比，「豪放」更是稍遜一籌，雖然在史傳文學中風光無限，卻始終被阻遏在文學批評領域之外。但是，值得注意的是，「豪放」在最初的時候，是有一種貶義在裏頭的，偏重的是外在行為的放蕩不羈，和今天的意義相比，有一個發展變化的過程，明瞭這一點，有助於我們深入、多層次、全方位理解該詞和其所象徵的詞學意義。但是，無疑，這也為我們更好地把握詞學領域的「豪放」增加了難度。

　　正確地看待「豪放」「婉約」問題，不能僅拘泥於其語辭意義，還要宕開它們的表層含義，探索其背後蘊藏著的深厚內涵和廣闊意蘊。

　　「豪放」「婉約」真正進入文學批評領域的時間也並不相同。「婉約」詞論在明代以前一直處在匿形狀態，只見其意不睹其形，但在詩歌批評中卻多次出現。「豪放」進入詩歌批評領域是在唐代，司空圖的《二十四詩品》把它單列為一品，並對其內涵進行定義。具體如下：

　　　觀化匪禁，吞吐大荒。由道反氣，處得以狂。

　　　天風浪浪，海山蒼蒼。真力彌滿，萬象在旁。

　　　　前招三辰，後引鳳凰。曉策六鼇，濯足扶桑。

　　　　　　　　　　　　　　　——《二十四詩品·豪放》[註18]

這段話表述生動形象，從根源上的「由道反氣」「真力彌滿」的深厚積
澱，到外在展示出的「吞吐大荒」的大氣磅礴，再到表現效果上「前招
三辰，後引鳳凰。曉策六鼇，濯足扶桑」的自由自在，作者為我們刻畫
出如神仙般瀟灑飄逸的「豪放」特徵。司空圖首次認識到這一風格的獨
特意義，對其進行闡釋，對「豪放」這一理論範疇的形成和發展做出了
重大貢獻。詩詞同源，詞源於詩，但又不同於詩，司空圖的《二十四詩
品》充分重視到了「豪放」的作用，並把其引到詩歌批評領域，這對
「豪放」風格在詞學領域的發展奠定了堅實的基礎。楊廷芝《詩品淺
解》釋之云：「豪邁放縱。豪以內言，放以外言。豪則我有可蓋乎世，
放則物無可羈乎我。」切中肯綮，指出了正是內在的「豪」孕育了收放
自如的氣勢和外在形式的不拘一格，說明「豪放」風格是內外統一的，
由內而外的一種自然體現，認為內在的氣韻和外在的奔放並重，二者
的完美結合才共同構成了「豪放」。

第二節　宋代「豪放」「婉約」詞論

　　　詩歌在我國傳統文化中地位很高。宋詞創造出了詞體文學的巔峰，
但是，在開始得很長的一段時間內卻一直遭人輕視。葉嘉瑩曰：「在中
國的文學傳統之中，詞是一種特殊的東西，本來，不在中國過去的文以
載道的教化的、倫理道德、政治的衡量之內的。在中國的文學裏邊，詞
是一個跟中國過去的載道的傳統脫離，而並不被它限制的一種文學形
式，這是非常值得注意的一點。它突破了倫理道德、政治觀點的限制，
完全是唯美的藝術的歌詞。」[註19] 這是褒揚的話語，但卻從另外一
個角度說明了早期詞的功能、特性。詞為音樂文學，產生之初，從《花

〔註18〕　（唐）司空圖《二十四詩品》，見（清）何文煥輯《歷代詩話》上冊，
　　　　　中華書局 2004 年版，第 41 頁。
〔註19〕　葉嘉瑩《唐宋詞十七講》，嶽麓書社 1989 年版，第 6 頁。

間集》《尊前集》等早期文人詞開始，就形成了「詞為豔科」的傳統，就被視為音樂的附庸，乃不登大雅之堂之作。歐陽炯在《〈花間集〉序》中說：「則有綺筵公子，繡幌佳人，遞葉葉之花箋，文抽麗錦；舉纖纖之玉指，拍按香檀。不無清絕之詞，用助妖嬈之態。自南朝之宮體，扇北里之娼風。何止言之不文，所謂秀而不實」，這是我國第一篇文人詞論，形象地概括出早期文人詞的特點，並暗示其功能是娛樂賓朋。與歐陽炯同時代的人孫光憲的《北夢瑣言》載：「晉相和凝，少年時好為曲子詞，布於汴、洛。洎入相，專託人收拾焚毀不暇。然相國厚重有德，終為豔詞玷之。契丹入夷門，號為『曲子相公』。」和凝為相之後的舉動和眾人所表達出的對其名被「豔詞玷之」的惋惜之情，都傳達出當時人對詞的鄙薄態度，認為詞和高尚品德相左，是見不得人的「醜事」。

　　北宋詞雖進一步拓展了詞的題材和空間，但仍然未擺脫「詞為豔科」的樊籬，仍被視為「小道」「末技」。歐陽修的《歸田錄》裏有一段記錄，記載了錢惟演對詞的態度：「錢思公雖生辰富貴，而少所嗜好。在西洛時，嘗語僚屬言：『平生，唯好讀書，坐則讀經史，臥則讀小說，上廁則閱小詞。』」這段話從側面說明了詞在當時人的心目中地位卑下，填詞更是被視為有損形象之舉，即使喜歡作詞的大家，也不敢當眾承認自己的這種嗜好。北宋人陳世修輯南唐馮延巳詞，名之為《陽春錄》，序曰：「公以金陵盛時，內外無事，朋僚親舊，或當燕集，多運藻思，為樂府新詞，俾歌者倚絲竹而歌之，所以娛賓而遣興也。」〔註 20〕繼五代餘緒明確揭示了詞「娛賓遣興」的功能。這些都說明去五代不遠的北宋時期，人們對詞的態度並未有大的改觀，可以看出這一時期詞的地位低下。

　　詞早期不登大雅之堂的社會地位，音樂文學的性質，「要眇宜修，能言詩之所不能言，而不能盡詩之所言」〔註 21〕的特徵，狹而長的詞

〔註 20〕　見施蟄存主編《詞籍序跋萃編》，中國社會科學出版社 1994 年版，第
　　　　　15 頁。
〔註 21〕　王國維《人間詞話》，上海古籍出版社 1998 年版，第 19 頁。

境，再加上歷史相對短暫，尚未形成完整的詞學批評體系，就注定了在相當長的一段時期內，「豪放」和詞形同陌路。但是詩歌不同，我國是詩的國度，源遠流長的詩歌到了宋朝依然氣象萬千，自從被司空圖首肯後，「豪放」正式進入詩歌批評領域，有了更為廣闊的活動空間。

宋代，「豪放」被廣泛應用到詩歌批評領域，甚至形成了一種風氣，有書記載：「皇祐（宋仁宗年號）已後，時人作詩尚豪放，甚者粗俗強惡，遂以成風」〔註22〕，可見其受歡迎的程度，然凡事有度，「豪放」太過，輒成粗俗。需要指明的是，這裡的「豪放」和《魏書》裏形容張彝的「豪放」有了很大的區別，《魏書》裏的「豪放」明顯包含了「行為不檢點」之意，含有貶義，而這裡的「豪放」為褒義，受人推崇，是大家爭相去傚仿的事情，只有「豪放太過」之作，才會被人認為粗俗。在我國最早的詩話，開後代詩歌理論著作新體裁的《六一詩話》裏，歐陽修曾兩次用到「豪放」，其一為：「唐之晚年，詩人無復李、杜豪放之格，然亦務以精意相高。」〔註23〕其二是：「石曼卿自少以詩酒豪放自得，其氣貌偉然，詩格奇峭，又工於書，筆劃遒勁，體兼顏、柳，為世所珍。」〔註24〕言語之間，對「豪放」風格讚賞有加。

以上所講，均是「豪放」在詩歌批評中的運用。任何事物都有自己發展變化的過程，詞也不例外。隨著時代的發展，社會風氣的變遷，人們的思想也在發生著變化，「婉約」詞一統天下的局面被打破，在此過程中，許多詞作家有意或無意識地作出了很大貢獻，如范仲淹、歐陽修等，但是在詞風轉變過程中，最關鍵的人物還是蘇軾。王灼在《碧雞漫志》中說：「東坡先生非心醉於音律者，偶而作歌，指出向上一路，

〔註22〕 （宋）魏泰《東軒筆錄》卷十一，見（宋）魏泰、馬永卿撰，田松青校點《東軒筆錄 嬾真子錄》，第63頁。

〔註23〕 （宋）歐陽修《六一詩話》，見（清）何文煥輯《歷代詩話》上冊，中華書局2004年版，第267頁。

〔註24〕 （宋）歐陽修《六一詩話》，見（清）何文煥輯《歷代詩話》上冊，中華書局2004年版，第271頁。

新天下耳目，弄筆者始知自振。」〔註25〕蘇軾的出現，提高了詞的地位，為詞的發展指出了「向上一路」，並身體力行，以詩為詞，擴大了詞境，對詞的進一步發展貢獻很大。宋人胡寅評價蘇軾詞：「一洗綺羅香澤之態，擺脫綢繆宛轉之度，使人登高望遠，舉首高歌，而逸懷浩氣，超乎塵垢之外。」〔註26〕強化詞的文學性，拓展詞的發展空間，弱化詞對音樂的依附性，是蘇軾給後代詞人指出的「向上一路」，使詞「無意不可入，無事不可言」。這個變化在詞的發展道路上是前所未有的，有篳路藍縷，以啟山林之效。後來的南渡詞人和辛派詞人就是沿著此路而進一步開拓發展的。受蘇軾惠及，「豪放」也被正式引入詞學領域，成為詞學領域不可避免話題，被無數人所津津樂道，為詞和詞學增添了萬般景致。

長期以來，在人們的視野中，蘇軾、辛棄疾之詞是「豪放」風格的典型代表，二人是豪放風格的領軍人物，李清照的詞則代表了「婉約」之風，已成思維定勢。所以，這些人對「豪放」「婉約」的態度如何，具體是怎樣看待該問題的，對我們進一步探討「豪放」「婉約」問題尤其重要。

據筆者粗略統計，在現存蘇軾詩、詞、文等作品中，作者對「豪」字情有獨鍾，先後出現達 324 次之多，幾乎包羅了「豪」字到目前為止的各種意義；「放」字出現多達「778」次，但幾乎全是「放入」「擺放」「投放」等其他意義，所涉「豪放」意義不多；「豪放」一詞出現 5次；「婉」字出現 47 次，多是用來評價人物的溫柔、賢淑；「約」字出現 570 次，但也幾乎和詞的「婉約」意義無涉，而「婉約」一詞出現次數為零，也再一次證明宋人尚沒有以「婉約」論詞的習慣。

蘇軾在《答蜀僧幾演》中，予對方的《蟠龍集》以極高的評價，

〔註25〕 （宋）王灼《碧雞漫志》，見唐圭璋《詞話叢編》第一冊，中華書局 2005
　　　　年版，第 85 頁。
〔註26〕 （宋）胡寅《酒邊集序》，見金啟華、張惠民編《唐宋詞集序跋彙編》，
　　　　江蘇教育出版社 1990 年版，第 117 頁。

認為貫休和齊己的詩「尤多凡陋」，只是偶遇契機，得人賞識，方名揚
天下，為幾演的詩文遭到埋沒而感慨良多：「今吾師老於吟詠，精敏豪
放，而汩沒流俗，豈亦有幸不幸耶？然此道固亦澹泊寂寞，非以蘄人知
而鼓譽也，但鳴一代之風雅而已。」可見，蘇軾對「豪放」風格是頗為
讚賞的，並且認為時人對「精敏豪放」之作缺乏認識，為「豪放」之風
落寞而歎。這段文字和上文所引魏泰《東軒筆錄》中「時人作詩尚豪
放」的記載意見相左，筆者判斷，一方面可能是蘇軾所處的時期「豪
放」詩文確實受人冷落，另一方面也可能是「豪放」詩文很受歡迎，但
是因為蘇軾對豪放作品偏愛有加，更加希望這些詩文得到發揚光大，
無意中對時人提出了更高的要求。但是，無論如何，蘇軾對「豪放」風
格的喜愛是毋庸置疑的。

　　那麼，蘇軾所論「豪放」，具體含義如何呢？我們看他的《跋吳道
子地獄變相》：「道子，畫聖也。出新意於法度之內，寄妙理於豪放之
外，蓋所謂遊刃餘地，運斤成風者耶？觀《地獄變相》，不見其造業之
因，而見其受罪之狀，悲哉！能於此間一念清淨，豈無脫理，但恐如路
傍草，野火燒不盡，春風吹又生耳……」吳道子為唐代著名畫家，畫
藝高超，尤以人物、佛道畫見長，在長安、洛陽作有多幅壁畫，奇蹤異
狀，無有同者，尤其是《地獄變相》，名震一時。蘇軾觀吳道子之畫，
聲稱「不見其造業之因，而見其受罪之狀」，點出了畫以描摹形狀為主
的特點，意思是說，從畫上看不到其痛苦的根源，只看到其痛苦的模
樣。蘇軾誇獎吳道子畫法高絕，技藝嫻熟到「遊刃有餘，運斤成風」的
程度。「出新意於法度之內，寄妙理於豪放之外」是以上評價的總括，
「妙理」與「豪放」對舉，「妙理」偏重內容，「豪放」偏重形式，就像
孔子所講「文」和「質」一樣，很難做到「文質彬彬」「盡善盡美」，二
者常常不可得兼，但吳道子卻做到了，這是極高的評價，無論是在孔子
心中，還是在蘇軾看來。可見，蘇軾理解的「豪放」更加偏重藝術形
式，突出事物外在的表現。對此，蘇轍的《欒城三集卷八》中也有類似
的看法，他認為「李白詩類其為人，駿發豪放，華而不實，好事喜名，

不知義理之所在也」。評價一個人的詩歌「華而不實」「義理」缺失，意思是追求形式上的華麗而不重視內容，相對於蘇軾誇獎吳道子而言，蘇轍對李白則是批評，認為李白的詩雖豪放，但是沒有義理，言下之意是，李詩注重形式，卻忽視內容。這裡的「豪放」也指詩歌的瀟灑、俊逸的形式。

在蘇軾的詩文中，「豪放」亦可以理解成「雄放」，而正是作家的氣質、秉性和內在的「氣」構成了「雄放」的根源，其詩《王維吳道子畫》道出了這一點，「道子實雄放，浩如海波翻。當其下手風雨快，筆所未到氣已吞」〔註27〕，吳道子內在的海波翻滾的浩瀚氣質噴薄而出匯聚成了雄放的藝術風格。

可見，到了宋代，蘇軾所講的詩詞中的「豪放」又與唐代司空圖所闡述的「豪放」有了意義上的區別，在肯定內在的氣勢的情況下，更注重外在的表現風格。而且蘇軾對「豪放」的要求非常嚴格，在他眼中，只有「畫聖」吳道子等有高超技藝者才有此殊榮，而蘇轍雖然對李白詩有所非議，卻從另外一個角度告訴我們，他們兄弟所理解的「豪放」風格傾向於形式上的揮灑自如，只是兩人對「豪放」的態度截然相反，和蘇轍不同的是，蘇軾論「豪放」雖然也偏重藝術的外在表現，但並無貶低之意，相反，是非常推崇的。他的《與陳季常十六首（其十三）》：「又惠新詞，句句警拔，詩人之雄，非小詞也。但豪放太過，恐造物者不容人如此快活，一枕無礙睡，輒亦得之耳」〔註28〕正印證了這一點。蘇軾認為陳季常詞寫得很好，氣象壯闊，有詩歌之大境界，但是卻「豪放」太過，並進一步指出，意欲創作「豪放」風格的詞並不容易，是要頗費一番心思的，要付出巨大努力的。可見，陳季常的「新詞」離蘇軾的「豪放」標準尚存在差距，不符合蘇軾「豪放」詞的標準。

〔註27〕　（宋）蘇軾著《蘇軾詩集》卷三，（清）王文浩輯注，孔凡禮點校，中華書局 1982 年版，第 1 冊，第 108 頁。

〔註28〕　（宋）蘇軾著《蘇軾文集》卷五十五，孔凡禮點校，中華書局 1986 年版，第四冊第 1569 頁。

　　蘇軾雖然倡導「以詩為詞」，並以自己的創作實踐著「豪放」詞，如《念奴嬌‧赤壁懷古》《江城子‧密州出獵》等都是地地道道的豪放詞，豪氣滿懷，鏗鏘有力，和婉約詞相比，新人耳目，暢人胸懷，別有一番風味。試取其中一首進行賞析：

　　　　江城子‧密州出獵

　　　　老夫聊發少年狂。左牽黃，右擎蒼。錦帽貂裘，千騎卷
　　平岡。為報傾城隨太守，親射虎，看孫郎。

　　　　酒酣胸膽尚開張。鬢微霜，又何妨。持節雲中、何日遣
　　馮唐。會挽雕弓如滿月，西北望，射天狼。

這首詞中作者滿腔的豪情最富感染力，令讀者胸中激情澎湃。太守全副武裝，做好了打獵的充分準備，一聲令下，眾將士在他的率領下，奮勇向前，陣陣馬蹄聲響過原野與眾馬騰空而起的姿態組成了一幅動靜結合的千騎越野圖。「孫權射虎」典故的運用也給詞作增添了無窮的氣勢。酒壯人威，年齡之憂也被拋到了九霄雲外，殺敵報國的決心在作者心中無比堅定。該詞一掃傳統婉約詞中軟媚無骨的兒女情換成有膽有識、孔武剛建的英雄氣，千年以來一直被人樹「豪放」詞的標杆。

　　蘇軾創作了許多優秀的「豪放」詞，但他並未摒棄婉約詞，在他的詞作中，「婉約」詞倒是佔了一大部分，這些都無聲地表明他對詞的這種特性是尊重和肯定的。十九世紀德國威克納格在《風格論》中指出，風格是語言的表現形態，一部分被表現者的心理特徵所決定，一部分則被表現的內容和意圖決定。蘇軾的詞即是最好的體現。當自己壯志在胸時，就傾瀉出「豪放」詞，當心情憂傷、糾結時就訴諸為「婉約」詞。俞文豹《吹劍續錄》記載了這樣一則生動的故事，「東坡在玉堂，有幕士善謳，因問：我詞比柳詞何如？對曰：『柳郎中詞只好十七、八女孩兒，執紅牙拍板，唱楊柳外曉風殘月，學士詞須關西大漢，執鐵板，唱大江東去。』公為之絕倒。」這說明蘇軾關心大家對自己詞作的評價，有心爭雄，卻無意於把「女郎」排擠出歌壇。他自己的詞，婉約風格的如《江城子‧記夢》等。蘇軾有《跋黔安居士漁父詞》：「魯直作

此詞，清新婉麗。問其得意處。自言以水光山色，替卻玉肌花貌。此乃真得漁父家風也。然才出親婦磯，又入女兒浦，此漁父無乃大瀾浪乎？」〔註29〕誇獎魯直漁父詞清新婉麗，又有《與吳子野二首（之二）》：「令了秀才，辱長箋之賜，辭旨清婉，家法凜然，欽味不已。老拙何以為謝，但有愧負。」〔註30〕稱讚對方作品清婉，並暢言自己的欽佩之意。這些例子也說明，不管是論詩還是論詞，蘇軾都對「婉約」風格持肯定態度。但「清新婉麗」「清婉」等只是與「婉約」相近的詞語，並不能完全等同於「婉約」。

「婉約」雖是宋詞創立之始就體現出的創作準則，但以「婉約」論詞，宋人始未見自道，主要行於明清，但並不意味著「婉約」沒有發展變化。該詞在唐以前主要用來評價《左傳》的隱晦和女子的柔美，到了宋代，有了更豐富的範疇，包括思想內容、語言音調、藝術風格多種因素的統一，變得更加立體，兼有內容上的婉轉、含蓄，語言上的一場三歎，表達方式上的委曲迴環，南宋《彥周詩話》評《女仙詩》：「湖水團團夜如境，碧樹紅花相掩映。北斗欄千移曉柄，有似佳期常不定」時贊其「婉約可愛」〔註31〕。另外，此處作為佐證的小詩也頗類小詞。

最能代表李清照詞學思想的是她的《詞論》，這是中國詞學史上第一篇全面而系統地總結詞的發展及藝術特徵的詞學批評著作，集中反映了她的詞學觀點和審美標準。仔細推敲此文，李清照為我們勾勒出詞從產生及在宋代的發展演變脈絡。但是很明顯，諸多人的詞作都令才高八斗的李清照有所不滿，如柳屯田的「詞語塵下」〔註32〕；張子

〔註29〕（宋）蘇軾《蘇軾文集》卷六十八，孔凡禮點校，中華書局 1986 年版，第五冊，第 2157 頁。

〔註30〕（宋）蘇軾《蘇軾文集》卷六十八，第 2157 頁。

〔註31〕（宋）許顗《彥周詩話》，見（清）何文煥輯《歷代詩話》上冊，中華書局 2004 年版，第 397 頁。

〔註32〕（宋）李清照《詞論》，見《李清照集編年校注》，徐培均校注，上海古籍出版社 2002 年版，第 266 頁。（注：本書所引《詞論》中字句均出於此）

野等人的有名句無名篇，詞句和整首詞達不到渾然一體的境界。關於東坡等人，易安的評價有三：首先是肯定其才華橫溢，「學際天人」；其次是認為這些人有能力寫出好詞，「作為小歌詞，直如酌蠡水於大海」；最後，指出這幾人詞作之缺點，「然皆句讀不葺之詩爾，又往往不協音律」。由此看來，李清照不贊同「以詩為詞」的做法，認為詩就是詩，詞就是詞，二者是有嚴格區分的，正如她在文中所說的「詞別是一家」一樣，但對於這一點，「知之者少」。從這篇文章可以看出，李清照對自己在詞方面的才情頗為自負，認為自己是少數瞭解詞，又能創作出真正的詞的人，所以，此論一出，便引來非議，如南宋胡仔說：「易安歷評諸公歌詞，皆摘其短，無一免者，此論未公，吾不憑也。其意蓋自謂能擅其長，以樂府名家者。退之詩云：『不知群兒愚，那用故謗傷。蚍蜉撼大樹，可笑不自量。』正為此輩發也。」〔註33〕

李清照所謂的詞「別是一家」，重點在於詞要分五音、五聲、六律、清濁，重在音樂上的要求，是從詞的本源上音樂文學的性質出發的，偏重其藝術性，並不專門針對「豪放」而發，在文中，她把蘇軾和晏殊放在一起來談，認為他們的共同點是所作的詞不協音律，很明顯不是就此談「豪放」，因為晏殊和歐陽修的詞與「豪放」的關聯不大，在這方面根本無法與對「豪放」詞有開拓之功的蘇軾相提並論，這是人所共知的。陸游的《老學庵筆記》也有類似的觀點，認為軾詞：「但豪放，不喜剪裁，以就聲律。」說明認為「豪放」詞多不協律的看法在宋代還是有一定代表性的，所以「不協律」是宋代部分人對豪放的理解。

《詞論》一文未從「豪放」「婉約」入手，但從作者對眾多詞人的評價，尤其是被後世認為豪放詞人、婉約詞人的不同評價上看，其對詞的態度可見一斑，即嚴守傳統的詞學觀念，以「婉約」為詞之本色，尤其重視音律，並依據這些要求，提出詞「別是一家」之說，主張詩詞異域，要求對兩種不同形式的文學做出不同的對待。李清照的觀點和態

〔註33〕 （宋）胡仔《苕溪漁隱叢話》，見《詞話叢編》本。

度在尊重文學的特性尤其是詞的特性方面是正確的，因為每種文學樣式都有自己的藝術特徵，應該有它相對的獨立性。此時的詞已經過百年的發展，它有自己固定的形式、發展規律和創作方法，這是值得肯定的。然而，在事物的發展變化過程中，一切脫離現實的東西，最終都會走向窮途，文學的發展除了要符合自身的規律，還要符合客觀規律，要與社會發展相適應。詞從晚唐五代到北宋初期，一直侷限於「豔科」藩籬，但是隨著社會的向前推進，柳、蘇兩家先後崛起，從詞的形式和內容上，突破了傳統模式，開闢了較為廣闊的道路，這就促進詞的發展來說，也是無可厚非的。《詞論》是李清照於戰亂前所作，至於其後因時局變化而帶來的詞風的轉變，是李清照所不能料及的。李清照的論說雖然只表示她個人的主張，但是她的態度基本上代表了當時多數人認為詞應該以「婉約」為本色的看法。如陳師道即說：「退之以文為詩，子瞻以詩為詞，如教坊雷大使舞，雖極天下之工，要非本色。」〔註34〕王炎也有「婉轉嫵媚為善」〔註35〕、「豪放語何貴焉？」〔註36〕的看法。「本色」論與「別是一家」之說肯定詞的特色，表現出對詞的尊重，使詞和詩區別開來，這無可厚非。而豪放詞的提倡與創作，又使詞的境界得到拓展，詞的地位得到進一步解放與提高，有了更大的進步。所以，這並不矛盾，而是一個辯證的發展過程。詞之所以成為一種文學形式就得益於它的特性，但是要想有長足的發展就必然要在擁有自己風格的基礎上吸收和借鑒新的東西，要經歷一個不斷變革的過程。對詞的「婉約」本色的肯定與新的「豪放」色彩的加入，以及由此引發的長期的關於詞的「豪放」「婉約」問題的探討，事實上是一種進步。也正因為如此，千百年來，詞的接受史在不斷地綿延，得到無數學者、文人以

〔註34〕　（宋）陳師道《後山詩話》，見（清）何文煥《歷代詩話》上冊，中華書局 2004 年版，第 309 頁。

〔註35〕　（宋）王炎《雙溪詩餘自敘》，見金啟華、張惠民等《唐宋詞集序跋彙編》，江蘇教育出版社 1990 年版，第 170 頁。

〔註36〕　（宋）王炎《雙溪詩餘自敘》，第 170 頁。

及普通讀者的較高評價，像王國維的「一代之文學」〔註37〕的論說，更是給詞鍍上了無盡的光環，足以照耀千古。

在「豪放」「婉約」的接受史鏈條上，宋代是最重要的一環，根據「豪放」「婉約」詞在宋代的發展狀況和宋人對「豪放」「婉約」詞的態度，我們不難發現，有宋一代，尤其是北宋時期，傳統的以「婉約」為主的詞學觀念依然處於主導地位，與此同時，人們對「豪放」詞風有一個從反感到逐漸接受的過程。原因在於，讀者對作家作品的接受明顯受制於他所處的時代和由此帶來的自身境遇的改變，尤其是這個時代的美學追求和價值追求。「詞為豔科」的審美定式和長期以來大家對詞體的輕視嚴重制約著人們的思想。在詩風上被推崇備至的「豪放」風格，作為詞風在最初卻並不為眾人接納，很少得到人們的認可，更多的是不理解，蘇軾關於詞的「詩化理論」在當時也並未引起太多讚譽，選家不錄評家毀多於譽就正說明了這一點。《樂府雅詞》成於南宋，是早期的宋人選宋詞的本子，選了三十四家詞人的詞，包括女性詞人，選詞標準非常寬泛，其中，李清照入選二十三首，一些不甚出名之輩也身列中，然而詞壇大家蘇軾卻僅選三首收在《拾遺》中，地位顯然無足輕重。詞選傳達出選家的標準和態度，選家對於蘇詞的忽視，說明了當時選家在思想觀念上還是難以擺脫傳統觀念。另外，蘇軾門人對蘇詞也頗多微詞，其門人陳師道《後山詩話》云：「退之以文為詩，子瞻以詩為詞，如教坊雷大使之舞，雖極天下之工，要非本色。今代詞手，唯秦七、黃九爾，唐諸人不逮也。」〔註38〕《王直方詩話》亦云：「東坡常以所作小詞示無咎、文潛，曰：『何如少游』二人皆對曰：『少游詩似小詞，先生小詞似詩』。」〔註39〕礙於師尊，其門人弟子也較為含蓄地批評蘇軾詞。這

〔註37〕 王國維《宋元戲曲考·序》，見《王國維論著三種》，商務印書館2007年版。

〔註38〕 （宋）陳師道《後山詩話》，見清何文煥《歷代詩話》上冊，中華書局2004年版，第309頁。

〔註39〕 （宋）王直方《王直方詩話》，見郭紹虞輯《宋詩話輯佚》，中華書局1980版。

跟詞的地位和當時的社會狀況有關。此時，傳統的詞學觀仍然統治著詞壇，還在左右著人們的思想，詞為「詩餘」「小道」「末技」的地位尚未得到很大改觀。但是，隨著形勢的變化，這種狀況在逐步改善。

　　這跟時代風雲息息相關，而時代風雲又深深制約著人們的價值觀。綜觀整個宋代，尤其是北宋，和唐代社會的政治本體、對國家前途充滿信心，精神昂揚不同，它是一個文化本體的朝代，宋代國力衰弱，是外患最多、最長、也最為嚴重的朝代，在對外作戰中十戰九敗，積貧積弱，這使宋人的魄力變得脆弱，朝廷高度重視文治、重用文人，民間甚至都留傳著這樣的民謠：「天子重英豪，文章教爾曹；萬般皆下品，唯有讀書高。」在朝廷的倡導下，廣大士人、文人醉心於文化，從詩、詞、文等諸多的藝術創作和欣賞中獲得極大的精神滿足，尤其是宋詞的「言情」色彩，更是迎合了他們的意趣，形成了所謂的「宋世風流」。關於宋世風流，冷成金先生論述頗為精到，他認為「宋世風流」主要由兩方面的因素組成：一是商業發達的都市生活，即淺酌低唱、歌舞宥酒的風尚，這是其表層現象；一是指宋學與禪學入世轉向相融合，士林孤高自許之風漸泯而隨俗嬋娟之氣漸濃，這是其深層原因。這樣，政治——文化政策和經濟——商業政策的寬鬆，傳統規範與現實風情的融匯，士林風流與市井風俗的合拍，使得宋詞在吟詠自足與應歌便唱不同主旨的撞擊、融合中異彩紛呈，既有婉約、豪放的不同風格，也有合樂歌詞與格律詩、娛樂要求與詩教規範的矛盾，這使得宋詞在三百年的歷程中創造了幾可與漢唐詩千年輝煌媲美的成就。〔註40〕南宋詞壇，蘇詞的革新已逐漸受人認可。如胡寅稱讚蘇軾道：「及眉山蘇軾，一洗綺羅香澤之態，擺脫綢繆宛轉之度，使人登高望遠，舉首高歌，而逸懷浩氣，超然乎塵垢之外。於是《花間》為皂隸，而柳氏為輿臺矣。」〔註41〕前文提到的王灼

〔註40〕　朱靖華等《中國蘇軾研究（第一輯）》，學苑出版社 2004 年版，第 415
　　　　　～416 頁。
〔註41〕　（宋）胡寅《酒邊集序》，見金啟華、張惠民編《唐宋詞集序跋彙編》，
　　　　　江蘇教育出版社 1990 年版，第 117 頁。

的《碧雞漫志》對蘇軾的豪放創舉也是評價甚高。詞的「婉約」傳統的堅定捍衛者李清照在經歷了國破家亡遭遇之後也寫出了「豪放」風格的詞作，如《漁家傲》：「我報路長嗟日暮，學詩謾有驚人句，九萬里風鵬正舉……」面對此景，我們不得不感歎時代的推移、世事的變遷。在山河破碎、國家動盪之際，「歌舞升平」逐漸淡出了有志之士的視線，取而代之的是滿腔的熱血和激憤，南宋張孝祥等詞人繼承了蘇軾的革新精神以慷慨沉鬱、不受拘束的豪放風格和重才重氣、發揚個性的創作思想，為文學的發展注入了生機，他們把恢復中原的理想和雄才大略難以實現而悲憤填膺、悲愴沉鬱的感情傾瀉到詞中，鑄就了許多壯麗奔放的詞章。連朱熹都為之擊節：「讀之使人憤然，有擒滅仇虜，掃清中原之意。」〔註 42〕辛棄疾更是高舉蘇軾大旗，「以詩為詞」「以文為詞」「以議論為詞」，真正確立了「豪放」詞的地位，創作出大量的「豪放」詞篇。同時，對「婉約」詞風也頗為欣賞，吸收和借鑒了蘇軾、李清照的精華，把自己鎔鑄成了一個能豪能婉、能剛能柔、能壯能逸，既發揮了豪放詞的特長，造豪放詞之極詣，同時又能博取眾芳，融會貫通的詞壇大家。辛棄疾形成了以豪放為主導的多樣化的風格特色，或高遠開朗，或沉鬱凝重，或明快疏宕，或幽默詼諧。有不少作品寫得情致纏綿，詞意婉約，還有一些作品則突破了豪放與婉約的界限，將豪放與婉約熔於一爐，豪放中見委婉，綿麗中顯俊爽，令人大開眼界。劉克莊道：「公所作大聲鞺鞳，小聲鏗鍧，橫絕六合，掃空萬古，自有蒼生以來所無，其秾纖綿密者，亦不在小晏秦郎之下。」〔註 43〕在某些方面，辛詞成就甚至高出了蘇詞。可以說，蘇軾是「豪放」詞風的奠基者和開創者，而辛棄疾則更加發揚光大了「豪放」創舉，直接促成了「豪放」詞派的形成。但是，在宋朝末年，就整個詞壇來看，還是被周邦

〔註 42〕（宋）朱熹《書張伯和詩詞後》，見《惠安先生朱文公文集》卷八四，國家圖書館出版社 2006 年版。

〔註 43〕（宋）劉克莊《辛稼軒集序》，見金啟華、張惠民編《唐宋詞集序跋彙編》，江蘇教育出版社 1990 年版，第 173 頁。

彥、姜夔詞風所籠罩。但「豪放」詞也受到愛國詞人的強烈擁護。

　　劉辰翁不吝筆墨，盛讚蘇辛詞，認為蘇軾的「豪放」詞開闢天地奇觀，其價值和藝術魅力遠遠超出婉約低回之詞，詞到辛棄疾則到了登峰造極的地步。〔註44〕可見，劉辰翁是崇「豪放」，抑「婉約」的。至此，「豪放」詞已由蘇軾空谷足音時期的不被人看好，發展到了被人尊崇有加，也是一種地位上的提升，但是，就整個宋代來講，還是「婉約」詞占上風，整個詞壇風氣還是傾向於詞的藝術性，如重音律，重「婉約」本色，對詞的思想性重視不夠，缺乏深刻認識，大多數人象李清照那樣，認為「以詩為詞」破壞了詞的應該固守的特性，雖然南宋時期，這種狀況有所改觀，接受和欣賞「豪放」詞的人逐漸增多，但是尚未占據過詞壇主流，南宋末年陳模《懷古錄》道：「近時作詞者只說周美成、姜堯章等，而以稼軒詞為豪邁，非詞家本色。潘紫岩云：『東坡為詞詩，稼軒為詞論。』此說固當，蓋曲者曲也，固當以委曲為體；然徒狃於風情婉變，則亦不足以啟人意，回視稼軒所作，豈非萬古一清風也哉！」此說一方面是為稼軒詞抱不平，另一方面也反映了當時詞壇風氣，仍然認為蘇、辛詞是異類，無法與周邦彥、姜夔詞地位相較。上文所說的《樂府雅集》也是一例，雖是南宋的本子，但作者對蘇軾詞卻並不重視。

第三節　金元明時期「豪放」「婉約」詞論

一、金元時期

　　金朝是我國北方少數民族女真族建立的政權，與南宋劃淮河而治，

〔註44〕　（宋）劉辰翁《辛稼軒詞序》，見金啟華、張惠民編《唐宋詞集序跋彙編》，江蘇教育出版社1990年版，第173～174頁。「詞至東坡，傾蕩磊落，如詩如文，如天地奇觀，豈與群兒雌聲學語較工拙；然猶未至用經用史，牽雅頌入鄭衛也。自辛稼軒前，用一語如此者必且掩口。及稼軒橫豎爛漫，乃如禪宗棒喝，頭頭皆是；又如悲笳萬鼓，平生不平事並厄酒，但覺賓主酣暢，談不暇顧。詞至此亦足矣。」

歷時 100 多年，興盛一時，它和南宋對峙的局面，類似歷史上的南北朝。女真人文化背景薄弱，草創之初連文字都沒有，但是由於其統治者重視文化，積極向漢文化和契丹文化學習，短短百餘年間，發展勢頭迅猛，在文學史上也留下了自己鮮明的印記。前人在詞或詞學研究過程中對金代缺少關注，或一筆帶過，甚者竟然掠過不提，事實上，在詞學研究上，金代有其存在的價值，承宋餘緒，同時也有自己的特色和見解。唐圭璋《全金元詞》收金代詞人 70 家，詞作 3000 多首，這對建立在文化上白手起家的金人來說，實屬不易。

金代初期，即太祖、太宗、熙寧時期，最顯著的特點就是「借才異代」，這跟他的少數民族政權性質有關，金代在建立之初，收羅了許多宋遼文士，如宇文虛中和吳激等。而漢人長期以來生活在傳統的農業文明社會再加上飽受儒家「家國」觀念的薰陶，這使人們對故土有著深厚的感情，當他們背井離鄉，由宋入金，一時之間對金朝的政治、生活、文化環境均不太適應，詞作自然充滿了身世之感和家國之思，對這些人，有人形象概括為「南朝詞客北朝臣」，他們的詞和李後主的詞異代相接，有情感上的共鳴，在風格上近於「婉約」，基調低沉，但表達方式上與「婉約」的委曲迴環不盡相同，又吸收和借鑒了柳永和蘇軾等人的創作手法，與北宋詞差別不大。

海陵王完顏亮時期，金代詞壇呈現出一些新的景象，這一時期的代表作家是完顏亮等。弒君自立、南侵宋朝，在歷史上留下惡名的完顏亮在詞壇上卻留下了壯麗的篇章，他的詞最突出的特點是豪放、雄壯，字裏行間波瀾壯闊，詞筆雄壯，意境雄奇，打破了金初以來詞壇的沈寂、低沉，如黃鐘大呂般響徹霄漢，在繼承蘇、辛「豪放」詞風的基礎上，又有君王的霸氣兼豪放詞人的大氣，如《念奴嬌·詠雪》：

> 天丁震怒，掀翻銀海，散亂珠箔。六出奇花飛滾滾，平填了，山中丘壑。皓虎顛狂，素鱗猖獗，掣斷珍珠索。玉龍酣戰，鱗甲滿天飄落。

誰念萬里關山，征夫僵立，縞帶沾旗角。色映戈矛，光
搖劍戟。殺氣橫戎幕。貔虎豪雄，偏裨英勇，共與談兵略。
須拚一醉，看取碧空寥廓。

這首詞可以說是詠雪詞中的上乘之作，作者立意新穎，從被常人看作
自然現象的雪天入手，觸景生情，把下雪擬人化成是上天暴怒的結果，
形象地寫出了大雪遍地的景象。又把被雪覆蓋的江山奇觀想像成「皓
虎」「素鱗」「玉龍」，這些巔狂的猛獸相互開戰，恣意放狂，暗示了下
闋的戰爭場景。作者超凡脫俗的想像力和撼天的氣勢給片片飄飛的雪
花增添了無盡的魅力和無窮的力量，氣韻蒼涼，文思奇詭，讓人不禁聯
想起雪原上的雄鷹。

　　我們再看他的《鵲橋仙・待月》:「停杯不舉，停歌不發，等候銀
蟾出海。不知何處片雲來，做許大、通天障礙。虬髯撚斷，星眸睜裂，
唯恨劍鋒不快。一揮截斷紫雲腰，仔細看、姮娥體態。」完顏亮的詞境
多設在天宮，本人儼然天上神仙，意象也非常奇特，如「銀蟾」等，其
思想少受儒教束縛，但是詞豪壯的同時，卻殺氣騰騰。完顏亮的詞霸
氣，豪放卻布滿刀光劍影，令人不寒而慄。這與自小受道家思想浸潤，
兼受佛家思想影響的蘇軾，雖為儒士，詞作卻充滿了「深情」的蘇軾
「豪放」詞有很大不同，蘇詞立足當下而又思接千載，如美玉般光澤而
溫潤。這可見「豪放」不僅是詞的創作風格，更是作者自身性格的流
露，正是內在的不同的精神氣質孕育了蘇軾、辛棄疾、完顏亮的不同的
「豪放」詞。

　　金亡前後的詞人，以元好問最為著名。元好問不僅在詩論上做出
了很大貢獻，在詞論上也功不可沒。他認為蘇詞卓絕，無人匹敵，同
時，指出詞應與詩有同樣的地位和功能，而辛棄疾的詞在元好問這裡
也受到了極大的推崇，可見他對「豪放」詞是持讚賞態度的。元好問
《新軒樂府引》曰:「唐歌詞多宮體，又皆極力為之。自東坡一出，情

性之外，不知有文字，真有『一洗萬古凡馬空』氣象。」〔註45〕在北
宋時期很少受讚賞的蘇軾詞，在元好問看來是人間奇文，認為蘇軾才
情和文字合二為一，水乳交融，不著痕跡，內容和氣勢均為絕佳。對於
辛棄疾，元好問《遺山自題樂府引》曰：「樂府以來，東坡第一，以後
便到辛稼軒。」〔註46〕，這是就蘇辛對豪放詞的貢獻而言的，認為蘇
辛一脈相承，開「豪放」奇觀。元好問對於辛棄疾的這段論述為明清
「豪放」「婉約」詞論的發展作出了貢獻，對詞學史上「豪放詞派」的
提出奠定了基礎。對於元好問來講，創作是理論的基礎，而理論正是創
作的總結和提煉，元好問有大量詞作流傳至今。其詞在他人生的不同
時期呈現出兩種不同的風格，早期詞如《水龍吟》(少年射虎名豪)，豪
邁、壯觀，中後期的詞則多了些沉鬱和悲涼，作者面對國家覆亡的慘痛
現實再也無法豪氣滿懷，亡國之痛，黍離之悲壓得他喘不過氣來，寫出
了一些沉鬱悲壯的作品，對此，清人況周頤等有諸多評析，留待後文詳
述，此處姑且不提。另外他還有一些愛情詞，纏綿婉約，情意綿綿。所
以他的詞融合了蘇軾、辛棄疾開創的豪放風格和李清照為代表的婉約
風格，剛柔相濟，沈祖棻在《讀〈遺山樂府〉》中這樣評價他：「兼取婉
約一派之長，並進而追求既剛健而又婀娜的風格。」〔註47〕

　　另外，金代蘇詞的倡導者還有趙秉文、王若虛等。針對前人評論，
王若虛在《滹南遺老集》中為蘇軾鳴不平：「陳後山謂『子瞻以詩為詞』，
大是妄論，而世皆信之。獨茅荊產辨其不然，謂公詞為古今第一。今翰
林趙公亦云：『此與人意暗同』。蓋詩、詞只是一理，不容已視。」〔註
48〕可見，蘇軾詞在金代地位很高，大家不約而同推其為「古今第一」，

〔註45〕　(金)元好問《新軒樂府引》，見《遺山先生文集》卷36，四部叢刊
　　　　　本。
〔註46〕　(金)元好問《遺山自題樂府引》，見《遺山先生文集》卷36，四部
　　　　　叢刊本。
〔註47〕　沈祖棻《讀〈遺山樂府〉》，《文學遺產增刊》第11輯。
〔註48〕　(金)王若虛《滹南遺老集》卷三九(七)，見《〈四部叢刊〉正編》，
　　　　　臺灣商務印書館2011年版，第200頁。

且情辭懇切，遠遠超出了蘇詞在北宋的接受程度，自覺承繼了並超出了南宋人對蘇軾的評價，鞏固和加強了「豪放」陣營。

蘇軾、辛棄疾詞在金代受歡迎的程度跟蘇軾、辛棄疾的作品本身有關，更多的是契合了少數民族的生活習性如騎馬射箭等和作家們的個人氣質，女真人直率的性格和生活習慣使他們在心理上更易於接受「豪放」詞作。

元代和金代一樣，也是少數民族建立的朝代，由一向以游牧為主的蒙古族所建。就整個元代的文學發展狀況來講，雅文學逐漸消退，迎合市民審美情趣的戲劇元曲獲得了輝煌成就，元人羅宗信在《中原音韻序》中道：「世之共稱唐詩、宋詞、大元樂府，誠哉！」這裡所講的「大元樂府」就是通俗講的「元曲」，包括元雜劇和散曲。有元一代，對比曲的興盛繁榮景象，詞相形見絀，隨著俗文學越來越受歡迎，再加上文人地位比較低，而朝廷長期停止科舉考試，造成文人仕進無門，而朝廷又對元曲創作進行鼓勵，許多文人便轉而創作元曲，詞逐漸走向衰落，不見宋代的輝煌景象，連明人自己都做出這樣的評價：「元有曲而無詞，如虞、趙諸公輩，不免以才情屬曲，而以氣概屬詞，詞所以亡也。」〔註49〕

二、明代

明詞的創作並未擺脫元代以來的衰落狀況，再加上「程朱理學」的盛行，和八股取士制度的確立，小說、戲曲等俗文學的繁榮，詞學受到了極大衝擊。但是和元代相比，詞論卻有了很大的發展。許多人曾對明代詞學持鄙薄態度，多家文學史講到明代文學時，只說詩文、小說等，對詞隻字不提。這正反映了許多詞學研究者對明代詞學缺乏瞭解。在浩如煙海的中國古代典籍中，被發掘出來的明代的詞學典籍少之又少，而且長期以來一直處於荒蕪狀態，許多珍貴的文獻資料缺乏整理。

〔註49〕　（明）王世貞《藝苑卮言》，見《詞話叢編》第一冊，中華書局 2005 年版，第 393 頁。

要研究該朝代的詞學發展狀況，詞學文獻是基礎，有許多工作需要做。唐圭璋本《詞話叢編》所收明代詞話僅 4 部，事實上，明代詞話遠不止這些，如今，明代詞學文獻考據工作已經取得了新的進展，如張仲謀在研究明代詞學的過程中，已輯出明人所作詞集序跋 160 餘篇，散見於明人文集、詩話中的詞話 800 餘條。其中，以人而論，論詞文字較多，可用詞話名書獨立成卷的，如單宇《菊坡詞話》、黃溥《石崖詞話》、陸深《儼山詞話》、郎瑛《草橋詞話》、俞弁《山樵暇語》、郭子章《豫章詞話》、胡應麟《少室山房詞話》、曹學佺《石倉詞話》等，至少不下十餘家。如果把這些散見的論詞文字彙成一編，當成數十萬字的巨帙。這些都給我們進一步進行詞學研究，洞悉明代詞學全貌提供了寶貴的資料。

明人對「豪放」「婉約」詞論的發展亦做出了不小的貢獻，在詞學史上最早提出了豪放、婉約風格的劃分，首次正式把「豪放」「婉約」對舉，對後世影響深遠。嘉靖年間人張綖在《詩餘圖譜‧凡例》後面的按語中云：「詞體大略有二：一體婉約，一體豪放。婉約者欲其詞情蘊藉，豪放者欲其氣象恢弘。蓋亦存乎其人，如秦少游之作，多是婉約；蘇子瞻之作，多是豪放。大抵詞體以婉約為正，故東坡稱少游為今之詞手；後山評東坡詞雖極天下之工，要非本色。」「豪放」進入詞學批評，從宋代始，至明已有時日，出現頻率頗高，已成為詞學批評的重要術語，張綖的這段文字，再次證明了「豪放」風格的重要和其在詞學領域的重要地位。但「婉約」論詞，宋元少見，多見其同義、近義詞如「婉麗」「清婉」等，廣泛出現，在明清二朝。而「豪放」「婉約」成對出現，成為詞的兩種主要體式，尚屬首次，為後世詞學批評的發展提供了重要的批評範式。張綖之後，明人多用「豪放」「婉約」來形容詞的主要風格。具體來講，張綖的這段話可歸納為三層意思：首先是明確提出了詞的兩種風格，指出「婉約」和「豪放」是詞的兩種重要體式；其次是表明了「婉約」「豪放」的內涵及風格形成的原因，「婉約」重在詞的內在感情的含蓄、宛轉，曲折，「豪放」則抒發了壯闊的意境和恢宏的氣

勢，而詞之所以體現出不同的風格和創作者的內在精神氣質有關；最後指出，婉約詞是本色詞，為詞之正體，蘇軾詞雖妙，但非本色。作者雖然堅持「婉約」為詞之本色，但卻正式把「豪放」這種風格提上檯面，放到和「婉約」一樣顯赫的位置，說明了豪放詞經過多年的發展，其勢頭已經到了不可不談的地步。稍後的徐師曾在其《文體明辨序論》中論及「詩餘」時，完全秉承了張綖的觀點，並再次強調「婉約」與否是有識者判斷詞作優劣的第一標準：「至論其詞，則有婉約者，有豪放者。婉約者欲其詞情蘊藉，豪放者欲其氣象恢宏。蓋因各因其質，而詞貴感人，要當以婉約為正，否則雖極精工，終乖本色，非有識者所取也。」這在一定程度上反映了明人詞學觀念，即在詞論上比前人雖有很大進步，對「豪放」風格的詞加以肯定，但仍未打破傳統的詞學觀念，並且重正抑變、崇正抑變的態度更加明顯。王世貞曰：「故詞須宛轉綿麗，淺至儇俏，挾春月煙花於閨幨內奏之，一語之豔，令人魂絕，一字之工，令人色飛，乃為貴耳。至於慷慨磊落，縱橫豪爽，抑亦其次，不作可耳。作則寧為大雅罪人，勿儒冠而胡服也。」〔註50〕又道：「言其業，李氏、晏氏父子、耆卿、子野、美成、少游、易安至矣，詞之正宗也。溫、韋豔而促，黃九精而險，長公麗而壯，幼安辨而奇，又其次也，詞之變體也。」〔註51〕可見，明人崇「婉約」，抑「豪放」的思想非常嚴重，儘管在《藝苑巵言》中王世貞多處表現出對蘇、辛豪放之作的讚賞，在藝術上表現出比前人更加開闊的胸襟，但婉約為主流的詞學思想卻根深蒂固。王驥德《曲律》云：「詞曲不尚雄勁險峻，只一味嫵媚閒豔，便稱合作，是故蘇長公、辛幼安並置兩廡，不得入室。」姚希孟《媚幽閣詩餘小序》：「『楊柳岸曉風殘月』與『大江東去』，總為詞人極致。然畢竟『楊柳』為本色，『大江』為別調也。」類似的說法在明人詞論中還可以找到不少，足以反映明人對詞的文體個性與基本風格的認識，側面交待了「豪放」的特點是「氣象恢宏」「慷慨磊落」「縱橫豪

〔註50〕（明）王世貞《藝苑巵言》，見《詞話叢編本》第一冊，第 385 頁。
〔註51〕（明）王世貞《藝苑巵言》，第 385 頁。

爽」，對「豪放」詞的藝術成就讚譽有加，稱蘇軾「大江東去」達到詞藝術的巔峰，但基本觀點仍是「婉約」為正，「豪放」為詞之變體。

《草堂詩餘》是宋人編選的一部詞選，但在明時流行最盛，充分說明了明人的詞學審美觀念。藏書家毛晉云：「宋元間詞林選本，幾屈百指。唯《草堂詩餘》一編飛馳，幾百年來，凡歌欄酒榭絲而竹之者，無不拊髀雀躍；及至寒窗腐儒，挑燈閒看，亦未嘗欠伸魚睨，不知何以動人一至此也。」〔註52〕但是明代人所讀的並非宋朝版本，明代該書的版本眾多，據孫克強先生考證，現存的明本《草堂詩餘》有35種之多，百餘詞人入選，選錄詞多為婉約風格，即使是蘇、辛等人，也主要錄入其婉約詞。《草堂詩餘》的應歌性很強，春夏秋冬，詞應景而入，正符合詞產生初期「娛賓遣興」的性質，在明代的流行反映出在市民經濟的發展形勢下，大眾娛樂方面的需求。

跟宋元相比，明代的詞學批評更加成熟，邏輯性強，明人使許多模糊的詞學問題更加明朗化，並鮮明提出自己的觀點，如張南湖的「豪放」「婉約」二分法，在繼承前人思想的基礎上，首次明確概括出兩大詞風，為詞學批評開闢了兩條清晰的道路，這在缺乏系統化歸納的中國古代文學批評領域是有著重大進步的。

另外，明人雖然崇正抑變，維護「婉約」詞的正統地位，對蘇軾的詞也有了更加開放的態度，肯定了這種獨特風格是詞壇裏的重要風景，具有很高的藝術價值。錢允洽《國朝詩餘序》云：

> 竊意漢人之文，晉人之字，唐人之詩，宋人之詞，金元人之曲，各擅所能，各造其極，不相為用。縱學窺二酉，才擅三長。不能兼勝。詞至於宋，無論歐、晁、蘇、黃，即方外閨閣，罔不消魂驚魄，流麗動人。如唐人一代之詩，七歲女子，亦復成篇。何哉？時有所限，勢有所至，天地元聲不發於此，則發於彼，致使曹、劉降格，必不能為。時乎，勢

〔註52〕 （明）毛晉《草堂詩餘跋》，見《詞集序跋萃編》，第670頁。

　　　　乎，不可勉強者也。〔註53〕

該文肯定了蘇詞的藝術成就，稱其「消魂驚魄」「流麗動人」，但是卻把它歸於時勢造英雄，不管怎樣，作者並未把蘇軾詞作為個案挑出以區別眾人，可見「豪放」詞的卓越的藝術成就已經成為詞學批評領域不可避免的話題。

　　由宋至明一直沒有對詞明確劃分詞派，詞學典籍中雖多處論及，但不成系統。明人開始自覺地歸納詞學規律，對詞學上的大問題，迎難而上，多不迴避，明確把詞化為「豪放」「婉約」兩體，為清代更加全面和詳盡地探討詞學問題奠定了基礎。

　　系統考察了「豪放」「婉約」詞論在宋、金、元、明各個朝代的發展狀況，筆者發現，事實上，從詞的產生開始，其後的幾百年裏，雖然詞這種文學樣式經歷了許多變化，如蘇軾的異軍突起，「豪放」「婉約」先後進入詞學批評領域等，詞論家們所持觀點基本上沿襲「婉約」為正統、本色的觀念，但是「豪放」詞也在逐漸地擴大影響，散發出令人不可忽視的藝術魅力，尤其是明代張綖的說法使得「豪放」成為可以與「婉約」並放的體性，作為一對體式進入詞學批評範疇。

　　就「豪放」「婉約」大的範疇來講，先秦兩漢時期是「豪放」「婉約」的萌芽時期，「婉約」與「豪」和「放」及由此衍生的詞開始進入人們的視野，代表了其早期的意義；三國至唐為「豪放」「婉約」的產生、發展時期，這段時期，完整的「豪放」語辭隨「婉約」之後問世，並逐漸步入文學批評領域；而宋、金至明、清則為「豪放」「婉約」的繁榮時期，「豪放」「婉約」進入詞論，在詞學史上大放光芒，宋及之後的每個朝代幾乎都圍繞這個問題爭論不休，並引出詞的正變等問題的探討。但是，就詞學範疇來講，宋金兩朝可稱「豪放」「婉約」詞論的萌芽時期，「豪放」始被用於論詞，「婉約」的同義、近義詞也開始見於詞學論著；明代為其產生發展時期，其實，「豪放」詞論要更早一些，

〔註53〕　錢允洽《國朝詩餘序》，參考張仲謀《明代詞學的建構》，徐州師範大學學報（哲學社會科學版），2000 第 3 期。

但以「婉約」論詞明代才多次出現，並且開始成對出場，被明確確立為
詞的兩種體型；清朝是詞學發展的高峰，也是詞學理論的繁盛時期，對
「豪放」「婉約」詞論來說也是高潮，清代對這個問題的論述達到了高
潮，歷史上的「豪放派」「婉約派」批評範疇問世，也更細緻、更全面、
更系統，留待以後幾章詳述。

第二章　清代「豪放」「婉約」詞論之表述方式

　　清代是詞學繁榮時期，清代的「豪放」「婉約」相對前代，內容更為豐富、形式也更為多樣，而這些都建構在清代政治、社會、文化狀況的基礎之上。

　　清王朝是我國歷史上最後一個封建王朝，由滿族貴族建立，從1644年李自成率領農民起義軍攻陷北京，明王朝崩潰，到1911年辛亥革命結束，持續了267年時間。清代是古代向近代轉變的銜接點，在我國歷史上的地位非常重要，對清代的問題研究很有必要，一方面是由於它是距離今天最近的封建朝代，對清代社會各個方面進行研究，對當今社會很有借鑒意義；另一方面是因為它是一個具有鮮明特色的朝代，是我國統一的多民族國家進一步鞏固和發展的重要時期，也是封建社會的轉折和沒落時期。鴉片戰爭之前，雖然是中國封建社會的晚期階段，但商品經濟和資本主義萌芽尚在不斷發展，社會機制猶相對合理，各種社會矛盾也並未完全凸顯，鴉片戰爭前後，清政府統治日益腐朽，再加上外敵入侵，致使國內外各種矛盾總爆發，形成內憂外患的狀況，我國延續了兩千多年的封建統治病入膏肓，歷經無數次朝代更迭的曾經繁盛至極的封建社會在滿清貴族的統治下走向了末路，整個社會逐步淪為半殖民地、半封建社會。一定社會的文化是其政治、經濟的反映，但同時也具有相對獨立性，清人在文化方面頗有建樹，對後

世影響深遠。所以,清代是一個有著鮮明特點的朝代,對其進行研究很有價值和意義。政治和經濟、文化本來就是相互關聯的,有清一代,它們之間的聯繫尤其密切,滿清貴族的統治對清代文化的發展產生了重大影響。嚴格來說,文學的發展並非始終與政治發展同步,相對而言往往會具有超前性或滯後性,所以筆者在研究清代「豪放」「婉約」詞論時並不僅限於滿清統治的這 267 年,事實上囊括了清末民初的許多重要的詞學資料。

　　一個政權之所以能夠歷經 267 年的風雨,雖然最終走向了覆亡,但在早期必然有其存在的合理性,尤其是統治初期,在維護封建統治和社會文化的發展過程中必然起過積極的作用。滿人對漢族文化的態度是非常矛盾的,既嫉妒和仇恨,又充滿嚮往,再者,在馬上打天下,卻不能在馬上安天下,奪得統治大權的滿族貴族迫切希望用漢文化來維護自己的統治,清朝奪得統治大權後,滿族統治者開始籠絡漢人,朝廷制度設立悉襲明制,清朝統治者也領略到了漢文化的精髓,充分認識到儒家思想的作用,決定利用它來控制社會思想文化,加強君主專制,如康熙皇帝就對朱熹讚賞有加,大力強化程朱理學的地位,使程朱理學成為清代的官方哲學。另外,從康熙皇帝至嘉慶帝,統治者一直非常重視圖書文化的發展,圖典之盛是學術文化強有力的推動力,更為文學走向普通百姓提供了條件。所以,清王朝的統治並非一直萎靡不振,相反,曾經有過迅猛、強勁的發展,並且在前、中、後期呈出不同的特徵,出現了著名的「康乾盛世」……這些都證明了清代曾經有過的輝煌。

　　清代的成就遠遠不止這些,它更大的成就表現在文化領域,《清史稿‧藝文志序》對清朝有過這樣的描述:「經籍既盛,學術斯昌,文治之隆,漢唐以來所未逮也。」概括出了清代文化的昌盛,同時也指出了圖書之盛對學術的巨大作用。梁啟超在他的《中國學術思想變遷之大勢》中道:「此二百餘年間總可命為中國之『文藝復興時代』」〔註1〕,

---

〔註 1〕 梁啟超《論中國學術思想變遷之大勢》第八章,見梁啟超著,湯志鈞
　　　　 等編《梁啟超全集》第三集,中國人民大學出版社 2018 年版。

他認為，「有清二百餘年之學術，實取前此二千餘年之學術，倒卷而纚演之；如剝春筍，愈剝而愈近裏；如啖甘蔗，愈啖而愈有味；不可謂非一奇異之現象也。」〔註2〕此說形象生動，又鞭闢入裏，揭示出清代文化的總體特徵。在這二三百年間，清代的文化取得了驕人的成績，是我國傳統文化集大成的時代。在清代文化繁盛的浪潮裏，古典文學有著重要位置，在這個階段，古典文學取得了舉世矚目的成就。

　　文學是文化、學術的典型體現，清代文學的繁榮具體表現在各種文學樣式上，無論是從創作數量上看還是從創作質量來講，各類文學在清代都有所發展；在清代，某些新體裁突飛猛進，取得了輝煌的成就；文學理論和批評也有了重大發展，形式多樣，更具包容性和針對性，小說評點、詩論、詞論、文論、曲論等層出不窮。詩歌是我國古老的文學樣式，毋庸置疑，詩歌的高峰期在唐朝，清詩雖然不復唐朝的繁盛，但也是五彩斑斕，仍然是文人言志的重要工具，在清朝統治者大興「文字獄」的重壓下，清詩能夠做到負重前進，湧現出了王夫之、顧炎武、錢謙益、吳偉業、王士禎等諸多詩人，實屬不易，他們的詩歌或關注現實、或敘事活脫、或神韻悠遠，繼承了我國詩歌傳統的「詩言志」傳統，並有了新的開拓。唐代「古文運動」之後，長期以來，駢文一直萎靡不振，在清代卻又掀起了新的波瀾，盛行一時。隨著資本主義萌芽和商品經濟的進一步發展，小說、戲曲等後起的文學樣式更是有了突出的成就，《長生殿》《桃花扇》《紅樓夢》《儒林外史》《聊齋誌異》等蔚為壯觀，尤其是小說，創造出了明清具有代表性的文學成就。

　　葉恭綽曰：「蓋詞學濫觴於唐，滋衍於五代，極於宋而剝於明，至清乃復興。」〔註3〕詞在宋代繁盛，擁有一大批優秀的詞人，詞作更是具有極高的欣賞價值和藝術成就，元明時期進入衰落期，但是，衰亡了幾百年後，在清代又有了新的活力，重新復蘇，呈現出繁茂的景象，這是一種罕見的文學現象，也是文化整合過程中的奇蹟，清詞的這種復

〔註2〕梁啟超《論中國學術思想變遷之大勢》第八章。
〔註3〕《清名家詞序》，見《清名家詞》第1冊，上海書店1982年版。

興，史稱「中興」。吳梅曾說：「明詞蕪陋，清詞則中興時也。」〔註4〕
清代詞人眾多，詞作浩瀚，以至於至今尚無準確數據出爐，葉恭綽編
《全清詞鈔》收入詞人 3,196 人，是目前為止收錄清詞最多的選本，但
並非清詞全貌，程千帆主編的《全清詞·順康卷》收順治、康熙時期詞
人就有 2,100 餘人，詞 50,000 餘首，8,500,000 字，成為最大的斷代總
集，即使這樣亦並非浩瀚清詞的全貌，但由此可見有清一代詞作之多，
一大批優秀的清代詞人為詞苑增色，如陳維崧、朱彝尊，尤為著名的是
納蘭性德，被王國維譽為「北宋以來，一人而已」〔註5〕。

我國文學理論的產生往往滯後於文學的發展，如詩和詩論，還有
早期的詞與詞論，但是在清代卻呈現出不同的狀況，理論和創作並行，
都取得了較大的發展，所以，清詞的「中興」除了表現在詞人和詞作的
大量湧現，還表現在詞學理論的繁榮，清代在詞學理論方面取得了超
越前人的更高成就。劉慶雲《詞話十論》裏，把古代詞論的發展大體分
為三個時期：1. 北宋為詞論的初興期。2. 南宋為詞論的進一步發展時
期。3. 清代為詞論發展的高峰時期，詞論著作繁複，詞論家對詞學理
論展開了全面的研究，在許多詞學問題上都有精闢的論述。〔註6〕是對
清人詞學貢獻的肯定，這些詞論對我們今天的詞學研究提供了重要的
理論依據和文獻資料，今人書籍或論文中，清人的論述和考證比比皆
是，佔了大量篇幅，論述涉及到詞學問題的方方面面。

清代詞學理論成績斐然，相比前代，理論內容更加豐富，並且形
成了一定體系，對於「豪放」「婉約」等詞學具體問題也有了更加細緻
而深入的論述。「豪放」「婉約」問題是詞學領域的重大問題，宋代以來
一直爭論不休，直至今日都是詞學領域未解決的問題。清代詞學發展
繁盛，詞論內容豐富多樣，對詞的「豪放」「婉約」問題也論述詳細，
民國以至當代的許多詞學著作、詞學家對「豪放」「婉約」問題的認識

〔註4〕（清）吳梅《詞學通論》，復旦大學出版社 2005 年版，第 107 頁。
〔註5〕王國維《人間詞話》，第 13 頁。
〔註6〕劉慶雲《詞話十論·導論》，嶽麓書社 1990 年版。

及詞的風格流派的看法都是對清人詞論的沿襲，或是在清人詞學闡釋的基礎上而發展形成的，所以，探討「豪放」「婉約」問題，清代是至關重要的一環。

上世紀三十年代，龍榆生在《研究詞學之商榷》一文中指出：「應該把『批評之學』作為現代詞學研究的重要方面。」〔註7〕，他認為以往詞學批評的通病，在於所做評論率為抽象之辭，無具體之剖析，往往令人迷離惝恍，莫知所歸。龍先生的觀點發人深思，一定程度上指出了詞學批評的弊端，告訴我們研究詞學問題既要有抽象的理論，也要有形象、生動的論述和闡釋。針對於龍榆生的時代，同樣屬於「以往」詞學批評陣營的清代詞論的研究，尤其是清代「豪放」「婉約」詞論的研究是否也存在類似的問題呢？具體內容和特徵又是怎樣的呢？這就更引起了我們對「豪放」「婉約」問題進行微觀剖析的興趣。

研究詞學問題，詞學文獻是基礎，有豐富的文獻資料作為依據，才能為詞學問題的探討提供可能性。「豪放」「婉約」詞論是清代詞論中的一個大問題，有許多相關的論述，但是學界對此很少有微觀的闡釋，對它的存在形式進行具體論述的文章也不多，所以，把文學、文論和文獻的相關知識結合起來，對「豪放」「婉約」問題進行深入研究就很有必要。

清代詞論形式較前代更為多樣，也更為完備，包括詞話、詞集和詞選的序跋批註、論詞詩詞，以及文、筆記、詞譜、詩話、曲話、書札中的相關內容，這其中有專門的詞論著作，也有散見於各處的點滴評說，清代詞學文獻浩瀚，再加上這些詞論的分散性，全部收集起來就頗為困難，而儘量佔有盡可能多而確鑿的文獻資料，是詞學研究的前提。《吳熊和詞學論集》中對宋以來的重要詞論進行歸類：「自宋以來，詞論的形式，大體有四類，詞話是其中之一。另外三類，一是詞集序跋……二是詞集評點……三是論詞絕句。」〔註8〕把它們分為四種基本形式，清代的詞論形式比以前更為豐富多樣，無論是詞話、詞集序跋、詞集評

〔註7〕 參考龍榆生《龍榆生詞學論文集》，上海古籍出版社1997年版。
〔註8〕 參考吳熊和《吳熊和詞學論集》，杭州大學出版社1999年版。

點，還是論詞絕句，在數量上都遠遠超出歷史上的朝代，內容上也更為詳盡。

　　清代是文化繁盛的朝代，在許多領域都達到了高峰，文獻資料也是不計其數，至於其中與「豪放」「婉約」問題相關的資料，從來沒有人做過系統統計。筆者在研究清代「豪放」「婉約」詞論時參考前人考述，對搜集到的現有相關文獻資料進行了分析、歸類，大致分為詞話、詞選、詞籍序跋、論詞詩詞四種，〔註9〕擬從這四方面的材料著手，對清代「豪放」「婉約」詞論進行探討。

　　清代的詞論家在闡釋具體詞學問題時，有的選用一種詞論作為自己闡述詞學思想的方式，有的並不專攻一體，而是幾種並用，共同表達自己的理念，並且在論述具體環節上形成互動，反映在「豪放」「婉約」詞論中也是如此，有時候同一個作者既有詞話，又寫有論詞詩詞，另外，還有詞集序跋和詞選存世，在這幾項中均有其對「豪放」「婉約」的認識，如馮煦，對此，為了避免不必要的重複，筆者在下文的論述中有意採用互現法，在分類論述的同時，突出其重點。

第一節　詞話：較常見的詞論形式

　　詞話有廣義和狹義之分，廣義的詞話，顧名思義是指所有文字記載中涉及詞的言語，這其中除了專門的詞話著作，也包括詩話、筆記、文集、史傳、類書中對詞的評價；狹義的詞話是指以詞和詞人及相關內容為議論對象的闡釋和評論，主要是指獨立的專門著作，論述的語言以散體為主，而非韻語，包括關於詞及詞人的品評，對詞的考證，詞的本事、聲律、填詞要訣等。為了便於把詞論與詞籍序跋、論詞詩詞區分開來，筆者本書所講的詞話即是狹義的詞話。

　　詞話是傳統詞論的主要形式，它產生於宋代，是隨著詞的產生、

〔註 9〕　本書其有些論述「豪放」「婉約」的資料有重合的部分，因為詞話、詞選、詞籍序跋中的某些論述可能重疊，作者在內容上會避開，但形式上就不再刻意區分。

發展應運而生的，是宋詞繁榮興盛的產物。早期的詞話往往不成體系，今天看來較為凌亂，都是雜在或附著在筆記和詩話著作之中。以宋人筆記為例，其中就有很多談詞之語，從形式上看，這些論詞語句多以單則獨條出現，也有專章論詞，從內容上講，宋人筆記中的詞話大多記詞人軼事、詞壇掌故和詞作本事，也有對詞作的品藻和考訂，我們比較熟悉的宋人筆記──俞文豹的《吹劍續錄》，其中關於東坡軼事的記載就頗為生動，流傳久遠，成為詞壇佳話，形象地點出了「婉約」與「豪放」兩種風格詞作的不同之處：「東坡在玉堂，有幕士善謳，因問：我詞比柳詞何如？對曰：『柳郎中詞只好十七、八女孩兒，執紅牙拍板，唱楊柳外曉風殘月，學士詞須關西大漢，執鐵板，唱大江東去。』公為之絕倒。」宋人詩話中談詞較多的是陳師道的《後山詩話》，作者直抒胸臆，關於蘇軾詞的評論明確道出了當時詞壇對「豪放」詞的態度，也成為對後世影響深遠的詞論，被詞學研究者多次轉述，「退之以文為詩，子瞻以詩為詞，如教坊雷大使舞，雖極天下之工，要非本色。」〔註 10〕這段話我們在前文論述宋代「豪放」「婉約」詞論時就曾引用過，後山一語呈現出當時人對蘇軾詞的認識，也反映出其「以婉約為本色」的詞學觀念。這些早期散見於各處的詞話雖不夠系統，但不乏生動，對後人的詞學研究提供了鮮活的資料，某些還具有極高的學術價值。

　　最早的詞話專著可推北宋時期楊繪的《本事曲》，又名《時賢本事曲子集》，梁啟超在《記時賢本事曲子集》一文中稱其為「最古之詞話」〔註11〕，該書內容主要是紀事，雜有對詞人、詞作的評價，多有散佚，被《詞話叢編》收錄，篇幅短小，所涉詞人僅南唐中主、蘇軾等寥寥幾人，如今，有關該詞話的考證取得了新進展，已有學者從浩瀚的典籍中搜集到了 27 條條目和線索〔註12〕。在宋代，許多詞學話語都是散落在各處的點

〔註10〕　（宋）陳師道《後山詩話》，見（清）何文煥《歷代詩話》上冊，中華書局 2004 年版，第 309 頁。
〔註11〕　（宋）楊繪《記時賢本事曲子集》，見唐圭璋《詞話叢編》第一冊附錄，中華書局 2005 年版，第 10 頁。
〔註12〕　參照朱崇才《時賢本事曲子集新考訂》《文獻》2003 年第 3 期。

滴評說，獨立成體的詞話相對來說是一種巨大的進步。事實上真正開詞學理論先河的是李清照的《詞論》，前文我們已有詳述，此文論述周密，且梳理出宋詞發展的輪廓，對重要詞人均有評說，尤其是提出了「詞別是一家」的觀點，在詞學發展史上意義重大。比較成熟的詞話是南宋末年沈義父的《樂府指迷》與張炎的《詞源》，代表了宋代詞話的最高成就，體制更為完備，對詞的音律、做法、題材等各方面均有詳細論述。

　　宋人詞話流傳下來的並不多，《四庫提要》詞曲類僅錄宋人詞話三部，《詞話叢編》錄宋代詞話相對較多，也不過十一部，但是這些詞話卻對我們瞭解宋詞的特性、地位等起了重要作用。大概和詞的發展狀況有關，元、明詞話存世較少，寥寥無幾，到了清代，詞話著作卻蔚為壯觀，在數量上遠遠超出歷史上的各代，對許多問題的探討也尤為詳盡和系統。唐圭璋編《詞話叢編》共收詞話 85 種，其中，清代詞話 68 種，加上附錄中的 3 種，清詞話有 71 種之多，這是一個頗為可觀的數字，佔了三分之二強，是詞學問題尤其是清代詞論研究的主要資料。近年來通過不少學者的共同努力，已發現的《詞話叢編》之外的清代詞話有 70 餘種，詞話未見但存目的也有 40 餘種。〔註 13〕文獻考證和研究者還在孜孜不倦地做著清代詞話文獻的搜集工作，清代詞話的隊伍在不斷地擴充。止於目前，清代詞話尚有許多發掘的餘地，其考證工作也還在繼續，清詞話將給清代詞學研究貢獻出更多的力量。

　　回顧了詞話的過往，我們可以為詞話的產生、發展過程大致梳理出這樣一條脈絡：詞話濫觴於北宋，成熟於南宋，元、明流於沈寂，至清代則大盛。清代的詞話中，對詞的「豪放」「婉約」問題的論述佔了大量筆墨，詞話作者還在書中不斷地對蘇軾、辛棄疾、李清照等人進行評論，或直接臧否，或間接地反映在對這些詞人作品的評價中，有助於我們更好地瞭解這些詞人和與他們密不可分的詞的「豪放」「婉約」問題。

〔註 13〕　參見孫克強《清代詞學文獻的整理和研究》，河南大學學報（社科版），
　　　　　 2005 年 7 月第 4 期。

　　詞話無論是對宏觀的詞學史還是微觀的詞學問題來說，都有著重要意義，對於此，近人謝之勃在《論詞話》一文中一語中的，道出了詞話的作用，「詞話者，紀詞林之故實，辨詞體之流變，道詞家之短長也。」〔註14〕雖然不夠全面，比如，有的詞話主要是闡釋詞的聲律問題，但是卻充分肯定了其功能。

　　清代詞學理論載體多樣，但詞話是最常見，也是最重要的詞論形式。至於它涉及到的「豪放」「婉約」論述有多少，我們可以通過圖表的形式略窺一斑。目前最全面的詞話總集仍然是唐圭璋先生的《詞話叢編》，也是清代「豪放」「婉約」詞論的主要詞話載體，筆者在《詞話叢編》所收的 71 中清代詞話中進行了粗略統計，從中得出了一組有關「豪放」「婉約」詞論的數據，具體如下：

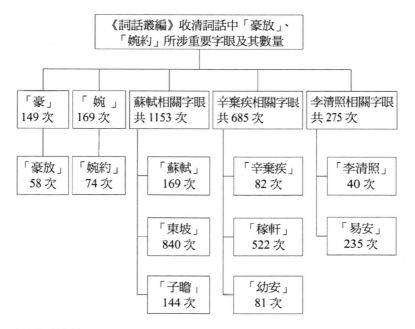

　　這項統計只是模糊統計，並不是非常精確，涉及到某些具體字句難免會有重複，還會包括少數清代以前的數據，因為畢竟「豪放」「婉

〔註14〕見《國專季刊》第一期，1933 年。

約」問題是詞學中的重大問題，前人也有論述，當世的詞論家在闡釋自己的觀點時會另有新見，也會對前人有所繼承，這是詞話本身所不能避免的，另外，雖然《詞話叢編》中大多是單篇詞話，但也不乏用眾多詞話中的名句進行彙編、別具匠心地加工而成的詞話，如馮金伯輯成的《詞苑萃編》，所以，同樣的字句有時候可能會重複出現。而李清照並不能代表全部的婉約詞人，蘇軾、辛棄疾也不能概括全部的豪放詞人，只是筆者選取的比較有代表性的詞人。

忽略掉這些問題之後，我們會發現，「豪放」「婉約」詞論在這 71 種清代詞話中所佔的比重還是相當大的，關係的層面也很複雜，是和許多詞學問題交織在一起的，並非單一、清晰論述。

關於清代詞話，孫克強、謝桃坊、朱崇才等詞學研究者近些年又挖掘出來一些新的資料，如《借荊堂詞話》四則，《鶯情詞話》八則等，據朱崇才講：「《詞話叢編》及筆者所搜集者，計約一百六十餘部六百餘萬字。」〔註 15〕這對本書很有幫助，筆者在研究過程中會儘量做到兼顧新資料，從這些新近發現的詞話中搜集相關的「豪放」「婉約」論斷，以此作為《詞話叢編》中詞話之有益補充，以求更為深入、全面地探討清代「豪放」「婉約」問題。

清代出現了許多詞話彙編，這在詞話史上也不失為一種獨特的現象，因為清代之前，很少有獨立的詞話彙編，雖然大家對這種體裁併不陌生，如南宋胡仔的《苕溪漁隱叢話》、魏慶之的《詩人玉屑》中都有詞話的彙編，但是尚未獨立成書，只是依附在詩話這種體裁之中。清代，獨立的詞話集頻頻出現，給詞學研究者研究清代詞論提供了很大便利，也可以說是形成了詞話的一種新體裁，清代的詞話集有上文提到的馮金伯的《詞苑萃編》，還有王又華的《古今詞論》，江順詒所編《詞學集成》，王奕清等編撰的《歷代詞話》，張宗橚《詞林紀事》（《詞話叢編》未收之詞話），葉申薌的《本事詞》，徐軌所編《詞苑叢談》，沉雄的《古

〔註15〕 朱崇才《詞話史》，中華書局 2006 年版，第 2 頁，朱崇才《詞話叢編》
未收詞話考錄，見《江蘇文史研究》1999 第 2、3 期。

今詞話》，這樣一種形式，把古今的許多詞話及內容彙集到一起，系統性很強，材料豐富。其實，唐圭璋所編《詞話叢編》是清代這種詞話集形式的延續。這些詞話集大多被《詞話叢編》收錄，但也有未收錄的，如《詞林紀事》《詞苑叢談》。清代的詞話集對「豪放」「婉約」詞論的評價較單一的詞話更為豐富，為我們瞭解整個詞學領域「豪放」「婉約」詞論提供了一個較為集中的切面，也使我們的視野更為寬廣。

　　下面我們以清代馮金伯所輯《詞苑萃編》為例，談談「豪放」「婉約」詞論的具體闡述形式。

　　馮金伯《詞苑萃編》成書於嘉慶年間，編者有感於徐釚《詞苑叢談》的錯綜雜亂等缺陷，在原書的基礎上刪減補綴，結合自己的意志，訂正而成。全書分為二十四卷，體例上分為體制、旨趣、品藻、指謫、紀事、音韻、辯證、諧謔、餘編九項內容，時間上包括從宋至清的詞學評論，對歷代涉及到「豪放」「婉約」問題的詞論多有摘錄，但是對清代部分收錄不夠全面，筆者在此不詳加論述，只是從中採擷幾個簡單的例子進行簡要論說。

　　例一：該書中表達出作者對詞的態度是「詞宜洗粉澤」，論據是毛稚黃的詞論，毛稚黃反對當時詞壇流行的以「韻」和「豔」來品評詞作，提出了自己的看法，認為真正的好詞是去掉雕飾，洗去粉澤，並且必須以情貫始終，即好詞要蘊藏真摯的情感，認為豪放詞、婉約詞中均有佳作，並對「豪放」和「婉約」進行界定，即「雖豪宕震激而不失於粗，纏綿輕婉而不入於靡。」〔註16〕，告訴我們，豪宕震激並且不粗野的詞才是豪放詞，纏綿輕婉不流於靡豔的詞才是真正的婉約詞。

　　例二·作者承認婉約為宗，但對南宋諸公的詞作成就加以肯定。原因是作者在書中有「漁洋山人論詞以為：『詞以少游、易安為宗，固也。然竹屋、梅溪、白石諸公，極妍盡致處，反有秦、李所未到者。』」〔註17〕的論語，其態度夾雜在對其他詞人論斷的肯定中，借他人之口，

〔註16〕　（清）馮金伯《詞苑萃編》，《詞話叢編》第二冊，第 1786 頁。
〔註17〕　（清）馮金伯《詞苑萃編》，《詞話叢編》第二冊，第 1787 頁。

表明自己的態度。

例三：對詞之「本色」作出新的解釋，以《詞筌》中相關論述為證，贊詞之本色為佳，並高度評價辛棄疾詞，認為其詞為本色詞。此處所講的「本色」是有真情，絕去雕飾之意，而非傳統詞論中的「婉約為詞之本色」中之「本色」。突破了傳統的「詞以婉約為本」的思維定勢，新人耳目。

例四：以《詞苑》中相關論斷為證，推崇豪放詞，欣賞蘇軾詞。認為蘇軾詞在濃淡之間，恰到好處。「『子瞻與誰同坐，明月清風我』，『明月幾時有，把酒問青天』，快語也。『大江東去，浪淘盡、千古風流人物』，壯語也。『杏花疏影裏，吹笛到天明』，爽語也。」其詞在濃與淡之間耳。」集《碧雞漫志》詞論佳句，指出，蘇軾為詞指出向上一路，具開拓之功，陸游論蘇軾，認為其非不能歌，而是不喜剪裁以就聲律。

《詞苑萃編》中共有4處提到「豪放」一詞，「婉約」8處，蘇軾45處，子瞻34處，東坡167處，辛棄疾16處，稼軒54處，幼安9處，李清照12處，易安31處，一定程度上反映出蘇軾、辛棄疾開創的豪放詞風打破傳統「婉約」詞之樊籬，成為歷代人們爭論的熱點。

王士禛生於明末，是順治年間進士，主要活動時期是順治、康熙時期，是清初著名詩人，論詩主神韻，其詩清麗澄澈而不乏蒼勁，被譽為康熙年間的「詩壇泰斗」，在詞學史上也留下了厚重的一筆，繼明代張綖分詞為「豪放」「婉約」兩體外，首次變「體」為「派」，明確提出詞分「豪放」「婉約」兩派，開現代意義上的「豪放派」和「婉約派」之源，在詞史上意義重大。王士禛做出這一貢獻的同時，也為「豪放」「婉約」的爭論添加了許多新的內容，如關於「豪放派」和「婉約派」的稱呼等，清代「豪放」「婉約」詞論的內容也因此變得更加豐富多彩。但是大家對於王士禛詞論的理解大多僅停留在這個層面，至於其他內容，則很少引起人們的關注，我們可以通過他的詞論著作，對其詞學理論有更加全面、清晰的瞭解。《花草蒙拾》是王士禛的重要詞話，代表了其主要的詞學觀點，書中記其讀《花間集》《草堂詩餘》時之感觸，

從溫庭筠、韋莊等花間詞人入手，但又不僅僅侷限於此，事實上對諸多詞人及詞學問題都有評價，我們鎖定其中的「豪放」「婉約」內容進行探討。

王士禎《花草蒙拾》中的詞論使詞學史上有了的「婉約派」「豪放派」的稱謂，「豪放」詞地位得以提高，進一步奠定了李清照、辛棄疾分別為詞壇兩派領袖的地位。王士禎在該詞話中專列一條冠之以「婉約與豪放二派」，具體論述為「張南湖論詞派有二：一曰婉約，一曰豪放。僕謂婉約以易安為宗，豪放惟幼安稱首，皆吾濟南人，難乎為繼矣。」〔註18〕很明顯，作者在歸納前人相關論述的基礎上，加入了自己的理解，我們拿之與明代張綖之論述進行對比。張綖道：「詞體大略有二：一體婉約，一體豪放。婉約者欲其詞情蘊藉，豪放者欲其氣象恢弘。蓋亦存乎其人，如秦少游之作，多是婉約；蘇子瞻之作，多是豪放。大抵詞體以婉約為正，故東坡稱少游為今之詞手；後山評東坡詞雖極天下之工，要非本色。」〔註19〕張南湖概括出了「婉約」和「豪放」的特徵，前者「詞情蘊藉」，後者「氣象恢宏」，並且強調這和作家的個人氣質關係很大。同時，明確指出婉約為正，是詞之本色。和張綖相比，王士禎的詞學觀念有了很大進步，雖然肯定張綖「二體說」，但不再把目光停留在正變問題上，而是進一步標明了兩派的領軍人物，婉約派是以李清照為代表，豪放派以辛棄疾為首，對「豪放派」有了更多關注。所以，相對張綖的詞論，王士禎該詞論的意義在於：其一，變「體」為派，開後世「豪放派」「婉約派」稱謂之先河。其二，進一步促成了李清照和辛棄疾成為「豪放派」和「婉約派」的典型代表的地位，對後世產生很人影響，甚至成為詞壇定論。

其實，在《花草蒙拾》中，作者的這些論斷不是孤立的，而是和其他論述相互關聯的，參之該書中的其他論述，我們會對王士禎的詞

〔註18〕　（清）王士禎《花草蒙拾》，見《詞話叢編》第一冊，中華書局 2005年版，第 685 頁。

〔註19〕　見本書第二章。

學思想有更多的瞭解。在「婉約與豪放二派」論述中雖然作者不再把關注點放在詞之正變問題上，但認為「婉約」為詞之本色，「豪放」為詞之變體的觀念並未完全改變。他在論述「溫韋非變體」時曰：「弇州謂蘇、黃、稼軒為詞之變體，是也。謂溫、韋為詞之變體，非也。」可見，這種「豪放」為詞之變體的觀念根深蒂固，並非一朝一夕就能改變的，在清代王士禎生活的時代，仍然統治著人們的思想。另外，王士禎對蘇軾、辛棄疾讚賞有加，這意味著「豪放」詞越來越受到人們的喜愛。「平山堂一抔土耳，亦無片石可語，然以歐、蘇詞，遂令地重。」〔註20〕深切體會到蘇詞的影響。但是他認為蘇軾詞中既有豪放風格的，也有婉約風格的，其詞之所以名重如此，主要是豪放詞的影響，但婉約詞也功不可沒，是二種風格的詞共同作用的結果，「名家當行，固有二派。蘇公自云：『吾醉後作草書，覺酒氣拂拂，從十指間出。』黃魯亦云：『東坡書兵海上風濤之氣。』讀坡詞當作如是觀。瑣瑣與柳七較錙銖，無乃為髯公所笑。」〔註21〕王士禎看到了蘇軾詞帶來的詞壇新氣象，認為蘇軾詞作之氣象相對於柳永等人的詞風，是一種巨大的進步。他讚賞辛棄疾詞中磊落丈夫氣，曰：「石勒云：『大丈夫磊磊落落，終不學曹孟德、司馬仲達狐媚。』讀稼軒詞，當作如是觀。」〔註22〕言語之間，對「豪放」詞非常欣賞。

　　以上論述只是清代詞話中「豪放」「婉約」詞論中的一隅，目的是展示清代詞話中「豪放」「婉約」的闡述方式，但換個角度來看，無論是詞話集還是單篇詞話，都反映了清人普遍較為開放的詞學觀念。

第二節　詞選：較隱性的詞論形式

　　和其他詞論形式相比，詞選是較隱性的詞論形式，因為它不會直接對詞和詞家進行褒貶，但是我們從詞選的編選目的、編選內容，可以

〔註20〕　王士禎《花草蒙拾》，第 681 頁。
〔註21〕　王士禎《花草蒙拾》，第 681 頁。
〔註22〕　王士禎《花草蒙拾》，第 681 頁。

看出編選人的態度，也就是說，這些編選者的主張、意志都體現在詞作的數量和詞人的篩選過程中。詞選本可以反映出詞選者的好惡和當時的審美風尚，能間接地透露出作者的態度，這一點尤其重要。

詞選中的詞論包括詞選中的點評，如《詞綜》收唐宋金元詞人600餘家作品，每一詞人下有生平簡介和前人評述。清代文化繁榮，詞壇選詞之風也頗為繁盛，各類詞選大量刊行，按時間來看，既有以前的歷代詞選，如宋代、明代等詞作選集，也有清人對當代詞人作品的搜羅；從體例來看，既有斷代詞選，又有歷代總集；從刊行的次數來看，既有唐宋詞選重刊，又有對唐宋詞的新編。清代詞選種類很多，以當代詞選為例，僅葉恭綽的《全清詞鈔》所引用的詞選就達221種之多。至今為止還沒有一個非常完整的清代詞選敘錄。

施蟄存《歷代詞選集敘錄》中收27部，馬興榮《中國詞學大辭典》和王兆鵬《詞學史料學》，前者收入84部，後者收入102部，相對完整，兩相對照得112部。唐宋人選的詞選存12部，明人選的詞選存20多部，清人現存全部詞選共100餘部。清代各個詞派都有詞選，例如浙西詞派朱彝尊編《詞綜》，常州詞派張惠言的《詞選》。另外，清代詞選是詞話的重要來源，一些詞話取自詞選的序言、發凡或評點，所以清代的各種詞論形式之間有時候並不能做到完全絕對的區分。

清代詞學史上的詞選大致有三種：宋人所選唐宋詞選的重刊、新編歷代詞選、當代詞選。宋人詞選《草堂詩餘》在明代影響很大，在清初亦有較大影響，是宋人所選清代重刊的唐宋詞選的典型代表；新編歷代詞選著名的有朱彝尊、汪森選編的《詞綜》、張惠言的《詞選》、周濟的《詞辨》《宋四家詞選》、陳廷焯《詞則》、朱祖謀《宋詞三百首》等；當代詞選，就清初來講，較著名的就有王士禎、鄒祇謨的《倚聲初集》，顧貞觀、納蘭性德的《今詞初集》，陳維崧、吳本嵩的《今詞苑》，蔣景祁的《瑤華集》等，另外幾乎每個詞派都有自己的詞選，清代的詞學流派亦十分重視當代詞選的作用，清代詞派多以本邑本鄉詞人為基本陣容，各派都選編有體現本派成員的詞選本，如雲間派有《幽蘭草

詞》（收陳子龍、李雯、宋徵輿三人詞，西泠詞人有《西陵詞選》，松陵詞人有《松陵絕妙詞選》，梁溪詞人有《梁溪詞選》，柳州詞人有《柳州詞選》，陽羨派有《荊溪詞初集》，浙西派有《浙西六家詞》，「後吳中七子」詞派有《吳中七家詞》，常州派有《詞選附錄》《國朝常州詞錄》等等。收錄同邑當代詞人作品的流派詞選編成刊行，既宣告本派的正式登場，也為本邑本鄉詞壇的成就、聲勢和特色起到了宣傳造勢的作用。〔註23〕這些詞選都是我們研究清代「豪放」「婉約」詞論的重要資料，從清人對《草堂詩餘》的批評中，從新編歷代詞選的序言及內容中，還有清代當代詞選的編選目的中，我們都可以找到「豪放」「婉約」問題的相關論說。清人對各種詞選之於詞壇創作風氣的作用高度重視，將詞選作為詞學批評的工具和詞學理論的載體。在清代詞史上，幾乎每一個流派的出現，每一種思潮的興盛，都與相應的詞選有關。詞選是清代詞學理論的重要形態，在清代詞學史上產生了重要作用。

　　詞選本反映出選詞人的好惡及當時的審美趣味，趙聞禮《陽春白雪》正集八卷專選婉約風格的詞人詞作，外集一卷則多收張元幹、辛棄疾、劉過等人的悲壯豪放的作品，這對後人將宋詞分為婉約、豪放兩派，想必有所啟發。

　　詞選體現了清人的詞學審美理想，成為清代詞學理論的重要載體，對詞風的嬗變和詞學理論的發展起著重要作用。常人一般會認為詞選編選非常簡單，不過是篩選詞作而已，事實上並非如此，詞選編選並非易事，並非簡單的羅列詞作，陳廷焯曾說：「以我之性情，通古人之性情」〔註24〕，並進一步指出「作詞難，選詞尤難」〔註25〕，選詞需要慎重，否則的話影響詞選的傳播不說，也不能反映出當時的社會風尚和選者的思想意趣。清人非常重視唐宋詞選的作用，目的是為了指導

〔註23〕　參見孫克強《清代詞學文獻的整理和研究》，河南大學學報（社會科學版），2005 年 7 月第 4 期。
〔註24〕　（清）陳廷焯《白雨齋詞話》卷八，人民文學出版社 1959 年版，第3907 頁。
〔註25〕　（清）陳廷焯《白雨齋詞話》卷八，第 3907 頁。

當代的創作，用古人的詞作，影響詞人的審美和好惡。詞選的作用非同小可，清代詞學史上的論辯往往是由詞選引發。

龍榆生曾指出：「浙常二派出，而詞學遂號中興。風氣轉移，乃在一二選本之力。」〔註26〕由此可見，詞選的強大功能，所以詞選中選詞的偏重，選詞的內容，編選家的態度就尤為重要，而這些客觀上給我們研究清代豪放、婉約詞論提供了一個突破口。詞選的序跋往往具有理論宣言的性質，是很重要的文獻資料，我們可以把其歸於詞選，還可以把其放到詞籍序跋部分來探討，其中的某些理論我們還可以與重要的詞話著作相互印證。我們舉例論證，上文提到的《倚聲初集》又名《倚聲集》，是清初文人鄒祗謨、王士禎共同編選的清代最早的詞選之一，王士禎在《倚聲集序》裏道：「詩餘者，古詩之苗裔也。語其正則南唐二主為之祖，至漱玉、淮海而極盛，高、史其嗣響也；語其變則眉山導其源，至稼軒、放翁而盡其變，陳、劉其餘波也。」由此我們可以看出，王士禎繼承明人以「婉約」為正，以「豪放」為變的詞學觀念，可以與上文中《花草蒙拾》中的相關詞學觀點相互印證，另外我們還可以藉此窺探出王士禎等為代表的廣陵詞人群體對「豪放」「婉約」的看法。

清代詞選中直接涉及到「豪放」「婉約」及相關字眼的論述並不多，一般是夾雜在詞選序跋中，也會反映在選錄詞作的偏好及數量上，需要仔細甄別，是較隱性的一種詞論形式。

第三節　詞籍序跋：較集中的詞論形式

序，也作「敘」或稱「引」，相當於今日的「引言」「前言」，是說明書籍著因或出版意旨、編次體例和作者情況的文章，也可包括對作家作品的評論和對有關問題的研究闡發。「序」一般寫在書籍或文章前面，在早期的時候也有列在後面的，如《史記・太史公自序》。跋，是一種寫在書籍或文章後面的文體，多用來評價書籍或文章內容或說明

〔註26〕龍榆生《選詞標準論》，詞學季刊，第一卷第二號。

寫作經過及相關內容，亦稱「後序」。就序跋使用的名稱稱謂來講，包括「序」「自序」「後序」「跋」「跋語」「題辭」「題記」「隨記」「再記」「解題」「提要」「敘」「敘錄」「發凡」「凡例」「例言」「引言」等，本書中筆者所指的詞籍序跋把凡是起到了序跋的作用的都包括在內。值得一提的是，筆者這裡指的是「詞籍」而非「詞集」，前者包含的內容要比後者寬泛許多。清代詞籍序跋是「豪放」「婉約」詞論的重要載體，由於它大多附著在詞籍前後，可以說是詞籍的一部分，獨立性不強，雖然很早就引起了學人的重視，但至今尚未有完整的詞籍序跋集子問世，現今能見到的最好的，也是最全面的詞籍序跋的本子仍然是施蟄存主編的《詞籍序跋萃編》，該書收唐、五代、宋、遼、金、元、明、清詞集序跋共 1045 篇，其中，清人所作的序跋占半數以上。另外，收詞集序跋較多的本子還有金啟華、張惠民等編選《唐宋詞集序跋彙編》，其中的許多序跋是清人所寫。清人的詞籍序跋隊伍之所以有如此規模是有原因的，一方面是因為清代學術發達，清人的學術熱情高漲，詞籍序跋相應的也會受到積極影響；另一方面在於詞籍序跋和詞籍的密切關係，這就注定了詞籍序跋的發展和印刷、刊刻事業的發達程度息息相關，清代文人重視學術，刊刻之風盛行，學人爭相編選、刊刻辭籍，這為詞籍序跋的繁榮提供了肥沃的土壤。

研究清代「豪放」「婉約」詞論，詞籍序跋給我們提供了一個有益的視角，從這個視角切入，可以使我們洞悉清人更多的詞學思想。清代的詞籍序跋中對「豪放」「婉約」問題也多有論述，主要偏重於清人在從詞產生以來的總集、別集和詞選等的序跋中表現出對「豪放」「婉約」詞論的態度。詞籍序跋對我們研究清代詞壇風尚，挖掘深層次的要因有很大作用，但近些年受關注的程度不夠。

詞籍序跋是重要的文獻資料，筆者擬在施蟄存《詞籍序跋萃編》所收清代詞籍序跋的基礎上，聯繫清代的詞選、詞集評點，分析清人「豪放」「婉約」詞論。

清代的詞籍序跋包括對重新刊行的歷代詞集所作的序跋，這其中

包括清人為重新刊刻後的唐宋詞集所作的序及跋，也包括為新選編的前朝集子而創作的序跋和為當朝詞集所作的序跋，還包括詞話、詞譜等序跋。清代詞籍序跋總的來說，以總集序跋、選集序跋和別集序跋為主，雜有部分詞話、詞譜、詞律及其他序跋，具體來講又可細分為唐、五代詞別集序跋，宋詞別集序跋，遼、金、元別集序跋，明詞別集序跋，清詞別集序跋，總集、選集序跋，詞話、詞譜、詞律及其他序跋等七部分。清人致力於學術研究的熱情很高，清代詞選繁盛，選本很多，相應的詞籍序跋也很多，再加上對歷代詞籍的重新刊行，序跋數量超過了之前歷代詞籍序跋的總和。

　　相對於詞話的容量和系統性，詞籍序跋篇幅短小，主要附著在詞籍之上，嚴格來說是詞籍的重要組成部分。這些詞籍序跋或表明作者的選詞標準，或概括詞史，許多別集的序跋則表明了選編者對該詞人的態度，有時還會以簡略的語言概括出這些詞作的藝術特徵，為這些詞的讀者提供一條引領的線索。還有這樣的情況，某個集子的序跋先後被許多人寫過，或某人曾為多個集子作有多篇序跋，也就是說給許多詞集寫過序跋，如王國維，筆者搜集到的現有詞集序跋中，王國維寫的不下 30 篇，他的序跋主要是對清前，尤其是唐宋詞的評價。另外，像王鵬運、朱祖謀等也有多篇詞籍序跋存世。就詞籍序跋的作者而言，比詞話作者更為多樣，有著名的大家，也有名不見經傳的普通人，有的別集序跋則是親友或前輩所寫，作者的多樣化對於我們全面理解詞及選本的意義大有裨益，有助於我們從不同角度瞭解清人的詞學態度。由於序跋有形式上的要求，比如序在書前，跋在書後等，還有內容上的要求，即序要包括哪些內容，跋的作用又是什麼……所以，作序跋首先要滿足這些要求，在此基礎上才能有所發揮，而且必須圍繞著該書的內容進行評價，不能偏離主題，這就對序跋作者提出了更高的要求。

　　清代詞籍序跋中涉及到「豪放」「婉約」的論斷很多，是我們研究「豪放」「婉約」問題的重要資料。事實上，序跋並非發明於清代，序

在我國文學實踐中很早就得到了較好的運用，梁代蕭統在《文選》中把它列為一種文體，此後，各種不同的文體分類版本都把「序」列為重要體裁，如唐代皮日休的《文藪》，宋代所編的《文苑英華》，明代吳訥的《文章五十九體》，對「序」都很重視，對其特點、內容及意義也都有詳盡的描述。序的創作緣由有多種，或出於友情，或自己作序，或出版之用。詞籍序跋與詞籍內容相融合，對擴大詞的影響起到重要作用，在傳播詞文化中形成互動。現有文獻資料顯示，晉代以前序文已頻繁出現，而跋文少見，晉代葛洪的《西京雜記跋》是早期的跋文。序跋的作用很大，如《毛詩序》，成為研究《詩三百》的重要資料，具有重要理論價值和意義。現代詩人臧克家在《中國新詩集序跋選》小序裏說：「序跋，雖然不一定是長篇宏論，可是，它的意義卻是不小的。詩人對詩歌問題的看法，對作品的要求與評價，憑個人的親身經驗而道其甘苦，對於一般讀者、詩論家以及從事詩史寫作與研究的同志，都是有啟發和參考價值的。」詩集序跋是這樣，詞籍序跋也是如此，對研究詞學問題可以起到很大的作用。

《四庫全書》是清代最大的官修叢書，《四庫全書總目》是對其主要內容的簡介，起到了序跋的作用，對蘇軾、辛棄疾、李清照詞集均有介紹，我們以此為例簡要闡述一下清代詞籍序跋中的「豪放」「婉約」詞論。

《四庫全書總目·東坡詞一卷提要》中在闡釋「豪放」「婉約」問題時有這樣一段評論，「詞自晚唐五代以來，以清切婉麗為宗。至柳永而一變，如詩家之有白居易。至軾而又一變，如詩家之有韓愈，遂開南宋辛棄疾等一派。尋源溯流，不能不謂之別格。然謂之不工則不可。故至今日，尚與《花間》一派並行而不能偏廢。」〔註27〕清人論詞人喜歡用詩人作為參照系，把柳永對詞之貢獻等同於白居易對詩歌的貢獻，說明柳永詞「近俗」的一面，把蘇軾的「以詩為詞」、辛棄疾的「以文

〔註27〕 《東坡詞一卷提要》，見《詞籍序跋萃編》，施蟄存，中國社會科學出版 1994 年版，第 62 頁。

為詞」和韓愈「以文為詩」、開拓文學大境界相比較，深入淺出，發人深思。這種評判方式獨特新穎，但是難免會有偏頗之處，如柳永與白居易兩者對於詞與詩的貢獻其實還是有很大差別的，白居易之「文章合為時而著，歌詩合為事而作」主要是針對現實，主要是從「載道」「傳道」的儒家現實意義而言，此外，還有淺近易懂，婦孺盡知之意。而柳永的「俗」則指其詞受到中下層百姓、歌女的普遍歡迎，貼近生活和讀者的內心。但是，值得肯定的是，這種評價方式在一定程度上借助詩歌疏理了詞史脈絡。另外，從這段文字我們可以得知清代官方對蘇軾、辛棄疾豪放詞的評價，「然謂之不工則不可」，指出蘇軾、辛棄疾豪放詞的藝術和思想魅力是毋庸置疑的，是和婉約並行的一派，但是仍然目之為「別格」，即非本色。

　　《四庫全書總目・稼軒詞四卷提要》云：「其詞慷慨縱橫，有不可一世之概，於倚聲家為變調。而異軍特起，能於翦紅刻綠之外，屹然別立一宗，迄今不廢。」〔註28〕對辛棄疾詞的態度是，認可其豪放詞「慷慨縱橫」「不可一世」，不可小覷，開詞壇一宗，但仍然是「變調」，說明這一時期，辛棄疾詞的作用受到重視，在並未擺脫「變調」的定位。

　　《四庫全書總目・漱玉詞一卷提要》：「清照以一婦人，而詞格乃抗軼周、柳，張端義《貴耳集》極推其元宵詞永遇樂、秋詞聲聲慢，以為閨閣有此文筆，殆為閒氣，良非虛美。雖篇帙無多，固不能不寶而存之，為詞家一大宗矣！」〔註29〕對清照詞大加褒揚，認為其雖為女性，詞壇功勞、地位確實不可低估。由此可以看出，在當時，李清照的婉約盟主地位並未動搖，仍然是詞壇一大宗，受人尊敬。

　　《四庫全書》編於乾隆時期，從《四庫全書總目》的評價，我們可以大致得出在乾隆年將前後清朝官方對「豪放」「婉約」詞的評價。

〔註28〕　《稼軒詞四卷提要》，見《詞籍序跋萃編》，施蟄存，中國社會科學出版社 1994 年版，第 202 頁。

〔註29〕　《漱玉詞一卷提要》，見《詞籍序跋萃編》，施蟄存中國社會科學出版社 1994 年版，第 146 頁。

此外，民間文人對「豪放」「婉約」也有諸多論述，如馮煦、王鵬運等所作序跋中對此都有評價，綜觀之，不同的詞學流派亦有不同的詞學主張，對「豪放」「婉約」的看法亦不盡相同，但亦存乎其人，有時同一詞學流派內部，不同的論家對「豪放」「婉約」的看法也有差異，這一點，我們放到後幾章節詳加論述。

第四節　論詞詩詞：較獨特的詞論形式

論詞詩詞是清代詞學理論的獨特景觀，清人借詩詞言情、言志，抒發自己或喜愛、或厭惡、或遺憾、或惋惜等豐富的情感，表達對詞人、詞作及重要詞學問題的認識和看法，其中對很多問題都有深刻的見解，如詞人的風格特點、淵源、影響等。和詞話、詞選（主要偏重詞選所反映出的選家的態度）、詞籍序跋等幾種詞論形式相比較，論詞詩詞這種形式有所不同，是唯一的韻語，所以，其內容難免會受到詩詞這種形式的約束。詩歌是最凝練的語言，從某種意義上講，詞也屬於詩，詩詞都對語言有非常嚴格的要求，所以要想從詩詞裏面提煉出豐富的內容和深刻的思想是有很大難度的，需要細細揣摩。大概跟詩詞的這種形式上的短小有關，文人們在闡發詞學問題的時候不可能做到面面俱到，這就用到了典故，借典故的作用來表達自己豐富的思想。論詞詩詞中典故的運用，給我們的理解增加了難度，同時也增加了詩詞的含蓄和趣味，所以在這幾種詞論形式裏面，論詞詩詞是把文學功能和理論色彩結合的最好的一種詞論，既形象、生動，又有一定的思想內涵，這不能不說是對傳統的詩詞的一種新貢獻。

清代僅論詞詩就多達四十餘家，總數逾七百首以上，除厲鶚所作備受關注外，其他作品誠可謂乏人問津。〔註30〕因此，從論詞詩詞中挖掘「豪放」「婉約」詞論很有意義，可以和傳統詞論相互印證，給清代「豪放」「婉約」問題的研究提供充足而新穎的資料，尤其是在多年

〔註30〕 參照孫克強《清代詞學》，中國社會科學出版社 2004 年版。

來論詞詩詞受關注程度一直遠遠不夠的情況下。

　　清代論詞詩很多，清人不僅在詩中對詞進行臧否，在詞中也談論詞。清代的論詞詩詞成為清代詞論的一道獨特的景觀，也是一種較為獨特的詞學批評形式，作者在詩詞中對詞的產生、發展、風格特點、淵源、影響、詞體特徵、具體詞人等都有簡明、生動的論述。之所以說論詩詞是一種比較獨特、新穎的詞論形式，並非指其產生時期晚，事實上，文學史上早就烙下了它的印跡。

　　以現有的資料看，最早的論詩詩是杜甫的《戲為六絕句》，作者在詩中發表自己的看法，篇幅短小精悍，評論精到、形象，有很高的理論價值。此後，最為著名的是金代元好問的《論詩三十首》，從此，以組詩論詩成為詩論的重要形式。而論詞詞卻並不多見。宋代有劉克莊《自題長短句後》，開了以詩論詞的先河。

　　清代的論詞詩詞包括論詞詩和論詞詞，而論詞詩又分為絕句和非絕句。清代人的論詞詞除了常見形式的詞之外，還包括有詞集題詞，藉此形式對某部詞選或友朋詞作別集進行褒貶，是一種很隨意而有趣味的現象，閱讀完畢，信筆而談。清人的論詞詩很多是組詩，多首詩組合在一起，這樣就拓展了詩的表現範圍，一定程度上突破了詩歌在闡述理論時形式上和內容上的侷限。很多文人在談論詞學問題時，有時候並不拘泥於某個人或作品的探討，而是從詞的源頭上談起，從古至今，歷數詞家短長，有詞史性質。

　　清代論詞詩的數量龐大，形式多樣，從篇幅上看，既有單首數句，也有鴻篇巨製，如譚瑩有論詞絕句組詩 177 首，從唐宋詞人論起，直到清朝本代。從創作情形看，有來往應酬，也有精心構思、細密安排。這其中，不排除許多文人僅僅是偶有感興，運用詩詞這種文人習用的文體來談看法，但在一定程度上反映了一些詞論家的詞學思想或創作經驗。這些論詞詩詞從韻文角度看，和常規意義上的詩詞相比，藝術價值不高，但作為詞學理論的一種新形式，對詞學理論的發展卻有很大

的貢獻，給詞學批評也增加了一種新的範式。〔註31〕一些著名的論詞詩和論詞詞還成為詞論家代表性的理論文獻，成為詞學理論的重要載體，具有很高的價值，對當世和後世產生了重大影響。比如厲鶚，其人沒有詞話著作，因而其《論詞絕句》十二首就成為其詞學理論的重要文獻，也成了浙西詞派的重要理論文獻。組詩、組詞可作為簡明詞學史，少則三五首，多則百首以上，這些組詩、組詞的規模宏大使其也具有一定的系統性，是我們考察作者詞學思想和理論批評的難得文獻，是一定時代詞學思想的記錄。考察一個時代的詞學思想既要注意當時著名詞人的理論闡述，但也應該注意其他詞人的見解，論詞詩詞就給我們提供了這樣一個機會。譬如，納蘭性德是清代著名詞人，有許多優秀的詞作存世，產生了很大的社會影響，其詞學理論相對來說就也顯得異常重要，會對後人的詞創作及文學創作提供有益的借鑒，但他沒有詞話等存世，他的《填詞》一詩則剛好彌補了這個空白，從正面闡述了他對詞的看法，其中涉及到「豪放」「婉約」問題。清初人劉榛之論詞詞《念奴嬌・讀宋名家詞》中也有對「豪放」「婉約」的看法。這樣的例子還有很多。

這些論詞詩詞形式獨特，而且讀之絕不枯燥乏味，形象和思想相結合得很好，但是有時候也不免晦澀，因為詩詞的容量較小，而詩詞又是濃縮的語言，只能用典故如「紅牙」「鐵板」「紅杏」等等分別有特定的指代意義的詞彙，許多內容需要我們去認真揣測，這給我們理解這些論詞詩詞中的詞學主張增加了難度。辛棄疾是清代詞論家評論的重點，各家欣賞的內涵，角度有所不同，如鄭方坤《論詞絕句》三十六首其二二，華長卿《論詞絕句》其二二，沈道寬《論詞絕句》其十九，高旭《論詞絕句》三十首其十九，對辛棄疾都有論及。另外，清代論詞詩詞裏論及蘇軾、李清照、辛棄疾、及相關的「豪放」「婉約」問題的還有華長卿《論詞絕句》其十四，江昱《論詞絕句》其四，馮煦《論詞絕

_____

〔註31〕 參照孫克強《清代詞學》論述。

句》十六首其五，相對來說，論李清照的篇幅不是很多，且主要集中在其改嫁問題的辨析。

　　清代論詞詩詞數量多，內容豐富，尤其是其中對歷代詞人、詞作風格特點、淵源、影響等發表看法的言語，更有意義的是一些成為詞學理論的代表的論說，不僅如此，清代論詞詩詞對後世影響也很大，成為論詞詩詞發展鏈條上集大成的環節，對論詞詩詞的長期發展功不可沒，繼清代的論詞詩詞之後，民國至今論詞詩詞絡繹不絕，如夏承燾的《論詞絕句》就很有代表性，也已走入人們的研究視野。論詞詩詞發展到今天逐漸成為詞學理論的一種固定形式。

　　由於長期以來，在傳統的詞學觀念裏面，詞是以含蓄為美的，在表達方式上就注重委屈、迴環，傾向於表達作者隱秘的情感，再加上詞的體式也很複雜，所以在理解論詞詞的時候相對於論詞詩就難度大一些。下面筆者從清代論詞詩詞中選舉幾個例子來說明其中「豪放」「婉約」詞論的呈現狀態。

　　鄭方坤，生於康熙年間，雍正年間進士，詩壇留名、有政聲，雖有詞作傳世，這方面的成就卻一直默默不為人知，其作有《論詞絕句三十六首》（《四庫全書存目叢書補編》本《蔗尾詩集》卷五），歷數歷代詞人短長，其中有多首涉及「豪放」「婉約」問題，具體如下：

　　　　九

　　　　坡公餘技付歌唇，擺脫膿華筆有神。

　　　　浪比教坊雷大使，那知渠是謫仙人。

　　　　十二

　　　　黃花五字播閨吟，和筆真慚閣稿砧。

　　　　誰嗣徽音向蘿屋，海棠開後到而今。

　　　　十七

　　　　紅牙鐵板盡封疆，墨守輪攻各挽強。

　　　　莫向此間分左袒，黃金留待鑄姜郎。

二二

稼軒筆比鏌鎁銛，醉墨淋浪側帽簷。

伏櫪心情橫槊氣，肯隨兒女鬥穠纖。

二七

《草堂》冊子較《花庵》，錯雜薰蕕總不堪。

別采蘋洲帳中秘，不妨高閣束雙函。

二九

有明一代孰鄒枚，蘭畹風流墜劫灰。

解事王楊仍強作，頹唐下筆況粗才。

三〇

雲間設色學《花間》，汴宋餘波著意刪。

和者國中二三子，笙璈未覺寂塵寰。

三三

長蘆朱叟捧珠盤，琴趣編成秀可餐。

力為詞場斬榛楛，老年花不霧中看。

三五

陽羨才情冠古今，光騰萬丈影千尋。

人間乃有迦陵鳥，白紵紅鹽盡䜀音。

三六

束髮諧聲辨齒牙，度腔未熟笑蒸沙。

他年顧作伶官老，豪氣應無屈宋衙。

這幾首詩所談論的「豪放」「婉約」問題的要點歸納起來有如下幾點：

第一，對蘇軾、辛棄疾豪放詞、李清照詞的態度問題。肯定蘇軾、辛棄疾的詞作成就，欣賞二者的「豪放」風格，認為蘇軾、辛棄疾的作用是使詞不再一味沉浸在穠豔之中，變得有力量，詞境得到了開拓，使詞在表達方式上更加酣暢淋漓，氣勢上愈發雄偉、壯觀，「坡公餘技付歌脣，擺脫膿華筆有神」是對這種作用的形象概括。讚賞辛棄疾的詞藝

高超，比之為「鏌鋣」，認為其下筆入神之勢如寶劍般鋒利無比。一改傳統詞論中視「婉約」為詞之正體的看法，對蘇軾、辛棄疾的關注多於李清照。認為蘇軾是天才詞人，作詞信手拈來，便神奇無比，辛棄疾也是「下筆如有神」。

　　第二，對明代詞壇狀況的評價問題。這一點，從詞二九中可窺見一斑，鄭方坤認為明代詞壇花間香豔詞風獨領風騷，籠罩詞壇，這種頹勢無人能挽回，因為明代缺乏蘇軾、辛棄疾這樣力挽狂瀾、開拓新詞風的傑出人物，暗示明人多粗陋之才，指出詞人的素質和詞壇的風氣相互影響，這也是明代不能創造出詞壇盛況的重要原因。

　　第三，對清代初期詞壇的看法問題。鄭方坤指出明末清初雲間派著意花間，忽視兩宋詞，在詞壇上應者寥寥。讚揚朱彝尊，指出其對當時詞壇貢獻很大，不僅創作出優秀詞作，還編成《詞綜》，「力為詞場斬榛楛」，有筆路藍縷之功。肯定陳維崧為代表的陽羨派之成就，認為陽羨派倡豪放詞風，尤其是陳迦陵，才情卓絕，詞中氣象萬千，光芒四射，可為人間奇景。

　　第四，認為詞之風格有多種，在「豪放」「婉約」之外，還有姜夔詞風，鄭方坤在眾詞風中首推姜派。「紅牙鐵板盡封疆，墨守輸攻各挽強」，「紅牙」「鐵板」均出自宋代詞論，前文已多次提到，分別指代柳永和蘇軾，也代表兩人分別所呈現的「婉約」與「豪放」兩種詞作風格，這句詩的意思是說，長期以來，大家總是把柳永和蘇軾相互比較，難分上下，但是作者認為這個問題爭論起來沒有意義，暗指應該把目光放在姜夔的詞作上，接著筆鋒一轉更進一步說明自己的意旨，即「黃金留待鑄姜郎」，指出姜夔詞勝出一籌，可見鄭方坤態度是推崇南宋姜夔清空詞風。

　　陳聶恒與鄭方坤生活的時代相近，但出生年份比鄭方坤稍晚，但是二人卻對「豪放」「婉約」的看法大不相同，陳聶恒極力推崇「婉約」詞風，這一點在他的《讀宋詞偶成絕句十首》(《栩園詞棄稿》卷四，清刻本) 其六中有所體現：

敢言豪氣全無與，詩論天然非所宜。

千古風流歸蘊藉，此中安用莽男兒。

陳聶恒認為「豪放」「豪氣」充斥詞中不合時宜，有損詞之形象，與詞的功能、特色不相符，真正的好詞應該是婉約纏綿，委曲蘊藉的，言辭之間對「豪放詞」很是不屑，譏之為「莽男兒」。

　　江昱生年稍後於陳聶恒，生活的時代與之也相差不遠，但是對「豪放」「婉約」的認識卻又有不同，在他的十八首論詞絕句中，雖沒有明確提出自己的傾向，但字裏行間還是能看出其態度。

　　二

臨淄格度本南唐，風雅傳家小晏強。

更有門牆歐范在，春蘭秋菊卻同芳。

作者照顧到各家的風格，風雅也好，婉約也好，歐陽修和范仲淹等創作的詞境逐漸開闊、稍顯「豪放」的詞作也好，在作者心目中並芳爭妍。在後面的幾首詞中，作者的審美態度愈發複雜。

　　三

紅杏尚書豔齒牙，郎中更與助聲華。

天生好語秦淮海，流水孤村數點鴉。

　　四

一掃纖穠柔軟音，海天風雨共陰森。

分明鐵板銅琶手，半闋楊花冠古今。

秦觀詞纏綿悱惻，得到作者激賞，肯定蘇軾開拓詞境，轉變詞風之功，但並不抹煞其婉約詞的高超絕妙。相對「豪放」「婉約」，江昱更偏愛周邦彥，推崇其為詞壇領袖，如其六中有「詞壇領袖屬周郎」的句子，但不因此抹煞其他詞人之功勞，對南渡諸賢也大家讚揚。江昱對辛棄疾評價不高，認為「辛家老子體非正」，成就比不上劉過等。從他對劉過的肯定來看，這裡的「體非正」應該是針對辛棄疾「以文為詞」、改變了詞的婉約風格而言，對詞的內容上的慷慨悲壯並無過多非議，對於蘇軾他也同樣接受了詞史上的「鐵板銅琶」之譏，把蘇軾定位為「鐵板

銅琶手」，可見他在心中，周邦彥詞、秦觀婉約詞仍然是根正苗紅的婉約詞的傳承。

　　清人就是這樣在詩中或詞中表情達意，藉以闡述自己對詞學問題的看法的，這些詩詞雖然篇幅有限，但是卻起到了意內言外、意味深長的作用，符合我國傳統的「詩言志」傳統，不失為一種很好的理論載體。清代各個時期都有文人創作這類作品，這對我們理解清代各個階段的「豪放」「婉約」詞論大有裨益。

第三章　清代前期之「豪放」「婉約」詞論

　　詞論並非空中樓閣，而是和特定時期的文化狀態、社會政治經濟狀況緊密相連的，「豪放」「婉約」詞論更是如此，清人對詞的「豪放」「婉約」問題的認識不但與清代文學的發展狀況，更與清人的社會審美心理息息相關。所以，我們有必要把「豪放」「婉約」問題放到清代各個歷史階段，結合一定階段的社會特徵和具體的詞學流派去探討。

　　清代文學從清軍入關到辛亥革命結束，這 267 年時間，經歷了不同的發展狀況，與之相對應，「豪放」「婉約」詞論的發展也並非一成不變，而是在不同時期呈現出不同的特點。對於清代文學的分期，學界眾說紛紜，各家文學史尚存在分歧，筆者結合清代政治與社會變化的情況，參考袁行霈本文學史，大致將之劃分為這樣三個時期：自清人入關至雍正末年（1644～1735）為前期，自乾隆初年至道光十九年（1736～1839）為中期，自道光二十年鴉片戰爭至宣統三年辛亥革命（1840～1911）為後期。這只是筆者探討清代「豪放」「婉約」詞論時的一條土線，也並非完全合理，原因是各家文學史在探討清代文學時，對清詞及詞論很少涉及，有的甚至隻字不提，所以，這種傳統的文學分期法未必能反映出「豪放」「婉約」詞論的階段性特點，但是卻有助於我們系統地歸納和探討其內容及不同階段的文學流派的詞論主張。另外，清末

民初也是詞論發展的重要階段，某些詞論家如王國維有大量的詞論存世，其中涉及到許多重要的詞學問題，這對清代「豪放」「婉約」詞論的研究大有裨益，所以，我們亦不能僵化地以時間為界限來割裂文學的發展和傳承，筆者會有選擇地把其相關論述納入清末的「豪放」「婉約」詞論研究範圍，這樣，清代後期文學的後限實際上就延長到了民國初年。詞論的發展並不總是與文學發展的總體狀態同步，清代各個階段的詩、詞、文、小說、戲劇等文學樣式的發展情況也非完全吻合，筆者上文對清代文學前中後期的分期雖然也適用於詞和詞論，但主要是針對清代詞、詞論以外的其他文體，所以，筆者在此文中也只是以此作為大體的框架。

　　清代各個時期的統治狀況、政治經濟狀況存在差別，反映在文學上也有差異。清代詞學流派林立，是詞學繁榮的重要標誌，詞人們或基於地域、詞風的差別立宗分派，相互爭鳴。二三百年間詞學流派紛繁，各遵所尚，雖各不相同，但也各具其彩。活躍在清代前期的詞派有雲間派，具體來講，該詞派的主要活動時期是明末清初，清初還有廣陵詞壇詞人，西泠詞人，陽羨派，浙西詞派。其中，浙西詞派是影響較大的詞派，對清代詞壇產生了重大影響，該詞派以朱彝尊為首，推崇南宋諸家，尤重姜夔、張炎，作詞追求清麗，提倡「空靈」，影響深遠，統治詞壇百餘年。嘉慶年間，以張惠言為首的常州詞派興起，指出浙西詞派派詞人詞作思想意蘊不高，號召詞「意內言外」，提倡比興寄託，以含蓄為美，推崇北宋詞人，尤重周邦彥。常州詞派理論一出，聲威大震，對浙西詞派造成重大衝擊。兩派分庭抗禮，互爭短長，清代詞人，大多出入兩派之中，影響及於清末。各個詞學流派都有自己的詞學主張，借助於詞話、詞選、詞籍序跋、論詞詩詞的形式傳播，其中自然而然地就會涉及到詞的「豪放」「婉約」問題。不同時期的詞學流派、論詞者對「豪放」「婉約」的看法也不盡相同，在闡釋該問題時持論者之間的詞學主張有共性也有個性，「豪放」「婉約」詞論的內容、特徵、及其發展、變化和成就在不同的階段，也有不同的特點。

　　清代前期是戰亂和恢復時期，文學反映了時代的特點。滿族建立清王朝後，對漢民族進行殘酷鎮壓，民族矛盾加劇，清初四十多年民族反抗的鬥爭連綿不斷。詩文、戲曲和小說都存在著強烈的反抗民族壓迫，階級壓迫的內容。清代各詞派的詞學理論在某種程度上和社會的政治狀況是相吻合的，動盪的社會局面下和社會安定狀況下的詞學主張有不同的特色，倡「豪放」，還是倡「婉約」，是詞壇的反映，也有一定的社會政治因素。

　　清人的「豪放」「婉約」詞論主要附著於一定的詞學流派，因為詞學流派眾多是清代詞學繁榮的重要標誌，雖然清代的詞學流派是以地域為基礎形成的，如雲間派、陽羨詞派和浙西詞派都是以地域命名，但是不可否認，處於同一流派的詞人之間會相互影響，在審美追求上和文學主張上存在相似性，這才是詞學流派得以維繫的真正紐帶。當然，也有一些文人不屬於任何流派，但在詞壇也取得了巨大的成就，他們對「豪放」「婉約」詞論的貢獻也不容抹煞，如納蘭性德。這幾個詞派既相互獨立，又相互關聯，如陽羨派的開創者陳維崧，就曾出入雲間和廣陵詞人，所以他們的詞學觀念也有相承襲的一面。

第一節　雲間派「豪放」「婉約」詞論

　　「近人詩餘，雲間獨盛。」[註1]雲間派是明清易代之際的重要詞派，對明清兩代詞學有承上啟下之功，尤其對清代詞壇影響深遠，當時的「西泠十子」和廣陵詞壇諸人都主要承雲間之說，陳維崧、朱彝尊也曾受其影響。龍榆生說：「詞學衰於明代，至子龍出，宗風大振，遂開三百年來詞學中興之盛。」

　　雲間派是以同鄉關係為基礎，近似的文學主張和審美趣味為紐帶而形成的流派。雲間是地名，在今上海附近，即今上海市松江縣的古

〔註 1〕（清）彭孫遹《金粟詞話》，見唐圭璋《詞話叢編》第一冊，中華書局2005 年版，第 724 頁。

稱，清代的松江府轄華亭、婁縣二邑。雲間派的代表人物陳子龍、李
雯、宋徵輿，都是華亭人，他們曾合寫詩集《雲間三子合稿》，因而被
稱為「雲間三子」，雲間詞派的稱謂也由此而來。除三子以外，雲間詞
人還包括宋徵璧、宋存標、宋思玉、錢芳標、夏完淳、蔣平階等人。

　　雲間派倡導雅正、回歸晚唐北宋詞的傳統，對於糾正明詞纖弱卑靡
之風起到了積極的作用，在當時影響甚大，不可忽視。詞體復興的過程
就是詞的抒情功能得以充分發揮的過程，在重新強調詞的抒情功能方
面，雲間派無疑有開創之功，但是，由於主觀認識和客觀時世的侷限，
雲間派未能完成復興清詞的重任。因此，只能說雲間派奏響了詞體復興
的序曲。此後，陽羨、浙西諸派先後崛起，陳維崧、朱彝尊、王士禎、
納蘭性德等名家輩出，流派分呈、蔚為大觀的中興景象才最終得以出現。

　　雲間詞派重要的理論宣言是陳子龍的《幽蘭草詞序》：「詞者，樂
府之衰變，而歌曲之將啟也。然就其本制，厥有盛衰。晚唐語多俊巧，
而意鮮深至，比之於詩，猶齊梁對偶之開律也。自金陵二主，以至靖
康，代有作者。或穠纖婉麗，極哀豔之情；或流暢淡逸，窮盼倩之趣。
然皆境由情生，辭隨意啟，天機偶發，元音自成。繁促之中，尚存高
渾，斯為最盛也。南渡以還，此聲遂渺，寄慨者亢率而近於傖武，諧俗
者鄙淺而入於優伶。以視周、李諸君，即有『彼都人士』之歎。」〔註
2〕在談到明朝本朝樂章時，陳子龍覺得許多詞人之詞作並無精彩之處，
比如，「元美取境似酌蘇、柳間，然如『鳳皇橋下』語，未免時墮吳歌。
此非才之不逮也，鉅手鴻筆，既不經意，荒才蕩色，時竊濫觴。」〔註
3〕接著指出，有明一代，詞才卓越者匱乏，只有李雯和宋徵輿的詞作，
大有可觀之處，並稱「李子之詞，麗而逸，可以昆季璟、煜，娣姒清
照。」〔註4〕「宋子之詞，幽以婉，淮海、屯田，肩隨而已。要而論之，

〔註 2〕陳子龍《幽蘭草詞序》，見施蟄存《詞籍序跋萃編》，中國社會科學出
　　　　版社 1994 年版，第 505 頁。
〔註 3〕陳子龍《幽蘭草詞序》，第 505 頁。
〔註 4〕陳子龍《幽蘭草詞序》，第 506 頁。

本朝所未有也。」〔註5〕家鄉區域相近，且屬於同一流派，共同的審美取向，難免「心有戚戚焉」。這使得陳子龍之論說難免有過譽之嫌，但是字裏行間，我們可以看出陳氏對「豪放」「婉約」詞的不同態度。很明顯，作者對婉約詞風是有所偏愛的，談到好詞，如李雯和宋徵輿，都是因為它們在許多方面反映了婉約的特質。明詞受《草堂詩餘》影響很大，整個詞壇籠罩在俗豔的風氣之中，充滿了脂粉氣和俗世的生活氣息。客觀來講，李雯和宋徵輿重回婉約，確實給詞壇吹來了一股新鮮的氣息。陳子龍極力推舉北宋詞，認為詞在北宋達到了極盛，以情勝，有高遠渾厚之作，對南宋的詞作很是不屑，很大程度上表現出了對南宋漸行「豪放」之作的不滿，當然作者沒有直接批判「豪放」風格，而是稱類似這種風格的詞作為「亢率」「傖武」之作，但字裏行間，作者的態度不言而喻。作者並沒有鄙薄蘇軾詞，從「元美取境似酌蘇、柳間，然如『鳳皇橋下』語，未免時墮吳歌。此非才之不逮也，鉅手鴻筆，既不經意，荒才蕩色，時竊濫觴。」可以看出，作者認為蘇軾的詞境還是達到了一般人難以抵達的高度和境界，後人難以為繼。

由此看出，作為雲間派的代表人物，陳子龍對李清照、姜夔、柳永的婉約詞風還是相當推崇的。

關於雲間派的詞學觀點，我們還可以參見陳子龍的《王介人詩餘序》和其他雲間詞派詞人的詞論。

陳子龍《王介人詩餘序》中在談到王介人詞之前先追溯了宋人工詞的緣由，指出詞體、詞境構造之難和命篇難，在談到詞境時他說：「其為境也婉媚，雖以警露取妍，實貴含蓄，有餘不盡，時在低回唱歎之際，則命篇難也。惟宋人專力事之，篇什既多，觸景皆會，天機所啟，若出自然，雖高談大雅，而亦覺其不可廢。何則？物有獨至，小道可觀也。」〔註6〕他舉出了許多本朝以詞名世的作者，認為他們雖然各

〔註 5〕陳子龍《幽蘭草詞序》，第 518 頁。
〔註 6〕陳子龍《王介人詞序》，見施蟄存《詞籍序跋萃編》，中國社會科學出版社 1994 年版，第 506 頁。

有短長，但成就都不能及宋人。陳子龍對王介人的詞卻評價很高，他是這樣評價王介人詞的：「禾中王子介人示予所著詞，不下千餘首，自前世李、晏、周、秦之徒，未有多於茲者也。其小令、長調，動皆擅長，莫不有俊逸之韻，深刻之思，流暢之調，穠麗之態，於前所稱四難者，多有合焉。」〔註7〕言下之意，其詞不僅數量多，而且質量高，而誇讚的原因還是由於詞中婉約風格的體現。

趙尊岳《惜陰堂匯刻明詞提要》中有《陳忠裕公詞一卷》，其中有對陳子龍的評價，稱其詩「高華雄渾」〔註8〕，其詞「漸近沉著」〔註9〕，認為其詞有取徑淮海者，亦有取徑竹山者，並列出其詞作證，皆清幽歇婉之作。

《惜陰堂匯刻明詞提要》中亦有《夏內史詞一卷》，對夏完淳及其詞也有評說。夏完淳是傳奇人物，重義講氣節，所作詩、詞、文皆取調哀怨，與眾不同的是，他的詞境和南宋諸人類似，悲憤，不再流連於一己之哀歡。在詞中多有體現，趙尊岳稱「其所為詞蕃豔淒厲，意境具足。」〔註10〕認為其「燭影搖紅一闋，尤為之冠」〔註11〕，「孤負天工，九重自有春如海，佳期一夢斷人腸，靜倚銀釭待。漏浦紅蘭堪採，上蘭舟、傷心欸乃。梨花帶雨，柳絮迎風、一番愁債。回首當年，倚樓畫角生光彩。朝彈瑤瑟夜銀箏，歌舞人瀟灑。一自市朝更改，暗消魂、繁華難再。金釵十二，珠履三千，淒涼千載。」〔註12〕趙尊岳對這首詞的進一步評價是：「其忠憤之懷，字裏行間，一一流露，可以入宋賢之室已。〔註13〕

所以，雲間派崇南唐北宋，尚婉麗當行，倡含蓄蘊藉，延續了詞

〔註 7〕陳子龍《王介人詞序》，第 507 頁。
〔註 8〕陳子龍《王介人詞序》，第 518 頁。
〔註 9〕趙尊岳《惜陰堂匯刻明詞提要》，見施蟄存《詞籍序跋萃編》，中國社會科學出版社 1994 年版，第 518 頁。
〔註 10〕趙尊岳《惜陰堂匯刻明詞提要》，第 521 頁。
〔註 11〕趙尊岳《惜陰堂匯刻明詞提要》，第 521 頁。
〔註 12〕趙尊岳《惜陰堂匯刻明詞提要》，第 521 頁。
〔註 13〕趙尊岳《惜陰堂匯刻明詞提要》，第 521 頁。

壇一貫的崇「婉約」的風氣，也是一種回歸，從明代詞壇的尚俗豔的
《草堂詩餘》之風回歸到詞的本色當行上來，是對詞本身特質的一種
肯定。

第二節　廣陵詞壇、西泠詞人與「豪放」「婉約」詞論

　　廣陵是揚州的古稱，揚州歷來是文人騷客徜徉忘返之地，清初，
更是聚集了一批詞人。康熙初年，以王士禎為首的許多詞人在這裡作
詞唱和，詞來詞往，好不樂哉。這些詞人中有廣陵籍的，也有客居此處
的外鄉詞客，如王士禎就非廣陵人。具體來講，有王士禎、鄒祇謨、彭
孫遹、董以寧、劉體仁、吳綺、汪懋麟、陳維崧等。大量的詞學理論產
生於諸位詞人的筆端，王士禎《花草蒙拾》、鄒祇謨《遠志齋詞衷》、彭
孫遹《金粟詞話》《詞統源流》《詞藻》、董以寧的《蓉渡詞話》、劉體仁
的《七頌堂詞繹》、賀裳的《皺水軒詞筌》……形成了清代詞學理論著
述的高峰期，這些理論有同有異，五彩斑斕，表明同一流派內部的詞學
觀念也並非完全相同。

　　王士禎對詞學的貢獻及其《花草蒙拾》在前文已有詳述，鄒祇謨、
王士禎共同編選的《倚聲初集》也向我們傳達了其重視蘇軾等豪放詞
人的重大作用，但是仍秉承「婉約」為正，「豪放」為變的詞學主張。

　　彭孫遹《金粟詞話》這樣評價辛棄疾詞：「稼軒之詞，胸有萬卷，
筆無點塵，激昂措宕，不可一世。今人未有稼軒一字，則紛紛有異同之
論，宋玉罪人，可勝三歎。」〔註14〕認為今人成就遠不及辛棄疾等豪
放詞人，對「豪放」詞風的推崇非常明顯。

　　鄒祇謨《遠志齋詞衷》中有一個有趣的現象，讚賞稼軒詞：「稼軒
詞雄深雅健，自是本色，俱從南華沖虛得來。然作詞之多，亦無如稼軒

〔註14〕　（清）彭孫遹《金粟詞話》，見唐圭璋《詞話叢編》第一冊，中華書局
　　　　　2005 年版，第 724 頁。

者。中調短令亦間作嫵媚語,觀其得意處,真有壓倒古人之意。」〔註15〕言下之意是,稼軒詞是本色詞。從這裡可以看出「豪放」的地位得到了很大提高,已經被人以「本色」稱之,這在以前是沒有的,可見,詞到了清代,不再是「婉約」一統天下的局面,「豪放」成為和「婉約」相媲美的詞風,這是鄒祗謨給我們傳達出的重要信息。

鄒祗謨的詞論另有創新之處,他參之王維、孟浩然之山水閒淡之詩,在「豪放」「婉約」之外另開「閒淡」一派,新人耳目。指出,「詩家有王、孟、儲、韋一派,詞流惟務觀、仙倫、次山、少魯諸家近似,與辛、劉徒作壯語者有別。」〔註16〕然後以當時的詞人為例,說明這種閒淡秀脫之詞與濃情纖語之別。

王士禛認為「豪放」「婉約」當分正變,不當分優劣,其《古夫于亭雜錄》卷四曰:「詞如少游、易安,固是當行本色,而東坡、稼軒以太史公筆力為詞,可謂振奇矣。……自是天地間一種至文,不敢以小道目之。」

王士禛《花草蒙拾》雖然在前文多有闡釋,但是重要的詞論資料,我們不得不再次論述,裏面的許多觀點,振人耳聵。「名家當行,固有兩派。蘇公自云:『吾醉後作草書,覺酒氣拂拂,從十指間出。』黃魯直亦云:『東坡書挾海上風濤之氣。』讀坡詞當如是觀。瑣瑣與柳七較錙銖,無乃為髯公所笑。」〔註17〕

可見,王士禛認為,無論是豪放還是婉約詞,自有可觀之處,都是當行本色詞,不能給詞劃定為哪個當行,哪個不當行,都是詞的魅力的展現。

王士禛曾云:「詞家綺麗、豪放二派,往往分左右袒。予謂:『第

〔註15〕 (清)鄒祗謨《遠志齋詞衷》,見唐圭璋《詞話叢編》第一冊,中華書局 2005 年版,第 652 頁。

〔註16〕 (清)鄒祗謨《遠志齋詞衷》,第 655 頁。

〔註17〕 (清)王士禛《花草蒙拾》,見《詞話叢編》第一冊,中華書局 2005 年版,第 681 頁。

當分正變，不當分優劣。』」〔註18〕詞的正變與否並不是「豪放」所決定的，是自詞的產生就有的一種特色，「豪放」這種風格只是產生時期相對較晚，並不意味著就不適合詞這種文體，也成為詞的一種重要的魅力風格所在。

賀裳的《皺水軒詞筌》全文未涉「豪放」「婉約」字眼，但是其對「豪放」「婉約」的態度很明顯，倡「婉約」，對「豪放」的態度更加包容，欣賞這類詞展示出的氣骨，但卻譏稼軒詞為「粗豪」。如在評價宋謙父詞的時候，道：「稼軒雖入粗豪，尚饒氣骨」。〔註19〕賀裳曰：「小詞須風流蘊藉，作者當知三忌，一不可入漁鼓中語言，二不可涉演義家腔調，三不可像優伶開場時敘述。偶類一端，即成俗劣。顧時賢犯此極多，其作俑者，白石山樵也」。〔註20〕由此可以看出，當時詞壇受明代社會風氣影響，粗俗成風。作者認為詞應該風流蘊藉才為好，含蓄才為佳，本色語為妙。但是他所批評的俗、豪和蘇軾所開創的「豪放」詞風是有明顯區別的。所以要明確這一點。賀裳對「豪放」詞的理解是存在偏頗的，不能用「粗豪」來代替「豪放」，「豪放」並不等同於「粗豪」，但是「粗豪」確實是「豪放」之流弊。這一點江順詒在《詞學集成》中有評價：「賀黃公曰：『詞之最醜者，為酸腐，為怪誕，為粗莽。以險麗為貴矣，又須泯其鏤刻痕乃佳。』〔詒〕案：酸腐者，道學語也。怪誕者，荒唐語也。至粗莽，則蘇、辛之流弊，犯之甚易。若險麗而無鏤刻痕，則仍夢窗一派，而未臻姜、張之絕詣也。」〔註21〕

王士禎等人對李清照談得少，對蘇軾、辛棄疾，尤其是辛棄疾談得多，說明「豪放」問題越來越引人注意了。在論蘇軾、辛棄疾時，清

〔註18〕（清）王士禎《香祖筆記》卷九《欽定四庫全書》版中國書店 2018 年版。

〔註19〕（清）賀裳《皺水軒詞筌》，見唐圭璋《詞話叢編》第一冊，中華書局 2005 年版，第 699 頁。

〔註20〕（清）賀裳《皺水軒詞筌》，第 711 頁。

〔註21〕（清）江順詒《詞學集成》，見唐圭璋《詞話叢編》第四冊，中華書局 2005 年版，第 3275～3276 頁。

初詞人尤其注重他們能「豪放」的同時也能創作婉約詞，即注重宋代豪放詞人「豪放」且不廢「婉約」。

《清史稿》卷四八四：「先是陳子龍為登樓社，圻（陸圻）、澎（丁澎）及同里柴紹炳、毛先舒、孫治、張丹、吳百朋、沈謙、虞黃昊等並起，世號『西泠十子』」。西泠，又稱西陵，是杭州一座橋的名字，在西泠橋畔活躍著一群文人，稱為「西泠十子」。西泠詞人，多出自陳子龍門下，所以詞學觀念會受其影響。

這些人物之所以史上留名，是因為詩文，清史稿中對他們在詞上的貢獻沒有提及。毛先舒有詞論著作，《填詞名解》《填詞圖譜》，沈謙有《填詞雜說》《詞韻略》，丁澎《藥園閒話》，毛先舒《與沈去矜論填詞書》、沈謙《答毛稚黃論填詞書》，就有關詞學問題展開爭論。江順詒《詞學集成》中談到毛稚黃論北宋詞時指出：「毛稚黃曰：『北宋詞之盛也，其妙處不在豪快，而在高健。不在豔褻，而在幽咽。』」〔註22〕

沈謙《填詞雜說》講「詞貴於移情」，其中對歷來被視為蘇軾豪放詞代表作的大江東去詞讚賞有加。「詞不在大小深淺，貴於移情。『曉風殘月』『大江東去』，體制雖殊，讀之皆若身歷其境，惝恍迷離，不能自主，文之治也。」認為，無論「豪放」還是婉約，皆有上品，比較看重詞的真情和感染力，稱讚李後主為「詞中南面王」〔註23〕，並稱「男中李後主，女中李易安，極是當行本色。」〔註24〕稱秦觀詞「直抒本色」〔註25〕。

從明代開始，詞學界開始有意區分「豪放」「婉約」二體，並且有明一代整個詞壇的主流就是崇正抑變。

沈謙《答毛稚黃論填詞書》：「六朝君臣，賡色頌酒，朝雲龍笛，

〔註22〕 （清）江順詒《詞學集成》，見唐圭璋《詞話叢編》第四冊，中華書局 2005 年版，第 3266 頁。
〔註23〕 （清）沈謙《填詞雜說》，唐圭璋《詞話叢編》第一冊，中華書局 2005 年版，第 632 頁。
〔註24〕 （清）沈謙《填詞雜說》，第 631 頁。
〔註25〕 （清）沈謙《填詞雜說》，第 631 頁。

玉樹後庭，厥惟濫觴，流風不泯。迨後三唐繼作，此調為多。飛卿新制，號曰《金荃》；崇祚《花間》，大都情語。豔體之尚，由來已久。奚俟成都、太倉，始分上次。及夫盛宋，美成就官考譜，七郎奉旨填詞，徑闢歧分，不無闌入。甚至燔柴夙駕，慶年頌治；下及退閒高詠，登眺狂歌，無不尋聲按字，雜然交作。此為詞之變調，非詞之正宗也。至夫蘇、辛壯采，吞跨一世，何得非佳？然方之周、柳諸君，不無僭父。而大江一詞，當時已有關西之諷，後山又云：正如教坊雷大使舞，雖及天下之工，要非本色。小吏不諱於面諷，本朝早已定其月旦。秦七雅詞，多屬婉媚，即東坡亦推之為「今之詞手」。他如子野「秋韆」，子京「紅杏」，一時傳頌，豈皆激厲為工，奧博稱豔哉。」

　　沈謙偏好婉約詞風。毛先舒等人主風格多樣，毛先舒《與沈去矜論填詞書》曰：「詞句參差，本便旖旎，然雄放磊落，亦屬偉觀。成都、太倉稍臚上次，而足下持厥成言，又益增峻。遂使「大江東去」，竟為逋客，「三徑初成」沒齒長竄。揆之通方，酷未昭晰。借云詞本卑格，調宜冶唱，則等是以降，更有時曲。今南北九宮，猶多鼙鐸之聲，況古創茲體，原無定畫。何必抑彼南轅，同還北轍，抽兒女之狎衷，頓壯士之憤薄哉。」〔註26〕

　　毛先舒反對墨守一家一派，他在《答孫無言書》云：

　　　　今人論文，每云某家某派，不知古人始即臨摹，終期脫化，遺筌捨筏，掉臂孤行，盤薄之餘，亦不知其所從出，初或未嘗無紛紛同異，久之論定，遂更尊之為家派耳，古來作家率如此。規規然奉一先生而株守之，不堪其苦矣。〔註27〕

他以為「奉一先生而株守之，不堪其苦」，他稱蘇辛詞「寓豪宕頓挫之致」，似文章之有司馬遷，「獨推於千載」（《題三先生詞》）。因為他不願墨守一家，因此他填詞也是「豪蘇膩柳，總付水濱」，不受風格的羈束。

〔註26〕　《毛稚黃集》卷五，又見王又華《古今詞論》，引見《詞話叢編》中華　　　　　書局 2005 年版，第一冊，第 610 頁。

〔註27〕　毛先舒《思古堂集》，見四庫全書存目叢書。

因此他更推崇蘇、辛作品，稱他們「寓豪宕頓挫之姿」。

他也對「雄放磊落」一派作有力的辯護，倡導詞風多元化，兼收並蓄，這些論點與陳維崧相似。

沈謙、毛先舒的詞派內部的論戰，有助於人們更好地理解豪放、婉約詞，這是一種有益的詞派行為，不是眾口一詞，在詞派內部各自的論點還是會有不同。但是沈謙的思想是有變化的，在論述具體詞作時，態度並非一層不變，看來，認識是不斷發展變化的，即使是同一個論者，在不同的人生經歷和人生階段對某個東西的看法也是會有差別的。

開放的詞學觀念總是受人歡迎，柴紹炳與毛先舒詞學觀念接近較為相近，在推崇婉約詞的同時欣賞詞的多元化風格，認為各體均有佳作，清代《詞學集成》有這樣一段記載：

> 「柴虎臣云：「旨取溫柔，詞歸蘊藉。昵而閨帷，勿浸而巷曲，勿墮而村鄙。」又曰：「語境則咸陽古道，汴水長流。語事則赤壁周郎，江州司馬。語景則岸草平沙，曉風殘月。語情則紅雨飛愁，黃花比瘦。」〔詒〕案：填詞者各有界限，不可不知。」〔註28〕

丁澎非常推崇辛棄疾詞風。在《梨莊詞序》中認為蘇軾、陸游以遒麗取勝，沒有用豪放一詞，但他理解的遒麗從字面意思講也是擴大壯麗的意思。「唐宋以來，言詞必推辛，猶言詩必推杜，橫視角出，一人而已。」〔註29〕

西泠詞人雖然被歸為一派，事實上詞學主張是有差異的，總的來說，對以前的獨尊一派的觀念有所突破，突出詞風格的多樣性，對豪放詞風的態度更加包容，這為陽羨詞派的倡「豪放」作了鋪墊，說明已經有越來越多的人欣賞豪放詞，重視「豪放」詞風。

〔註28〕 （清）江順詒《詞學集成》，見唐圭璋《詞話叢編》第四冊，中華書局
　　　　2005 年版，第 3293～3294 頁。

〔註29〕 丁澎《梨莊詞序》，見《扶荔堂文集》。

第三節　陽羨派「豪放」「婉約」詞論

　　陽羨派宗師為陳維崧，字其年，號迦陵，由於其為江蘇宜興人，宜興古名陽羨，故以他為代表的詞學流派被稱為「陽羨派」。

　　陽羨派這個詞派有其特殊之處，首先是其影響很大，對此我們從人們對其領袖陳維崧的評價中有所領略。吳梅道：「清初詞家，斷以迦陵為巨擘」。〔註30〕又道：「清代詞集之富，莫如迦陵。」〔註31〕可見，陳維崧不僅是陽羨派的重要人物，而且作品很多，對清初甚至整個清代詞壇都有很大的影響。另外一點是，陽羨派倡導豪放詞，鼓勵學蘇軾、辛棄疾，可以說是詞學史上第一個明確且大張旗鼓地提倡豪放詞風的正規的詞學流派，在陽羨派的倡導下，豪放詞實現了大跨越，無論在理論上還是創作實踐中，清代形成了一股學習豪放、倡導豪放詞的風氣：「小令學《花間》，長調學蘇辛，清初詞家通例也。」〔註32〕這對於豪放詞的發展來說是難能可貴的，因為豪放詞興起晚，起點低，在經歷了幾百年來一直受詞壇主流鄙薄的遭遇之後，能在清代初期形成這樣一股新鮮而強勁的潮流，實屬不易。其實，陽羨派的形成及對「豪放」詞風的欣賞與接受是有一個過程的，也就是說，這個詞派的形成不是一蹴而就的，而是和之前的詞學發展和詞學流派、詞學思想的變化有著密切聯繫的，因為，陳維崧是廣陵詞派的成員，所以，其早期的詞學主張是不可能脫離廣陵詞人而標新立異的，而上文我們談到的廣陵詞派對「豪放」「婉約」的總體態度仍然是推崇婉麗詞風的，所以，陳維崧不可能不受其及當時詞壇風氣的影響的，但是，我們發現，崇尚婉約詞風的詞壇的表面下，「豪放」越來越受到人們的重視，正如一股暗流在洶湧澎湃著，比如，「詞當分正變，不當分優劣」，等等，這都說明了一個現象，「豪放」頻繁地進入人們的視野，預示著一個新的倡「豪放」時期的來臨。

〔註30〕　吳梅《詞學通論》，復旦大學出版社，2005 年版，第 122 頁。
〔註31〕　吳梅《詞學通論》，復旦大學出版社，2005 年版，第 136 頁。
〔註32〕　吳梅《詞學通論》，復旦大學出版社，2005 年版，第 120 頁。

　　以陳維崧為首的陽羨派的形成標誌著「豪放」詞風的發展進入了一個新的時期。前人提到「豪放」，總是強調其外在形式上的雄豪、壯觀，不甚留意其內容的深厚，陳維崧在倡導「豪放」詞是更加重視其思想內容的深刻，而這些即來源於作者個人氣質的豪放、大氣，也來源於詞人對世事人生的體悟日深。早期的陳維崧寫有婉約風格的詞，但多年後，當他的人生閱歷日漸豐富，再回頭看過往經歷，後悔之意溢於言表。我們有詞為證。

　　　采桑子‧吳門遇徐松之問我新詞賦此以答

　　　當時慣作銷魂曲，南院花柳，北里楊瓊，爭譜香詞上
　玉笙。

　　　　如今縱有疏狂性，花月前生，詩酒浮名，丈八琵琶撥
　不成。

看到「銷魂曲」幾字如果我們還不清楚作者要說什麼的話，加上「南院花柳」「北里楊瓊」，在標明「香詞」二字，還有一個「慣」字，我們就知道，作者當年是對香豔詞情有獨鍾的。但是現在，作者表示，無論如何也寫不出那種風格的詞了，言語之間充滿了滄桑感。

　　陳其年懷著憂慮的心情，以存詞為己任，編有詞選《今詞苑》，並在《詞選序》裏，結合當時的文壇狀況表達了自己對於詞這種文體的看法，可以看出，他對詞非常重視，對詞壇厚婉約、重清真等現象很是不滿，希望廓清詞壇風氣，把詞的發展引到一條健康的道路上，這也是他對豪放詞大量融入詞壇做得一種努力，這是 1671 年，當時，作者 47 歲。把詞提高到與經、史同等的地位，充分重視詞的功能和作用，認為詞既能感人，也能發揮經、史的作用，他甚至在詞中記錄歷史，所以他的詞可以稱得上是「詞史」，例如他寫有《賀新郎‧五人墓》來悼念在抗清鬥爭中犧牲的明人，在《南鄉子‧江南雜詠》中關注社會民生，另外，他還在詞中寫自己的懷才不遇，所以他不僅倡導豪放詞，而且更加拓寬了詞的表現領域，對詞的貢獻很大。陳廷焯《白雨齋詞話》中如是評價他：「詞中陳其年，猶詩中之老杜也。風流悲壯。雄誇一時。」陳

其年多才多藝，且精通音律，對文學、藝術有很高的領悟力，也與深刻的體會，尤其是對詞，有著他獨特的看法。

詞選序

陳其年

客或見今才士所作文，間類徐庾儷體，輒曰：「此齊梁小兒語耳。」擲不視。是說也，予大怪之。又見世之作詩者，輒薄詞不為，曰：「為輒致損詩格。」或強之，頭目盡赤。是說也，則又大怪。夫客又何知？客亦未知開府《哀江南》一賦，僕射在河北諸書，奴隸《莊》《騷》，出入《左》《國》；即前此史遷、班椽諸史書，未見禮先一飯；而東坡、稼軒諸長調又駸駸乎如杜甫之歌行，西京之樂府也。蓋天之生才不盡，文章之體格亦不盡。上下古今，如劉勰、阮孝緒以暨馬貴與、鄭夾漈諸家所臚載文體，僅部族其大略耳。至所以為文，不在此間。鴻文巨製，固與造化相關，下而讕語巵言，亦以精深自命。要之，穴幽出險，以屬其思；海涵地負，以博其氣；窮神知化，以觀其變；竭才渺慮，以會其通；為經為史，曰詩曰詞，閉門造車，諒無異轍也。今之不屑為詞者，固無論，其學為詞者，又復極意《花間》，學步《蘭畹》，矜香弱為當家，以清真為本色，神瞽審聲，斥為鄭、衛，甚或爨弄俚詞，閨襜冶習，聲如濕皮，色如死灰，此則嘲詼隱庚，恐為詞曲之濫觴；所慮杜夔左磬，將為師涓所不道。輾轉流失，長此安窮。勝國詞流，即伯溫、用修、元美、徵仲諸家，未離斯弊，餘可識矣。余與里中兩吳子、潘子戚焉，用為是選。嗟乎，鴻都價賤，甲帳書亡，空讀西晉之陽秋，莫向蕭梁之文武。文章流極，巧歷難推。即如詞之一道，而餘分閏位，所在成編，義例凡將，闕如不作。僅效漆園馬非馬之談，遑恤宣尼觚不觚之歎。非徒文事，患在人心。然則余與兩吳子、

> 潘子僅僅選詞云爾乎？選詞所以存詞，其即所以存經、存
> 史也夫。〔註33〕

在這篇序言裏，作者談論的重點有三。首先，也是最重要的一點是，作者告訴了我們其選詞的目的，是為了存經、存史，突出了在作者心目中，詞的作用重大，和作為詞人、詞壇領袖責任職重大。其次，作者認為長期以來，詞為小道、末技的地位應該得到改觀，應該和經、史一樣受到重視，並被發揚光大。在這一點中，作者提到了豪放詞的領袖──蘇軾和辛棄疾，對二人創作的長調詞發自心底地讚歎，並把之比作杜甫之歌行。第三，揭示出當時詞壇的狀況，從詞之產生，至清代初期，詞的發展雖然已歷數百年，經數代，但是鄙薄為詞的風氣依然存在，並且進一步指出，詞學發展仍然存在弊端，即詞壇仍然是香豔綺弱詞及清真詞等詞風的天下，豪放詞受重視的程度遠遠不夠。

所以，我們可以把陳其年的這篇序文看作他欲改變詞壇風氣，推舉豪放詞風的「戰鬥檄文」。

陳維崧這種發展豪放詞的決心從他的詩歌中也可窺見一斑，他在組詩《和荔裳先生韻亦得十有二首》的第六首道：

> 詩律三年廢，長瘠學凍烏。
> 倚聲差喜作，老興未全孤。
> 辛柳門庭別，溫韋格調殊。
> 煩君鐵綽板，一為洗蓁蕪。

陳維崧對蘇東坡之曾受人譏諷的豪放詞推崇有加，並對此給予厚望，希望借蘇公之首，廓清詞壇陋習。

陳維崧的詞學主張對於推動豪放詞的發展，提高豪放詞的地位起到了積極作用，但是其深知對婉約詞風的態度不應過於絕對，詞的風格朝多樣化行進，這樣，詞這種文學樣式才能得到充分的發展，才能真正的提高詞的地位。去掉婉約，代之以豪放，不注重詞本身的特性，詞

─────────────

〔註33〕 見《陳迦陵文集》卷三，又見施蟄存《詞集序跋萃編》，第 761～762頁。

的發展必然走入另一個極端，使詞取得和經史同樣的地位也只能成為空談的理論。陳維崧在創作中卻做到了把「豪放」「婉約」融會貫通，如陳廷焯《白雨齋詞話》中，「情詞兼勝，骨韻都高，幾合蘇、辛、周、姜為一手」對其詞評價很高，所以，這就是陳詞受歡迎的原因。

瀏覽陳維崧詞作，我們會發現，他的詞既有婉約風格又有豪放風格，婉約詞多集中於早期。他的這種詞風的轉變和其時代背景有關，也和其個人的人生經歷有關，陳維崧雖然在詞上取得了巨大成就，但是其人生到路卻坎坷不平，這使作者更加易於接受豪放詞，其實豪放並不豪在外，更多的是一種內在深情的噴薄，是一種人生鬱悶的消解，如果把這些融入詞中，詞同樣可以起到和經、史大致相當的作用。所以，這個時期的「豪放」多了另外一層含義，就像酒、月一樣，消解煩悶，消解憂鬱。所以，隨著時代的發展，詞擺脫了音律之後，要想受到人們的繼續歡迎，必然要加入一些新的成分和新的功能，不能永遠停留在香豔淒婉，也不能僅提留在「楊柳岸曉風殘月」，要加入更多的人生的、時代的因素，這也是詞在清代得以中興的重要原因之一，因為變化中的詞才能有所發展。

另外，在《蝶庵詞序》中，陳其年也借友人之口表現出對當時詞壇風氣的憂慮。「常謂余曰：盡天下詞亦極盛矣，然其所為盛，正吾所謂衰也。家溫、韋而戶周、秦，亦《金荃》《蘭畹》之大憂也。夫作者，非有國風美人、《離騷》香草之志意，以優柔而涵濡之，則其入也不微，而其出也不厚。人或者以淫褻之音亂之，以佻巧之習沿之，非俚則誣。」〔註34〕

第四節　浙西詞派「豪放」「婉約」詞論

浙西詞派是清初影響最大的詞學流派之一，創始於康熙前期，經

〔註34〕　（清）陳維崧《蝶庵詞序》，見《詞籍序跋萃編》，第562頁，又見《陳迦陵文集》。

雍正、乾隆、嘉慶等朝，影響直至道光年間。因創始人朱彝尊為浙西人，故得名。朱彝尊字錫鬯，號竹垞，浙西詞派在其與同裏友人相互唱和、相互標榜中逐漸形成、聲名遠播。

　　譚獻《復堂詞話》引《篋中詞》中說法曰：「錫鬯、其年出，而本朝詞派始成。顧朱傷於碎，陳厭其率，流弊亦百年而漸變。錫鬯情深，其年筆重，固後人所難到。嘉慶以前，為二家牢籠者，十居七八。」〔註35〕這是對清初至嘉慶年間詞壇狀況的描述，也說明了陽羨派和浙西詞派影響之大，誠然，陽羨派和浙西詞派兩派興起的時間相近，都是清代重要的詞學流派，但事實上，相對來說，浙西詞派的生命力更加旺盛，稱為清代歷時最久的詞派。

　　浙西詞派以朱彝尊為首，厲鶚、王昶、吳錫麒、郭麐、許昂霄、吳衡照、項鴻祚以及黃型清、馮登府、杜文瀾、張鳴珂等大量詞人都是浙西詞派的重要成員。

　　浙西詞派詞人很多，且在不同時期圍繞不同的詞壇主將，嚴迪昌《清詞史》道：「前期以朱彝尊為旗幟，中期以厲鶚為宗匠，晚期則以吳錫麒為中介環節，而以郭麐為詞風嬗變的代表」〔註36〕，為浙西詞派的發展勾勒出一條清晰的線索。

　　清詞由陽羨派的倡豪放與浙西詞派的提倡清空、醇雅的詞風到陽羨派的影響逐步消逝在浙西詞派的影響之下，與清代的社會政治狀況是須臾相關的，清王朝經過初入關和百廢待興的草創時期之後，經過清初幾位有為皇帝的代代努力，由亂到治，進入了相對平穩的發展時期，尤其是康乾盛世的到來，更加昭示著清代社會的穩定、祥和，而陽羨派的詞學主張是產生於不平的社會之氣和鬱鬱不得志的文人之手，偏重豪放、灑脫的藝術內容，隨著時代的發展，和漸趨穩定的社會狀況不太符合，而浙西詞派主張「詞則宜於宴嬉逸樂，以歌詠太

───────────────

〔註35〕　（清）譚獻《復堂詞話》，見《詞話叢編》第四冊，中華書局 2005 年版，第 4008 頁。

〔註36〕　嚴迪昌《清詞史》，江蘇古籍出版社 1990 年版，第 436 頁。

平」〔註37〕，多表現士大夫的閒情逸致，藝術上以南宋的姜夔、張炎為宗，專注於語言的工麗和音律的和諧，即休閒、輕鬆的詞風、追求典雅的藝術形式、更多地注重藝術享受等等特質恰好順應了時代的發展和統治者的要求，某種程度上契合了「優勝劣汰」的生物進化法則，但是我們卻不能做出哪一派的藝術成就更高一籌的論斷，因為這是時代的選擇，正如朱彝尊所言：「蓋時至而風會使然」。〔註38〕

浙西詞派崇尚醇雅的詞作有其鮮明的現實針對性。有明以來，詞道不振，清初詞人致力於探尋明詞衰微的原因，尋求詞學復興之途徑。經過認真分析，我們會發現，《草堂詩餘》的不斷再刊和傳播起了重要作用，直接導致了俚俗詞風的流行。這也是浙西詞派倡雅的原因之一。

另外，朱彝尊還大力宣揚《樂府補題》，倡導詠物詞，使得借物抒情成為浙西詞派的另一重要特點，人生的坎坷遭際，對世事的不滿，借自然界的物象委婉地抒發出來，恰好迎合了漸趨穩定的政局，迎合了統治者的政治需要。這也是浙西詞派推崇「婉約」的一個特色，借物抒情，借助外物、含蓄地抒發感情

浙西詞派的詞學主張在百餘年中也有所發展變化。前期，朱彝尊、汪森等人在一些序跋中有過理論闡述。後期，主要的詞論著作有海寧許昂霄的《詞綜偶評》（以評點《詞綜》所選詞為主，闡述主張）、吳江郭麐的《靈芬館詞話》、海寧吳衡照的《蓮子居詞話》等，理論闡述較多。概括起來，浙西詞論有以下幾點：

第一，宗南宋，崇醇雅、清空詞風，批評元、明詞風。針對明代詞的弊病，適合清初時代需要。他們提倡以南宋姜張詞風為圭臬，學習他們的清空、醇雅，以適宜表達家國之恨的幽情暗緒。朱彝尊認為「詞至南宋始極其工，至宋季而始極其變」。汪森認為南宋姜詞「句琢字煉，歸於醇雅」（《詞綜序》）。

第二，為詞尊體，提高詞的地位。詞歷來為詩餘。浙西派詞人將

〔註37〕　（清）朱彝尊《紫雲詞序》，見《詞籍序跋萃編》。
〔註38〕　（清）朱彝尊《水村琴趣序》，見《詞籍序跋萃編》。

—99—

它當作寄託家國之恨的工具。朱彝尊認為：「詞雖小技，昔之通儒巨公往往為之，蓋有詩所難言者，委曲倚之於聲。其辭益微，而其旨益遠。善言詞者，假閨房兒女子之言，通之於《離騷》、變《雅》之義，此尤不得志於時者所宜寄情焉耳」。(《紅鹽詞序》)

第三，藝術上提倡詞要有自己的特色，符合詞體。浙西派詞論主張詞別是一家，無論前、後期的浙西派詞論家都標舉神韻、清空、淡遠、清麗的標準。他們選編《詞綜》也好，自己的創作也好，大多體現出這種特色。就是將感情化作清麗淡遠的意象，用清新別致的語言含蓄蘊藉地表達出來。用朱彝尊的話來說是「空中傳恨」。厲鶚則將此種詞比作淡雅悠遠的南宗畫。

浙西派詞論的缺陷在於過分強調了「空中」寄情。其創始者有國破家亡的親身經歷，於詞中隱隱寄託這種情感；其後繼者們缺乏這種情感，就只能在「句琢字煉」上下工夫了。朱彝尊有時為了強調詞之體色，又認為「詞則宜於宴嬉逸樂，以歌吟太平」，這也給後世以不好的影響。

但總的說來，浙西詞派的出現是適應了清初反映現實的需要，隨著清初社會矛盾的尖銳，逐漸發展壯大，又隨著清王朝的鞏固繁榮而衰落。至乾隆年間，浙西詞派中出現了「三蔽」(淫詞、遊詞、鄙詞)，於是常州詞派出而代之。隨著近代社會的變化，浙西詞派後起者如杜文瀾、張鳴珂等人詞風也有了轉變。而且，常州詞派也吸收了浙西詞派尊詞體、重寄託等理論及創作經驗。

朱彝尊編有《詞綜》，友人汪森為之作序曰：「世之論詞者，惟《草堂》是規。白石、梅溪諸家，或未窺其集，輒高自矜詡，予嘗病焉。顧未有以奪之也。友人朱子錫鬯輯有唐以來迄於元人所為詞，凡一十八卷，目曰《詞綜》……」接著又詳細交待了朱彝尊搜集詞作的認真和用心，對《詞綜》進行增益。最後道：「庶幾可一洗《草堂》之陋，而倚聲者知所宗矣。」〔註39〕這從一個側面說明，朱彝尊編輯詞選的目的

──────────

〔註39〕 (清)朱彝尊《詞綜序》，見《詞籍序跋萃編》，第749頁。

是為了抵制《草堂詩餘》，消除豔詞流播的詞壇舊習。

朱彝尊《詞綜發凡》曰：「世人言詞，必稱北宋。然詞至南宋，始極其工，至宋季而始極其變。姜堯章氏最為傑出，惜乎《白石樂府》五卷今僅存二十餘闋也。」〔註40〕可以看出朱彝尊的詞學態度是重南宋，而尤其賞識姜夔、張炎詞作，恨姜詞存世太少。於「豪放」「婉約」之外，獨尊雅詞，鄙視俚俗詞作，跳出「豪放」「婉約」之爭，審美方式多元化，這對詞學發展來說，有很大好處，不再執著於一端。

《詞綜發凡》曰：「獨《草堂詩餘》所收最下，最傳。三百年來，學者守為兔園冊，無惑乎詞之不振也。」〔註41〕編者抱有振興詞壇的責任感來編選詞籍，這也是清詞復興的原因之一，開始正視詞，尊重詞，不再認為作詞是一件上不得檯面的事情。

《詞綜發凡》曰：「言情之作，易流於穢。此宋人選詞多以雅為目的。法秀道人語涪翁語曰：『作豔詞當墮犁舌地獄。』正指涪翁一等體制而言耳。填詞最雅無過石帚，《草堂詩餘》不登其隻字，見胡浩立春吉席之作、蜜殊詠桂之章，亟收捲中，可謂無目者也。甚而易靜《兵要》，寓聲於望江南，張用成《悟真篇》，按調為西江月。詞至此，亦不幸極矣。」〔註42〕

朱彝尊在為《樂府雅集》作的序跋中明確表態，欣賞雅詞，並認為有《樂府雅集》在手，便可奉為經典，《草堂詩餘》可廢。看來對俗豔詞風深惡痛絕。

朱彝尊對元人白樸的詞讚不絕口，在《天籟集跋》中曰：「蘭谷詞源出蘇、辛，而絕無叫囂之氣，自是名家。元人擅此者少，當與張蛻庵稱雙美，可與知音道也。」並稱「風晨月夕，時　披吟，如對先生絕塵邁俗之標格也。」〔註43〕欣賞的還是其出於「豪放」，但卻摒棄了豪放

〔註40〕　（清）朱彝尊《詞綜發凡》，見《詞籍序跋萃編》，第 753 頁。
〔註41〕　（清）朱彝尊《詞綜發凡》，第 753 頁。
〔註42〕　（清）朱彝尊《詞綜發凡》，第 756 頁。
〔註43〕　（清）朱彝尊《天籟集跋》，見《詞籍序跋萃編》，第 467 頁。

不慎、易流於叫囂的弊病，有超凡脫俗之妙的詞風。可見，朱氏的重心還在於「雅」，而非「豪放」，但據此，我們可以看出其對豪放詞的態度，認為豪放易流於叫囂，雅詞則更勝一籌，盡善盡美。由此可見，在朱氏這裡，豪放婉約問題已不是探討的關鍵問題，其另闢蹊徑，推舉雅詞。這是浙西詞派的特色所在。

　　曹溶可謂浙西詞派的先驅，朱彝尊對其非常恭敬，曾為曹溶《靜惕堂詞》作序，曰：「念倚聲雖小道，當其為之，必崇爾雅，斥淫哇。極其能事，則亦足以宣昭六義，鼓吹元音。往者明三百祀，詞學失傳。先生收輯南宋遺集，尊曾表而出之。數十年來，浙西填詞者，家白石而戶玉田，春容大雅，風氣之變，實由先生。」〔註44〕我們透過朱彝尊對曹溶的讚歎可以看出早期浙西詞派的詞學宗旨，尊姜夔、張炎，倡雅詞，也可以看到該詞派在當時的影響，「家白石而戶玉田」，引領詞壇風尚。

　　由朱彝尊的詞論，我們可以概括出浙西詞派早期「豪放」「婉約」的態度是認為雅詞高於「豪放」之上的精品，很少單獨論及「豪放」，偶有提及，也是做為雅詞的陪襯和參照物。所以，在浙西詞派這裡，「豪放」「婉約」之爭有了暫時的停歇，但事實上是「婉約」佔了上風，因為南宋姜張雅詞是在婉約基礎上的強化某些特質的發展。

　　厲鶚，生於 1672 年，卒於 1752 年，字太鴻，號樊榭，自號南湖花隱，浙江錢塘人，即今杭州人，有《樊榭山房集》傳世，也有重要的「豪放」「婉約」詞論。

　　厲鶚是浙西詞派重要的傳承者，其詞學理論源於朱彝尊而有所不同。推崇姜、張，崇尚雅詞，但注入了新鮮的血液，厲鶚的詞論主要體現在他所寫的詞集序跋和論詞絕句中。

　　厲鶚在《蛻岩詞跋》中稱讚蛻岩道：「而詞筆亦復俊雅不凡，足繼白石、梅溪、草窗、玉田諸公之後。」〔註45〕可以看出，其秉承浙西詞派一貫的主張，推崇南宋雅詞。

〔註44〕　（清）朱彝尊《靜惕堂詞序》，見《詞籍序跋萃編》，第 543 頁。
〔註45〕　（清）厲鶚《蛻岩詞跋》，見《詞集序跋萃編》，第 486 頁。

　　厲鶚在《張今涪紅螺詞序》云：「詞雖小道，非善學者不能為，為之亦不能工也。」〔註46〕又云：「常以詞譬之畫，畫家以南宗勝北宗。稼軒、後村諸人，詞之北宗也；清真白石諸人，詞之南宗也。今涪詞淡逸平遠，有重湖小樹之思焉。芊眠綺靡，有暈碧渲紅之趣焉，屈曲連璅，有魚灣蟹堁之觀焉。僕讀其詞，如與今涪泛東泖以望九山，相爭吟嘯而不知返。其為詞家之南宗，二沈之替人，不虛矣。夫張氏之工於詞者，前有子野，後有叔夏，今涪為之不已，將掩二張之長而有之，豈獨齊名二沈已乎。」〔註47〕如果說對於「豪放」「婉約」的態度在朱彝尊那裡還模糊的話，在厲鶚這裡開始逐漸明朗化、清晰化。認為「婉約」高於「豪放」，並且形象地比之為南宗和北宗，欣賞清婉深秀之作。另外，在厲鶚所做序跋中多次用到「清麗閒婉」之類詞語，誇讚詞人詞作。在厲鶚看來，清雅為詞之正，其在《群雅詞集序》中道：「今諸君詞之工，不減小山，而所託興，乃在感時賦物、登高送遠之間。遠而文，澹而秀，纏綿而不失其正，騁雅人之能事，方將凌鑠周、秦，頡頏姜、史，日進焉而未有所止。研農編次，都為一集，將鏤版以問世，冷紅詞客標以『群雅』，豈非倚聲家砭俗之針石哉」。〔註48〕在倡雅的同時，又加入了感時賦物即寄託，婉約纏綿為詞之正體。而且認為，倡導的雅所對應的正是詞之俗，倡導的原因也是為了滌蕩俗世、俗詞。

　　厲鶚還創作有論詞詩詞，我們從中亦可以看出其對「豪放」「婉約」的態度。

　　　《論詞絕句十二首》其八〔註49〕

　　　厲鶚

　　　中州樂府鑒裁別，略仿蘇黃硬語為。

　　　若向詞家論風騷，錦袍翻是讓吳兒。

〔註46〕　（清）厲鶚《張今涪紅螺詞序》，見《詞集序跋萃編》，第556頁。
〔註47〕　（清）厲鶚《張今涪紅螺詞序》，見《詞集序跋萃編》，第556～557頁。
〔註48〕　（清）厲鶚《群雅詞集序》，見《詞集序跋萃編》，第558頁。
〔註49〕　（清）厲鶚《樊榭山房詩集》卷七，《四庫全書》版。

在豪放、婉約的態度上，該詩與其在《張今涪紅螺詞序》中所說的一樣，認為詞的南宗勝於北宗，蘇軾等人的豪放詞比之婉約纏綿的吳兒詞稍遜一籌。

> 《論詞絕句十二首》其七〔註50〕
>
> 厲鶚
>
> 玉田秀筆溯清空，淨洗花香意匠中。
>
> 羨殺時人喚春水，源流顧自寄閒翁。

張炎，字叔夏，號玉田。厲鶚認為其詞清空騷雅，源出其父，其詞對洗清香俗之詞的影響其了重大作用。

郭麐是浙西詞派後期的重要代表人物，對豪放、婉約也有自己的看法，其作有《靈芬館詞話》，也作有詞集序跋。《靈芬館詞話》開篇便稱「詞有四派」，接著解釋道：「詞之為體，大略為有四：風流華美，渾然天成，如美人臨妝，卻扇一顧，花間諸人是也。晏元獻、歐陽永叔諸人繼之。施朱傅粉，學步習容，如宮女題紅，含情幽豔，秦、周、賀、晁諸人是也。柳七則磨曼近俗矣。姜、張諸子，一洗華靡，獨標清綺，如瘦石孤花，清笙幽磬，入其境者，疑有仙靈，聞其聲者，人人自遠。夢窗、竹屋，或揚或沿，皆有新雋，詞之能事備矣。至東坡以橫絕一代之才，凌厲一世之氣，間作倚聲，意若不屑，雄詞高唱，別為一宗。辛、劉則粗豪太甚矣。其餘麼弦孤韻，時亦可喜。溯其派別，不出四者。」〔註51〕

郭麐對同為豪放派的領袖蘇、辛的態度有差別，誇讚東坡以天才之姿作詞，使豪放雄詞別為一宗，卻認為辛棄疾、劉過詞豪放太過，流於粗豪。在這裡沒有分詞之高下，而是風格多樣化，雖然倡導雅詞，推舉姜、張，但只是喜好上的不同，而沒有在「豪放」「婉約」之間分高下，詞學態度更為客觀。可見清代社會安定下來後，詞風逐漸多樣化，當然，豪放婉約問題仍然是貫穿其中的一條線索。這大概也是浙西詞

〔註50〕 （清）厲鶚《樊榭山房詩集》卷七，《四庫全書》版。
〔註51〕 （清）郭麐《靈芬館詞話》，見《詞話叢編》第二冊，第1503頁。

派歷時較長的原因，各詞學將領在詞學傳承的過程中不斷地摸索，不斷地完善。而且浙西詞學發展到這裡，有了向寄託轉變的痕跡，也就有了向常州詞派的轉接，說明當時的社會需求，常州詞派的條件在逐漸地成熟。

郭麐更重詞作反映內心，認為只要出於內心，豪放也好，婉約也好，醇雅也好，都為好詞。他在《無聲詩館詞序》中道：「蘇、辛以高世之才，橫絕一時，而奮末廣憤之音作。姜、張祖騷人之遺，盡洗穠豔，而清空婉約之旨深。自是以後，雖有作者欲離去別見其道無由。然其寫其心之所欲出，而取其性之所近，千曲萬折以赴聲律，則體雖異而其所以為詞者，無不同也。」〔註52〕在《靈芬館自序》中，作者也有類似的言論，注重內在心性的抒發。

無論如何，陽羨派也好，浙西詞派也好，詞的地位一直在不斷的提高，也就是清代前期詞的尊體運動一直是方興未艾，詞的作用越來越受到重視，這也是清代詞學中興的原因，重視它，才可能發展它，發展它，才有可能實現它的興盛。乾隆後，常州詞派興起，浙西詞派遂成衰勢，但其影響一直持續到後世。

第五節　納蘭性德「豪放」「婉約」詞論

納蘭性德尤好填詞，以詞人名世，有《飲水詞》存世，是近百年來擁有讀者最多，影響最大的清代詞人，在清初詞人中其與陳維崧、朱彝尊並稱「詞家三絕」。上文我們提到，這時候的清初詞壇，詞人、詞作多為陽羨派與浙西詞派兩家所「牢籠」，納蘭性德是個例外，是獨立於兩派之外的詞壇大家。

納蘭性德詞善用白描手法，直寫性情，真摯動人，接近南唐李煜。所作詞以小令為多，亦以小令為最工，哀婉纏綿，感染力強。清人吳綺為其《飲水詞》作序云：「才由骨俊，疑前身或是青蓮；思自胎深，想

〔註52〕（清）郭麐《靈芬館雜著》卷二。

竟體俱成紅豆也」，〔註 53〕評價不可謂不高。

種種原因再加上納蘭性德辭世過早，致使其沒有專門的詞話著作存世，但其優秀的作品和廣泛的影響力促使我們去探索其詞學思想和創作理念。事實證明，納蘭性德在更新一代詞學觀念方面作了可貴的努力，他跳出「豪放」「婉約」這種詞的風格上的爭論，從詞的本身的特性，重詞人真情實感，內心感情的抒發，認為「豪放」「婉約」不是詞的關鍵問題，重要的是詞要起到自身的作用，尤其是要言之有情。

納蘭性德有《今詞初集》，這是康熙年間他和顧貞觀共同編選的詞集，傳達出其具體的詞學思想。納蘭性德倡導詞要抒寫性靈，其中，「抒情寫憂」是他們遴選詞作的重要標準。《今詞初集》的篇幅較小，僅有二卷，選錄清代立國以來三十年間的 184 位詞人的詞作 600 餘首，是清代初年一部頗有特色的當代詞選，詞卷首有魯超序，後有毛際可跋，從中可以清楚地看出納蘭性德的詞學主張及獨抒性靈的審美追求。魯超序云：「吾友梁汾常云：『詩之體至唐而始備，然不得以五七言律絕為古詩之餘也。樂府之變，得宋詞而始盡，然不得以長短句之小令中調長調為古樂府之餘也。詞且不附庸於樂府，而謂肯寄閫於詩耶？』容若曠世逸才，與梁汾持論極合，採集近時名流篇什，為《蘭畹》《金荃》樹幟，期與詩家壇坫並峙古今。」毛際可跋云：「近世詞學之盛，頡頏古人，然其卑者，掇拾《花間》《草堂》數卷之書，便以騷壇自命，每歎江河日下。今梁汾、容若兩君權衡是選，主於鏟削浮豔，舒寫性靈，採四方名作，積成卷軸，遂為本朝三十年填詞之準的。」

由此可見，重情，是納蘭容若論詞、談藝的立論基石，他在《通志堂集》（卷三）中對此有更明晰的表述：「詩乃心聲，性情中事也。發乎情，止乎禮義。」「人各有情，不能相強。」「詩取自是，何以隨人。」詩是這樣，詞亦如此，豪放詞也好，婉約詞也好，情入其間，必有可觀之處。

〔註 53〕 《飲水詞序》見《飲水詞箋校》，納蘭性德撰，趙秀亭、馮統一，箋校
　　　　 第 503 頁，中華書局 2005 年版。

納蘭性德在《與梁藥亭書》中說：「僕少知操觚，即愛《花間》致語，以其言情入微，且音調鏗鏘，自然協律。」一個「情」字，一個「致」字正是納蘭性德畢生填詞追求的目標，他從致語、言情、音調三個方面肯定了《花間》詞，這些是其「貴重」的內容，但納蘭性德填詞要求用比興和寄託寫出真性情，強調富於意趣地表現真情實感，肯定情感因素在詞創作裏的中心地位，詞應該注重抒發感情，要具有「風人之旨」。在這些方面，《花間》詞顯示出了明顯的不足，故被認為「不適用」。《花間》詞婉雅思深，言情入微，音調鏗鏘，宋詞則長於寄託性情心志，這就較《花間》詞適用。納蘭性德則捨《花間》宋詞之短而取其長，致力於憂患之作，於工麗細膩中寄託自家的性情心志。同時，他還以「情」為中心，恰當地處理「才」與「學」的關係。他不排斥詩詞創作中的「才學之用」，但反對「炫學」「逞才」，認為這樣一來「便與性情隔絕」。更進一步，他還要求詞對感情的描寫與表現應該是蘊藉雋永的，直露、淺率、俗濫、跋扈，他都不取。他單拈一個「致」字，要義在此。他擊節稱賞李後主詞「饒煙水迷離之致」也是從這裡入手。又嘗謂：「桃葉、團扇，豔而不悲。防露、桑間，悲而不雅。詞殆兼之，洵極詣矣。」所以他推崇李後主，「也觀北宋之作，不喜南渡諸家。」因為後主詞能寫真情，擅白描，超逸自然。南唐、北宋詞大都真率自然，樸拙渾厚，很少典麗藻飾，較為適合其「豔」而「悲」而「雅」的標準。納蘭性德身後，人們盛讚說：「國初人才輩出，秀水（按，朱彝尊）以高逸勝，陽羨（按，陳維崧）以豪宕勝，均出入南北宋間。同時納蘭性德容若先生則獨為南唐主、玉田生嗣響。」陳維崧認為納蘭性德「得南唐二主之遺」，周稚圭也說納蘭性德「李重光後身也」，可見後主對納蘭性德的影響之大。

納蘭性德的七古《填詞》一詩，較為集中的闡明了他的詞學思想：

> 詩亡詞乃盛，比興此焉託。往往歡娛工，不如憂患作。
> 冬郎一生極憔悴，判與三閭共醒醉。美人香草可憐春，鳳蠟
> 紅巾無限淚。芒鞋心事杜陵知，只今唯賞杜陵詩。古人且失

風人旨，何怪俗眼輕填詞。詞源遠過詩律近，擬古樂府特加
潤。不見句讀參差三百篇，已自換頭兼轉韻。

他認為填詞同作詩一樣，一是要重比興、寫憂患，一是要有寄託、抒真
情。就是要用比興之法，寄託自己的思想感情和不平，以抒發自家性
情，所以「比興此焉託」。從這一思想出發，納蘭性德認為詩詞創作用
要用比興寄託思想。婉約其實在詞產生之後，經歷了宋代的高峰期之
後就應該分為三個意義，一種是南唐五代的婉約，一種是秦觀、李清照
婉約，還有一種是姜夔張炎式的婉約。所以，納蘭性德更多的是南唐李
後主式的婉約。他的這種詞的重比興寄託與後來的張惠言常州詞派的
比興寄託有很大不同，但卻是為常州詞派的出現作了鋪墊。也可以看
出清代「豪放」「婉約」之爭與宋代「豪放」「婉約」之爭不同之處，清
代的爭論開始拋卻所謂的外在的放曠與否，更加偏重內在的詞中真情
所在，也就是把詞更多的與人生際遇，思想感情的抒發聯繫起來。這也
從另一方面說明詞的功能在逐漸增強。納蘭性德重性靈和袁枚性靈說
有重要關係，對袁枚的性靈說起到了重要啟發作用，所以詩詞的發展
也並非完全獨立的，可以相互影響。納蘭性德雖然沒有直接談「豪放」
「婉約」，但是他的重性靈、重真情抒發其實是從詞的根本上來說的，
所以無論「豪放」也好，「婉約」也好，根基都在於詞的表達功能，所
以對後世「豪放」「婉約」的發展指明了道路，從單純的風格之爭，上
升到對詞的特質的探討。

在清初詞壇上，浙西派推崇姜夔、張炎；陽羨派以蘇軾、辛棄疾
為宗，兩派旨趣不同，各有所長。不過他們在開創詞派的同時，也就限
制了自身的創作。納蘭性德針對這種現象在《原詩》一文中指出：「其
始亦因一、二聰明才智之士，深惡積習，欲闢新機，意見孤行，排眾獨
出，而一時附和之家，吠聲四起，善者為新豐之雞犬，不善者為鮑老之
衣冠。……又成積習矣。」後來浙西派與陽羨派在清朝中葉衰落，常州
詞派興起，兩派的結局正被他言中，可見他對開宗立派的弊端具有清
醒的認識，這也是納蘭性德不屬於任何詞派的原因。

基於納蘭性德對風格流派的獨到見解，在朱彝尊的《詞綜》問世後不久，他曾另作選本，在微觀上對前朝的詩文家做了研究，他選兩宋詞時，「專取精詣傑出之彥，盡其所長，使其精神風致，湧現於楮墨之間。」他寫信給梁藥亭云：「僕意欲有選，如北宋之周清真、蘇子瞻、晏叔原、張子野、柳耆卿、秦少游、賀方回，南宋之姜堯章、辛幼安、史邦卿、高賓王、程鉅夫、陸務觀、吳君特、王聖與、張叔夏諸人，多取其詞，匯為一集，餘則取其詞之至妙者附之。」可見婉約、豪放的兩派詞作大家大部分囊括在內，並不重此輕彼，對他們進行同樣的審視，給予客觀的評價，從而得出公正的結論，然後對各家的長處進行汲取，應用在自己的創作實踐中。同時，納蘭性德博採眾家之長的眼光，並沒有只停留在兩宋，先秦、魏晉、漢唐的優秀作品都是他開採文學寶藏的富庶之地。

清初，在朱、陳以前，京師詞壇首領龔鼎孳等人受「雲間派」影響，大抵效法北宋。朱彝尊則不滿其「詞多浮采」，因而以張炎為圭臬，頂禮南宋膜拜姜夔，並與江森等編纂了《詞綜》以表明自己的詞學主張。陳維崧則學步蘇辛，而與此同時的納蘭性德則崇尚的是李煜。南唐後主李煜，其為詞不失其赤子之心，最主要特點是「真」，作為「詞手」善為「情語」「致語」。納蘭性德崇尚李煜更主要的是體現了他自己的詞學主張和美學理想，他說：「《花間》之詞如古玉器，貴重而不適用，宋詞適用而少貴重。李後主兼有其美，更饒煙水迷離之致。」納蘭性德論詞提出了詞應達到的境界和標準，「貴重」「適用」和「煙水迷離」的境界，成為他詞學主張的重要組成部分。

與納蘭性德同時代的兩位清初詞壇大家朱彝尊、陳維崧，分別為浙西、陽羨一派領袖，都曾提出了自己明確的創作理論，並產生了巨大的影響。正如譚獻在《篋中詞》中言：「嘉慶以前，為二家牢籠者十居八九。」而納蘭性德與朱彝尊、陳維崧被並稱為「清初三大家」，陳維崧的師承蘇辛和朱彝尊的繼響南宋便是扭轉詞壇風氣的結果。納蘭性德對詞的貢獻也很大，雖然沒有明確公開地談論「豪放」「婉約」問題，

但是他的師法南唐的曼妙詞作及宕開窘處,更重詞人情感的真實寫照的詞學主張其實更加值得重視,浙西詞派後期也開始注重詞抒性靈,加上納蘭性德的主張,以及後來袁枚提倡的「性靈說」,逐漸成為詞這種文學形式繼續向前發展的旗幟。主情,獨抒性靈,逐漸成為詞學領域後來興起的一個重要議題,和「豪放」「婉約」問題一樣受到和詞的發展關係越來越密切。

　　所以,到了清代初期,「豪放」「婉約」問題不再是詞的發展中的處處觸及的問題,而是被限定了範圍和領域,新的問題不斷融入詞學領域,為詞的發展增添著新的活力。

第四章　清代中期之「豪放」「婉約」詞論

經過清初經濟的恢復和發展及諸多方面的厚重鋪墊，從康熙、經雍正、至乾隆，幾代統治者勵精圖治，清朝達到了鼎盛時期。伴隨政治、經濟的發展，隨之而來的還有詞學領域的爭鳴現象，不同的詞學流派的詞學觀念異中有同、同中有異。雲間派、陽羨派、浙西詞派等對「豪放」「婉約」均有直接或間接的論說。

清中葉土地高度集中，貧富懸殊嚴重，統治政策嚴苛，農民奮起奪糧、抗租，奪田鬥爭風起雲湧。民族、宗教矛盾激化，乾隆末年、嘉慶初年，臺灣林爽文自立年號，福建海民造反，北方回民起義，之後白蓮教等作亂犯上，統治者一籌莫展、寢食難安。再加上和珅篡權，朝廷上下腐敗不可遏止，清朝由興盛逐漸轉向衰落。

清代中期有重要的小說作品問世，長篇小說《儒林外史》和《紅樓夢》創造出古典小說發展的又一高峰。花部戲繁榮。中期後，資本主義經濟萌芽有所發展，市民階層人數增加，統治階級壓制市民階層民主意識，從思想上對他們進行控制，書籍被大量銷毀。不少文人逃避政事，鑽進故紙堆裏，從事古籍整理和文學考據。

文學是受政治影響的，浙西派是伴隨著「康乾盛世」而風靡詞壇的，到了嘉慶、道光年間，國勢由盛轉衰，社會動盪不安，憂患意識籠

罩朝野。浙西詞派「歌詠太平」的醇雅詞風衰頹，流弊日漸暴露。金應珪在《詞選後序》中說：

> 近世為詞，厥有三蔽：……揣摩床第，污穢中冓，是謂淫詞，其蔽一也。猛起奮末，分言析字，詼嘲則徘優之末流，叫嘯則市儈之盛氣，……是謂鄙詞，其蔽二也。……連章累篇，義不出乎花鳥；感物指事，理不外乎酬應，雖既雅而不豔，斯有句而無章，是謂遊詞．其蔽三也。〔註1〕

這段文字歷數當時詞家之失，指出三個弊端足使詞風頹廢，詞格日卑。這是浙西派後期詞論家力糾其弊而無法改變的。因此，「塞其下流，導其淵源」的常州詞派應運而生了。

就「豪放」「婉約」問題來講，受到當時的政治、經濟、文化環境的影響，崇尚個性的豪放詞又淡出文人眼瞼，人們重又開始隱匿自己的情感，在詞的表現方式上婉約而追求聲律，甚至跳出「豪放」「婉約」的單一劃分與爭論，在對詞深層挖掘和綜合分析的基礎上獨闢蹊徑，提出新的詞學審美觀念，常州詞派登上了歷史舞臺。

葉恭綽在《全清詞鈔序》中說：「嘉道時政治、外交、軍事走下坡路的時期，反而文藝界爆出了些光芒和活氣。詞的一道，自亦不能例外。張惠言、周濟、龔自珍等人皆於此時產生。鴉片戰爭以後群眾所接觸的方面，益為廣闊，事物與情感之刺激，亦更加複雜，其表現於文藝者，自亦更不相同。」〔註2〕劉毓盤在他的《詞史》，也是我國較早的詞史著作裏如是說：「詞者詩之餘，句萌於隋，發育於唐，敷舒於五代，茂盛於北宋，煊燦於南宋，剪伐於金，散漫於元，搖落於明，灌溉於清初，收穫於乾、嘉之際。」〔註3〕可見清代中期，是文學也是詞學值得探討的時期，也是清代詞學興盛的關鍵時期。

〔註1〕 金應珪《詞選後序》，見《詞籍序跋萃編》，第 799～800 頁。

〔註2〕 （清）葉恭綽《全清詞鈔序》，見於《全清詞鈔》，中華書局 1982 年版，第 2 頁。

〔註3〕 劉毓盤《詞史》，上海群眾圖書公司 1931 年版，上海書店 1985 年影印，第 213 頁。

　　清代中期的「豪放」「詞論」不像清初那樣歸屬於眾多的流派，而是以常州詞派為主，同時，另外一些既獨立於常州詞派之外，又受這一時期的常州詞派、浙西詞派影響的詞論家，如鄧廷楨、謝章鋌亦有可貴的「豪放」「婉約」詞論。總的來說，這一時期和清代初期不同，明代的「豪放」「婉約」二分法，不再是詞壇主線，更多的詞論家選擇跳出這一窠臼，用更加開放的眼光去看待「豪放」「婉約」詞論，也提出了許多新的詞學審美價值觀。在詞的功能上，隨著政治風雲的變幻亦更加強調「經世致用」和儒家思想，詞的地位得到進一步的提高，詩學理論被相繼應用於詞，詞的功能得到進一步的強化，詞為「小道」「末技」的詞學觀念被詞學家們所打破，詞和詩歌等正統的文學樣式一樣，成為人們探討的重點和熱點。

第一節　常州詞派「豪放」「婉約」詞論

　　常州詞派是繼陽羨派、浙西詞派以後起而代之的詞派，創立於嘉慶年間，大倡於道光時期，影響直到現代。創始人是張惠言、張琦兄弟。以後，周濟繼承並發展了張惠言的詞論，完成了常州派詞學理論從框架到系統的演進過程，為常州詞派的發展奠定了堅實的基礎。常州詞派的中堅人物有：惲敬、錢季重、丁履恒、陸繼輅、李兆洛、黃景仁以及後繼者董士錫、周濟、譚獻、陳廷焯、況周頤等。

　　關於常州詞派的理論主張，《詞學集成》有「常州詞派專尊美成」條：「汪稚松云：『茗柯詞選，張皋文先生意在尊美成，而薄姜、張。至蘇、辛僅為小家，朱、厲又其次者。其詞貴能有氣，以氣承接，通首如歌行然。又要有轉無竭，全用縮筆包舉時事，誠是難臻之詣。』〔詒〕案：常州派近為詞家正宗，然專尊美成。今取美成詞讀之，未能造斯境也。」〔註4〕短短幾行文字，對「豪放」「婉約」的態度盡顯，仍然是

〔註4〕　（清）江順詒《詞學集成》，見《詞話叢編》第四冊，中華書局 2005 年版，第 3273 頁。

崇尚婉約詞風，只不過由浙西詞派的尊崇姜夔、張炎一轉而為鄙薄姜、張，周邦彥詞成為典範之作，可見，不同的時期，人們的審美風尚會發生改變，詞壇的風氣也會發生巨大的變化，和陽羨派的推崇蘇、辛豪放詞派不同，清代中期的常州詞派有了新的見解和主張，另外一點，常州詞派詞貴有氣，以氣貫穿其中，這和謝章鋌的「以氣論詞」有一致性。

　　乾隆後期及嘉慶時期出現的以張惠言（江蘇常州人）、周濟為代表的「常州詞派」，取代「浙西詞派」在詞壇的地位。常州詞派的影響，歷清中葉而直到近代，比「浙西詞派」來得更為深遠。「常州派」強調詞的「比興」作用和社會意義，以推尊詞的地位，如張惠言說詞要「意內而言外」，要「緣情造端，興於微言」，發揚《詩》《騷》的比興之旨；周濟說詞「非寄託不入」，詞人要「見事多，識理透」，「詩有史，詞亦有史」，說王沂孫詞是「故國之思甚深，託意高，故能自尊其體」，等等。他們為了要矯正「陽羨派」詞的粗獷、「浙派」詞的輕弱，在《詞選序》中提倡詞要寫得「深美閎約」，並要求詞應質實厚重。他們的理論，對清代和近代詞的發展，起了推進作用，尤其是在提高詞的地位方面意義深遠，從諸多方面要求詞具有和詩文同樣的藝術功能，如比興，使詞的藝術特徵更加立體化、多元化。然而他們在創作上，最宗奉的詞人是晚唐的溫庭筠和北宋的周邦彥，又不免偏囿於「婉約」、淒豔的形式；他們評論古代詞人的「比興」之作，也多流於附會，這是常州詞派的缺點，一味地強調比興而忽略了詞本身的相對獨立性和特質。張惠言、周濟之外，這派作家還有張琦、董士錫，及作風相近的周之琦等。雖然常州詞派主要活躍於清代中期，正是清代由盛向衰的過渡時期，但是畢竟不比晚清文人接觸的政治、社會風雨多，所以這些「常州派」詞人，上無清初明室遺民之恨，下少體會到鴉片戰爭以後的驚風驟雨，所以，他們詞中的「比興」主要還是個人生活和感受的曲折吐露，缺少深廣的社會意義；風格比較厚重，雖能做到「深美閎約」，但形式的綿密也掩蓋不了內容的空虛。他們對詞的藝術有新的認識和嘗試，有新的成就，但卻挖掘不到更多的新意境。這是受著時代和階級的侷限，使

得他們在創作實踐上的貢獻，不能充分地體現他們的理論要求。倒是鴉片戰爭之後，在時代起了大變化的情況下，有些繼承他們的創作傾向的詞人，作品的內容和寄託卻較他們豐富。這類詞人，可以譚獻、王鵬運、朱孝臧等為代表，他們可以說是「常州派」的餘波後勁。

常州詞派，以其詞學理論著稱於世，其詞論代代相傳，並且後來居上，後出轉精，形成了特色鮮明的詞學理論體系。常州詞派受常州學派思想影響很大，常州學派的思想在常州詞派的文學主張上打下了深深的烙印。常州學派興辦學校、崇尚科舉，理論和創作並重，發揚光大清初顧炎武學以「經世致用」的思想，這在詞學理論上都產生了重大影響，也在詞學創作上起到促進作用，龍榆生道：「清詞至常州派而體格日高，聲情並茂，綿歷百載，迄未全衰。良有『學人之詞』，適可藥末流之病，又值時變方亟，尤足以激發詞心。」〔註5〕

常州派詞論，開山祖是張惠言，其編選的《詞選》是其對詞學的重大貢獻之一，在清代產生了深遠的影響。《詞選》是張氏兄弟嘉慶初年在歙縣館於金家授課時所編的詞學教材，共選錄了唐五代、宋詞四十四家百餘首詞作。張惠言《詞選》之後，鄭善長又編了《詞選附錄》，所選皆當代詞人詞作。道光十年（1830），張惠言的外孫董毅又編《續詞選》，形成了《詞選》系列。為闡明自己的詞學思想，張惠言寫下了著名的《詞選序》，《序》中論及許多詞學理論的問題，被後世遵為常州詞派的理論基礎。《詞選》的意義表現在兩個方面。一方面，《詞選》是第一部以思想內容為標準的詞選，正如施蟄存先生所指出的：「自《花間集》以來，詞之選本多矣，然未有以思想內容為選取標準，更未有以比興之有無為取捨者，此張氏《詞選》之所以為獨異也。其書既出，詞家耳目為之一新。」〔註6〕與以往的詞選本相比，《詞選》最大的特色是選詞標準的思想性要求，即以「意內言外」「比興寄託」為選詞標準。

〔註 5〕龍榆生《論常州詞派》，見於《同聲月刊》第一卷。
〔註 6〕施蟄存《歷代詞選集敘錄》，見《詞學》第六輯，華東師範大學出版社
　　　1986 版。

在此之前朱彝尊的《詞綜》影響最大,但《詞綜》本身並未刻意突出某種風格特色,在詞的選取上並沒有明確的特定審美指向。張惠言的《詞選》則詞學思想明確、具有現實針對性。張惠言針對「安蔽乖方,迷不知門戶」(《詞選序》)的詞壇現實,力圖改變人們對待詞體「不敢與詩賦之流同類而風誦之」的認識,提高了詞體的地位。這種編選思想在其弟張琦的《重刻辭選序》亦有明示:「先兄以為詞雖小道,失其傳且數百年,自宋之亡而正聲絕,元之末而規距隳。竅宧不闢,門戶卒迷。」《詞選》中選取的都是張氏認為有「比興寄託」的詞作,他對所選詞作的評語亦皆從「比興寄託」立論。謝章鋌說:「(張惠言)用意可謂卓絕,故多錄有寄託之作,而一切誇靡淫猥者不與,學者知此,自不敢輕言詞矣。」與以往以存人、存詞,或以選家之偏好為標準的詞選本不同,《詞選》以「比興寄託」為選編標準,給詞壇帶來強烈的震撼,追隨影從者日眾,對改變詞風產生了重要影響,以至於「《詞選》出,常州詞格為之一變,故嘉慶以後與雍乾間判若兩途也。」另一方面,常州詞派的後繼者出於宗派和現實的需要,對《詞選》又賦予了更多的內涵和意義。例如,有人認為張惠言的《詞選》出於創立常州派、取浙西詞派而代之的明確意識,並認為張氏之論皆與浙西詞派相對立。

張惠言在《詞選序》中系統地闡述了他的詞學主張。現錄其序文於下:

> 詞者,蓋出於唐之詩人,採樂府之音以制新律,因繫其詞,故曰「詞」。傳曰:「意內而言外,謂之詞。」其緣情造端,興於微言,以相感動,極命風謠里巷男女哀樂,以道賢人君子幽約怨悱不能自言之情,低徊要眇,以喻其致。蓋詩之比興,變風之義,騷人之歌,則近之矣。然以其文小,其聲哀,放者為之,或淫蕩靡曼,雜以昌狂徘優。然要其至者,莫不惻隱盱愉,感物而發,觸類條暢,各有所歸,非苟為雕琢曼飾而已。自唐之詞人,李白為首,其後韋應物、王建、韓翃、白居易、劉禹錫、皇甫松、司空圖、韓偓,並有述造,

而溫庭筠最高，其言深美閎約。五代之際，孟氏、李氏君臣
為謔，競作新調，詞之雜流，由此起矣。至其工者，往往絕
倫，亦如齊梁五言，依託魏晉，近古然也。宋之詞家，號為
極盛，然張先、蘇軾、秦觀、周邦彥、辛棄疾、姜夔、王沂
孫、張炎，淵淵乎文有其質焉。其蕩而不反，傲而不理，枝
而不物，柳永、黃庭堅、劉過、吳文英之倫，亦各引一端，
以取重於當世。而前數子者，又不免有一時放浪通脫之言出
於其間，後進彌以馳逐，不務原其指意，破析乖剌，壞亂而
不可紀。故自宋之亡而正聲絕，元之末而規矩墮。五百年來，
作者十數，諒其所是，互有繁變，皆可謂安蔽乖方，迷不知
門戶者也。今第錄此篇，都為二卷，義有幽隱，並為指發，
幾以塞其下流，導其淵源，無使風雅之士，懲於鄙俗之音，
不敢與詩賦之流同類而諷誦之也。〔註7〕

這是常州詞派綱領性的詞學論文。清代江順治《詞學集成》卷一評論張
惠言詞論「高出流輩，發前人所未發」；陳廷焯《白雨齋詞話》卷一亦
評論道：「張氏（惠言）《詞選》，可稱精當，識見之超，有過竹垞十倍
者，古今選本，以此為最。」張惠言在這篇序言中首先引經據典為其宣
揚的「意內言外」之詞學思想找到了依據和出發點。其次，張惠言認為
晚唐溫庭筠詞格最高，是「深美閎約」之旨的典型代表，反而對五代李
氏父子詞評價不高。由此可見，張惠言所謂的「深美閎約」重在感情、
真情的纏綿婉轉而不重詞境的闊大與否。第三，張惠言肯定了宋代諸
詞家的詞學成就，認為這些詞人之詞思想性很強，同時，也指出了宋人
詞之缺點，那就是有「放浪通脫」之言。由此可見，張氏對豪放、自由
的情感抒發是讚揚的，但是對於形式上的豪放則不能接受，認為詞學
語言應該婉約有致。最後，張惠言表明了自己選詞的目的和宗旨，就是
抱著提高詞的地位的責任感和對當時的詞壇風氣的批判的態度，力圖

理清詞學門戶,為廣大詞家指出詞之坦途。由此看出,他對當時詞壇的風氣是不滿的。

　　張惠言對許多詞作進行了主觀性解讀,旨在證明《風》《騷》傳統在詞學作品中的客觀存在和表現方式,並賦予其嚴肅的政治主題和含蓄蘊藉的藝術風格,不但將素有「小道」「末技」之稱的詞提高到與詩賦同等的地位,而且也強調了詞區別於詩之藝術表現的獨特之處。這對於當時的社會來說,更加有利於人們對詞的接受和詞的傳播。崇比興、尊詞體,強調詞學創作的嚴肅性、思想性及藝術的本色特徵。常州學派「經世致用」的思想反映到詞學上,常州詞派詞人反對作品成為娛興遣賓的工具和應酬之作,對詞的態度更加嚴肅。常州詞派擺脫了自清初以來長期糾纏於師法北宋詞還是南宋詞的爭論,破除了明代以來將詞壇劃為豪放與婉約兩大陣營的簡單化模式,更不以「豪放」「婉約」作為評判詞家之依據,而是從中間跳出,提出「深美宏約」的詞學觀和價值觀。張惠言在《詞選序》中提出的「深美閎約」事實上是提倡在詞的創作中求「深摯」「深婉」。常州詞派詞學在清代詞學研究中具有十分重要的地位。

　　詞學理論與創作永遠是鮮活的,並非一層不變。從明代開始,詞學理論家們明確將詞化為「豪放」「婉約」二體,雖然在具體的過程中也出現過不同的聲音,但大體還是非此即彼,這種風氣一直延續到清代。清初的重要詞學流派陽羨派和浙西詞派更是繼承了這樣的一種傳統,提倡治詞必分南北,詞風要剛柔有別,蘇軾、辛棄疾是豪放派,秦觀、柳永、李清照是婉約派。但是到了常州詞派,在對「豪放」「婉約」問題上,張惠言等採取了折衷兼顧的態度,陸繼輅《冶秋館詞序》云:

> 僕年二十有一始學為詞,則取鄉先生之詞讀之。《迦陵》《彈指》,世所稱學蘇、辛者也。程村、蓉渡,世所稱學秦、柳者也。已而讀蘇、辛之詞,則殊不然,已而讀秦、柳之詞,又殊不然。心疑之以質先友張臯文。臯文曰:「善哉,子之疑

也。雖然，詞故無所為蘇、辛、秦、柳也，自分蘇、辛、秦、柳為界而詞乃衰。且子學詩之日久矣，唐之詩人，四傑為一家，元、白為一家，張、王為一家，此氣格之偶相似者也。家始大於高、岑，而高、岑不相似，益大於李、杜，而李、杜不相似，子亦務求其意而已矣。」許氏云：「意內而言外謂之詞」，凡文辭皆然，而詞尤有然者。

在張惠言看來，詞不必分南宋、北宋，也不分「豪放」「婉約」，一切以立意為主，並且拿唐代大詩人作為例子，生動地闡釋他的詞學觀。常州詞派的這種不執著於「豪放」「婉約」的詞學思想新人耳目，把對詞外在風格體式上的關注轉為注重詞的內容深層次的意蘊。

常州詞派代表人物眾多，不同的階段和不同的代表人物對豪放、婉約問題的看法亦有同與不同之處。繼張惠言之後的常州派主將周濟更將詞選的作用發揮到了極致，他前後曾選編了二部詞選：《詞辨》和《宋四家詞選》。通過詞選系統地闡發了他的詞學思想。《詞辨》旨在分辨詞的正變源流，繼張惠言《詞選》之後，選詞標準亦以「意內言外，變風騷人」為準，選錄大意本於張惠言《詞選》。

關於常州詞派的分期，龍榆生道：「常州詞派繼浙派而興，倡導於武進張皋文（惠言）、翰風（琦）兄弟，發揚於荊溪周止菴（濟字保緒）氏，而極其致於清季臨桂王半塘（鵬運字幼霞）、歸安朱彊村（原名祖謀，字古微）諸先生，流風餘沐，今尚未全衰歇。」〔註8〕此外，還有許多種其他說法。但是，張惠言、張琦兄弟、周濟等對常州詞派的產生和發展中的重大作用這是毋庸置疑的。我們看不同時期的常州詞派成員對豪放、婉約問題的看法。

董士錫是張惠言的外甥和女婿，是常州詞派重要的理論家，其詞學理論上承張惠言下啟周濟，在常州詞派中有呈上啟下之功。董士錫在《餐花吟館詞敘》中說：「蓋嘗論之，秦（觀）之長，清以和，周（邦

〔註8〕龍榆生《論常州詞派》，見於《同聲月刊》第一卷。

彥）之長，清以折，而同趨於麗。蘇（軾）辛（棄疾）之長，清以雄，姜（夔）張（炎）之長，清以逸，而蘇、辛不自調律，但以文辭相高，以成一格，此其異也。六子者，兩宋諸家皆不能過焉。然學秦病平，學周病澀，學蘇病疏，學辛病縱，學姜、張病膚。蓋取其麗與雄與逸，而遺其清，則五病雜見而三長亦漸以失。至於浮淺之士，致力未數者，又不待言矣。」〔註9〕董士錫的詞學審美標準是「清」，列出宋代六大詞家，以「清」概括之，並且指出在此基礎上的不同之處，分別是「和」「折」「麗」「雄」「逸」，為以「豪放」「婉約」來區分眾詞家。董士錫所指的「清」和詞學史上的「清」關係密切。關於詩學史上的「清」，蔣寅先生有很詳細的概括，他說：「詩學史上的『清』則是個相當開放的審美觀念，有很強的包容性。它的基本含義就像色彩中的原色，向不同方向發展即得到新的色彩。」〔註10〕

其實，對於「豪放」「婉約」問題有著更加深入和認真審視的常州詞派理論家則是周濟。周濟的詞論分為兩個階段，第一階段是從嘉慶七年（1802）至嘉慶十七年（1812），即周濟的《詞辨》與《介存齋論詞雜著》問世的時期。第二階段是從嘉慶十七年以後《宋四家詞選》的編成及《宋四家詞選目錄序論》為代表的詞學理論。

我們從周濟的《詞辨序》中看到，周濟的詞學思想深受董士錫的影響，而且處在不斷的發展變化中。但早期的詞學思想還是體現在其《介存齋論詞雜著》中。在這部詞話中，周濟談到了蘇、辛的不同，曰：「稼軒不平之鳴，隨處輒發，有英雄語，無學問語，故往往鋒穎太露。然其才情富豔，思力果銳，南北兩朝，實無其匹，無怪流傳之廣且久也。世以蘇、辛並稱，蘇之自在處，辛偶能到。辛之當行處，蘇必不能到。二公之詞，不可同日語也。後人以粗豪學稼軒，非徒無其才，並

〔註 9〕 （清）董士錫《齊物論齋文集》）卷二，影印上圖藏清道光二十年江陰暨陽書院刻本。
〔註10〕 蔣寅《古典詩學中的「清」的概念》，見《中國社會科學》2000 年第1 期。

無其情。稼軒固是才大,然情至處,後人萬不能及。」〔註11〕周濟強調蘇、辛不同,把辛棄疾的地位抬高到蘇軾之上,認為辛棄疾詞以情貫之,而不是從豪放的外部特徵來評價二人,這和納蘭性德的以情論詞有相似之處,看來,早期的周濟詞尚未擺脫清初期諸位大家的影響,尚未形成自己獨特的體系。在周濟看來,「豪放」不僅僅是外在的橫放傑出,更重要的是內在的情感充沛,這是才氣和情感完美結合的產物。另外,周濟認為,東坡詞的佳處不在「粗豪」而在「韶秀」,云:「人賞東坡粗豪,吾賞東坡韶秀。韶秀是東坡佳處,粗豪則病也。」〔註12〕當然,這裡的「粗豪」並不等同於「豪放」,但某種程度上有「豪放」的影子,這點可以從「後人以粗豪學稼軒,非徒無其才,並無其情」中看出,這是周濟對「粗豪」的理解。相對於張惠言的推崇溫庭筠,輕視李氏父子詞,周濟有不同的理解,周濟曰:「李後主詞,如生馬駒,不受控捉。毛嬙、西施,天下美婦人也,嚴妝佳,淡妝亦佳,粗服亂頭,不掩國色。飛卿,嚴妝也。端己,淡妝也。後主,則粗服亂頭矣。」〔註13〕該說法形象生動地表達出周濟對李後主詞的高度讚賞,認識比張惠言更有積極意義,對常州詞派的發展有推動作用。隨著人們對「豪放」「婉約」問題的認識不斷深入,南北宋問題也被捲入其中,清初詞人要麼厚南宋薄北宋,要麼推北宋而貶南宋,周濟卻摒棄了這一點,認為兩宋詞各有盛衰,云:「兩宋詞各有盛衰,北宋勝於文士,而衰於樂工。南宋勝於樂工,而衰於文士。」〔註14〕

周濟詞學理論的真正形成和完善在於其《宋四家詞選目錄序論》。作於道光十二年(1832)的《宋四家詞選》以及《宋四家詞選目錄序論》標誌著周濟詞學思想的深化,建立起了完整的詞學理論系統。

〔註11〕 (清)周濟《詞辨序》,見《詞話叢編》,中華書局 2005 年版,第 1633 ～1634 頁。

〔註12〕 (清)周濟《介存齋論詞雜著》,見《詞話叢編》,中華書局 2005 年版,第 1633 頁。

〔註13〕 (清)周濟《介存齋論詞雜著》,第 1633 頁。

〔註14〕 (清)周濟《介存齋論詞雜著》,第 1629 頁。

周濟《宋四家詞選目錄序論》：

　　右宋詞若干首，別為四家，以周、辛、王、吳為之冠。
序曰：清真，集大成者也。稼軒斂雄心，抗高調，變溫婉，
成悲涼。碧山厴心切理，言近指遠，聲容調度，一一可循。
夢窗奇思壯采，騰天潛淵，返南宋之清泚，為北宋之穠摰。
是為四家，領袖一代。余子犖犖，以方附庸。夫詞，非寄託
不入，專寄託不出，一物一事，引而伸之，觸類多通，驅心
若游絲之繯飛英，含毫如郢斤之斫蠅翼，以無厚入有間，既
習已，意感偶生，假類畢達，閱載千百，謦欬弗違，斯入矣。
賦情獨深，逐境必窹，醞釀日久，冥發妄中，雖鋪敘平淡，
摹繢淺近，而萬感橫集，五中無主，讀其篇者，臨淵窺魚，
意為魴鯉，中宵驚電，罔識東西，赤子隨母笑啼，鄉人緣劇
喜怒，抑可謂能出矣。問途碧山，歷夢窗、稼軒以還清真之
渾化。餘所望於世之為詞人者，蓋如此。

　　論曰：清真渾厚，正於鉤勒處見。他人一鉤勒便刻削，
清正愈鉤勒，愈渾厚。

　　耆卿熔情入景，故淡遠。方回熔景入情，故穠麗。

　　少游最和婉醇正，稍遜清真者辣耳。少游意在含蓄，如
花初胎，故少重筆。然清真沉痛至極，仍能含蓄。

　　子野清出處、生脆處，味極雋永，只是偏才，無大起落。

　　晏氏父子，仍步溫、韋；小晏精力尤勝。

　　西麓宗少游，徑平思鈍，鄉愿之亂德也。

　　蘇、辛並稱。東坡天趣獨到處，殆成絕詣，而苦不經意，
完璧甚少。稼軒則沉著痛快，有轍可循，南宋諸公，無不傳
其衣缽，固未可同年而語也。稼軒由北開南；夢窗由南追北：
是詞家轉境。

　　韓、范諸巨公，偶一染翰，意盛足舉其文，雖足樹幟，
故非專家；若歐公則當行矣。

白石脫胎稼軒，變雄健為清剛，變馳驟為疏宕：蓋二公皆極熱中，故氣味吻合。辛寬姜窄：寬，故容稼；窄，故鬥硬。

白石號為宗工，然亦有俗濫處、（《揚州慢》：淮左名都，竹西佳處。）寒酸處、（《法曲獻仙音》：象筆鸞箋，甚而今不道秀句。）補湊處、（《齊天樂》：邠詩溫與，笑籬落呼燈，世間兒女。）敷衍處、（《淒涼犯》追念西湖上半闋。）支處、（《湘月》：舊家樂事誰省。）復處，（《一萼紅》：翠藤共，閒穿徑竹，記曾共西樓雅集。）不可不知。

白石小序甚可觀，苦與詞復。若序其緣起，不犯詞境，斯為兩美已。

竹山有俗骨，然思力沈透處，可以起懦。碧山胸次恬淡，故黍離、麥秀之感，只以唱歎出之，無劍拔弩張習氣。

詠物最爭託意，隸事處以意貫串，渾化無痕，碧山勝場也。

詞以思筆為入門階陛，碧山思筆可謂雙絕，幽折處大勝白石，惟圭角太分明，反覆讀之，有水清無魚之恨。

梅溪才思可匹竹山。竹山粗俗，梅溪纖巧。粗俗之病易見；纖巧之習難除，穎悟子第尤易受其薰染。余選梅溪詞，多所割愛，蓋慎之又慎雲。梅溪好用偷字，品格便不高。

玉田才本不高，專恃磨礱雕琢，裝頭作腳，處處妥當，後人翕然宗之。然如《南浦》之賦春水，《疏影》之賦梅影，逐韻湊成，豪無脈路，而戶誦不已，真耳食也！其他宅句安章，偶出風致，乍見可喜，深味索然者，悉從沙汰。筆以行意也，不行須換筆，換筆不行，便須換意。玉田惟換筆，不換意。

臯文不取夢窗，是為碧山門逕所限耳。夢窗立意高，取徑遠，皆非余子所及。惟過嗜餖飣，以此被議。若其虛實並到之作，雖清真不過也。

竹屋、蒲江並有盛名。蒲江窘促，等諸自鄶；竹屋硜硜，亦凡聲耳。

草窗鏤冰刻楮，精妙絕倫；但立意不高，取韻不遠，當與玉田抗行，未可方駕王、吳也。

北宋主樂章，故情景但取當前，無窮高極深之趣。

南宋則文人弄筆，彼此爭名，故變化益多，取材益富。然南宋有門徑，有門徑，故似深而轉淺；北宋無門徑，無門徑，故似易而實難。初學琢得五七字成句，便思高揖晏、周，殆不然也，北宋含蓄之妙，逼近溫、韋；非點水成冰時，安能脫口即是？

周、柳、黃、晁皆喜為曲中俚語，山谷尤甚，此當時之軟平勾領，原非雅音。若托體近俳，而擇言尤雅，是名本色俊語，又不可抹煞矣。

雅俗有辨，生死有辨，真偽有辨，真偽尤難辨。稼軒豪邁是真，竹山便偽；碧山恬退是真，姜、張皆偽。味在酸鹹之外，未易為淺嘗人道也。

詞筆不外順、逆、反、正，尤妙在復、在脫。復處無垂不縮，故脫處如望海上三山，妙發溫、韋、晏、周、歐、柳，推演盡致；南渡諸公，罕復從事矣。

⋯⋯

文人卑填詞小道，未有以全力注之者。其實專精一二年，便可卓然成家。若厭難取易，雖畢生馳逐，費煙楮耳！余少嗜此，中更三變，年逾五十，始識康莊。自悼冥行之艱，遂慮問津之誤，不揣挽陋，為察察言。退蘇進辛，糾彈姜、張，劉刺陳、史，芟夷盧、高，皆足駭世。由中之誠，豈不或亮？其或不亮，然余誠矣！

道光十有二年冬十一月八日止菴記於春水懷人之舍。〔註15〕

作者連篇累牘闡述自己的詞學宗旨，不專論「豪放」「婉約」，但對於

〔註15〕 （清）周濟《宋四家詞選序論》，見《詞籍序跋萃編》，中國社會科學出版社1994年版，第802～806頁。

「豪放」「婉約」的看法盡現筆端,若粗率地割裂「豪放」「婉約」與全文的關係,難免會斷章取義,所以,我們結合這篇序文的主要內容來談「豪放」「婉約」問題。該序文中周濟多次提到蘇軾、辛棄疾、秦觀等傳統意義上的「豪放」「婉約」詞人,但是卻並沒有分別用「豪放」「婉約」來概括和評價他們,而是站到一個更高的角度,以更加兼容並包的眼光去審視他們。在作者明確推舉的宋代的四家詞人中辛棄疾赫然列於其中,周濟再次對「蘇辛並稱」的看法提出質疑,認為辛棄疾詞更加有章可循,在南宋影響更大,認為蘇軾詞少完璧之作,主要原因是坡公不用意作詞,天賦極高、詞才卓異,惜其不全力作詞,誇讚辛詞沉著、雄健,這正合其《介存齋論詞雜著》中所倡導的「學詞以用心為主」相呼應,這也正是他在序文的最後所說的「退蘇進辛」。周濟對「豪放」問題的看法和常州詞派一貫地重寄託,強調詞要意內言外的詞學思想是一脈相承的,辛棄疾的以文為詞,進一步開拓了詞境,尤其是在詞中加入了更多家國之歎、興旺之感,這正符合了當時的「經世致用」的詞壇風氣,而且作者也指出,辛詞易學,有轍可視,這對擴大常州詞派的影響,引導更多的詞人接受常州詞派的詞學主張大有裨益。綜觀這篇序文我們會發現,周濟的詞學思想的底線是「婉約」,含蓄婉約是「深美閎約」的基礎,「深美閎約」在吸收「豪放」「婉約」這傳統的兩分法的時候,更加偏重的是「婉約」,同時也糅合了豪放詞思想內容的特質。常州詞派雖然推崇周邦彥,但周濟對姜夔等詞家、詞作也並不排斥。周濟是常州詞派理論的推動者和形成者,常州詞派的詞學理論到周濟這裡才形成了完整的脈絡。他沒有用「豪放」「婉約」的體式論詞,也沒有一味強調蘇軾、辛棄疾、李清照、秦觀等是豪放派、婉約派的主將,而是聯繫社會現實、結合自己的審美趣味,把周邦彥、棄疾疾、王沂孫、吳文英詞推到了宋詞的最高處,這其中既有人們常說的豪放詞人,也有婉約詞人,還有清雅之詞,周濟認為,作詞貴在有心、貴在深厚、含蓄,不必硬分豪放、婉約。當然,無一例外,這四位詞人都是南宋詞

家，但是這並不代表周濟在南、北宋問題上就是推舉南宋的，因為作者在序文中有強調，南宋詞易學、有門徑，而北宋詞難學。相對張惠言的《詞選序》，周濟的詞學主張更加具體。

張惠言在《詞選》中對詞進行解讀，有的難免牽強附會。但是，到了常州詞派這裡，詞的地位得到了很大提高，詞學家們不再滿足於詞的既定地位，而是用詩的要求去改變詞、滲透詞，給詞彙入更多的現實社會意義。「豪放」「婉約」也不再是論詞的單一標準，詞的審美方式朝多元化方向發展的勢頭較清代初期更加明顯。

常州詞派影響深遠，到了清代後期譚獻、陳廷焯、甚至晚清四大家等都被歸於其餘緒，我們在此不一一贅述。總之，常州詞派在提高詞的地位、強調比興寄託、開拓詞的審美模式方面做出了重大貢獻，該詞派把明代張綖以來的「豪放」「婉約」模式擴展到多元化的審美世界，兼顧了作品的思想內容和其在婉約基礎上的風格多樣性，形成了更為寬鬆、開放的審美標準。常州詞派發展詞學以詩學的理論為用，秉承和發展的傳統的詞學觀念，以詞學的特色為體，在創作的內容和風格上，不再以豪放、婉約二分法為唯一標準，呈現出一種兼容、開放的態勢。

第二節　譚瑩「豪放」「婉約」詞論

譚瑩（1800～1871），字兆仁，別字玉生，廣東南海人，有《樂志堂集》，作有論詞絕句 176 首，其中 36 首專論嶺南人，40 首專論國朝人，其論詞絕句數量居現存清代論詞絕句之首。

限於論詞絕句這種特殊的詞論形式，譚瑩雖然創作了大量的論詞絕句，並自覺地追求詞學理論體系的形成，對唐代至國朝的許多詞人都有論述，但並未形成體系，尤其是對「豪放」「婉約」的看法，尚沒有上升到理論高度，只是體現在對詞人的評價當中，散落在詩句之間。譚瑩沒有在詞中直接提到「豪放」「婉約」問題，但是從他對柳永、蘇軾、李清照、辛棄疾等人的臧否中我們可以窺到他的態度，這對我們相對完整地呈現清代中期的豪放、婉約詞論有很大幫助。

其《論詞絕句一百首》其二五〔註16〕是這樣評說柳永的：

> 空傳飲水處能歌，誰使言翻太液波。
>
> 詩學杜詩詞學柳，千秋論定卻如何。

從這首詩可以看出柳永詞的地位和深遠影響，柳永詞壇地位可以和詩壇李太白相比，可見其地位之高，亦可見其詞所受歡迎之強烈，另外，譚瑩對秦觀詞也是推崇有加。

> 《論詞絕句一百首》其二九
>
> 大江東去亦情多，燕子樓詞鬼竊歌。
>
> 唱竟天涯芳草語，曉風殘月較如何。

作者認為蘇軾雖然創作有《念奴嬌·赤壁懷古》這樣的雄詞，但並非一味豪放，也不乏情語，也有很多抒情之作，而且蘇軾詞中的婉約之美並不輸於柳永筆下的「曉風殘月」，譚瑩的態度是在為蘇軾惋惜，認為蘇軾是豪放兼婉約的「大家」。

> 《論詞絕句一百首》其三〇
>
> 海雨天風極壯觀，教坊本色復誰看。
>
> 楊花點點離人淚，卻恐周秦下筆難。

譚瑩對蘇軾的豪放詞甚是欣賞，認為豪放詞的昂然氣魄和壯觀的勢頭掩蓋了詞壇婉約詞的風采，另一方面也繼續肯定豪放作家的婉約才能，認為蘇軾是詞壇奇才，豪放、婉約均有上乘之作。

我們再看譚瑩對辛棄疾的評價。

> 《論詞絕句一百首》其六〇
>
> 小晏秦郎實正聲，詞詩詞論亦佳評。
>
> 此才變態真橫絕，多恐端明轉讓卿。

譚瑩認為，詞發展到清代中葉，雖然大家心中熟知晏幾道、秦觀詞是婉約正聲的代表，各樣詞論中對「婉約」亦都有極高評價，但是辛棄疾一派一改詞的常態，以文為詞，所作詞橫放傑出，開詞壇壯麗景色，幾奪

〔註16〕（清）譚瑩《樂志堂詩集》卷六，續修四庫全書。

婉約氣韻，這裡的「變態」非貶義，指改變尋常狀態，挖掘出詞的其他風格。

但是譚瑩在形容「豪放」地位提高的同時，仍然沒有擺脫「婉約」為詞之本色的傳統的詞學觀念，認為婉約詞人仍然佔據詞壇首要位置，我們來看下面這首詩：

> 《論詞絕句一百首》其九五
>
> 綠肥紅瘦語嫣然，人比黃花更可憐。
>
> 若並詩中論位置，易安居士李青蓮。

譚瑩在自己的論詞詩中分別把李白和杜甫在詩中的地位比做李清照和秦觀在詞中的地位，可見他對婉約詞及其代表人物還是相當推崇的。

從譚瑩這個個案我們可以看出，儘管常州詞派的詞學觀念更加開放，儘管清代中期的詞壇風氣是不再以「豪放」「婉約」為詞人定位，但是「豪放」「婉約」這種從明代以來佔據著詞壇主要位置的詞的體式方式的劃分一時之間很難從詞壇消失，儘管這兩個詞不再像以前那樣被人動輒提及，但它們代表的風格、體式的二分法的影響是不會立刻消失的，也可能只是被短暫掩蓋，因為人們詞學觀念的變化是一個緩慢而複雜的過程。

第三節　鄧廷楨「豪放」「婉約」詞論

鄧廷楨（1775～1846），字維周，號嶰筠，晚號妙吉祥室老人，江蘇江寧人（今南京），作有《雙硯齋詞話》和《雙硯齋詞鈔》，清代禁煙運動的主將，嚴迪昌在《清詞史》中稱其詞和林則徐詞為清代「大臣詞」中的「雙璧」。鄧廷楨詞較多受到浙西詞派影響，然而又不拘囿於當時盛行的浙派詞風，也不一味以依照常州詞派的理論行事，而是兼採蘇、辛之長，結合自身遭際，另闢一番「高健蒼涼、返虛入渾」的新境界，所以，談到清代中期的詞論，我們不能只把目光放在常州詞派詞人身上，還應該跳出其門徑，瞭解一下這一時期其他詞學家的詞論，鄧廷楨的詞學理論主要集中在其《雙硯齋詞話》中，有一定的特殊性，有

進一步探討的必要。

　　談到豪放派，人們往往把蘇軾和辛棄疾連在一起，常州詞派的詞學理論家們有意識地從不同角度探討二人的同與不同，但並沒有從詞派的角度來談，蘇軾和辛棄疾是豪放派的典型代表已成詞壇定論，常州詞派不用「豪放」「婉約」二分法來談詞新人耳目。鄧廷楨亦不再沿襲前人的說法把蘇、辛歸為豪放派，把秦觀、李清照等劃歸豪放派，他用新的眼光來看待詞人、詞作。他把辛棄疾詞細化為兩派，云：「世稱詞之豪邁者，動曰蘇辛。不知稼軒詞，自有兩派，當分別觀之。如金縷曲之『聽我三章約』『甚矣吾衰矣』二首，及泌園春、水調歌頭諸作，誠不免一意迅馳，專用驕兵。若祝英臺近之『是他春帶愁來，春歸何處。卻不解帶將愁去』，摸魚兒發端之『更能消幾番風雨，春又歸去』，結語之『休去倚危闌，斜陽正在，煙柳斷腸處』，百字令之『舊恨春江流不盡，新恨雪山千疊』，水龍吟之『楚天千里清秋，水隨天去，秋無際。遙岑遠目，獻愁供恨，玉簪螺髻』，滿江紅之『怕流鶯乳燕，得知消息』，漢宮春之『年時燕子，料今宵夢到西園』，皆獨繭初抽，柔毛欲腐，平欺秦、柳，下轢張、王。宗之者固僅襲皮毛，詆之者亦未分肌理也。」〔註17〕

　　鄧廷楨認為每個詞人的風格都不是固定不變的，不同的詞作亦體現出不同的風格，對人們的思維定勢提出質疑，認為不能僅以「豪邁」來概括辛詞，其某些詞作則溫婉憂傷。鄧廷楨的這種詞學態度更為客觀，有助於人們更加深入、細緻地瞭解辛詞，對後人對「豪放」「婉約」問題的看法有啟發作用，後人在反對「豪放」「婉約」二分法的時候，常常以蘇、辛創作有大量的婉約詞，而李清照亦不乏豪放詞作為論據，認為不能稱蘇軾是豪放派詞人，而辛棄疾是婉約派詞人。

　　鄧廷楨詞學思想受常州詞派影響，讚賞詞之「清」，常州詞派曾有「清」為好詞之底色的看法，而鄧廷楨也對「清」情有獨鍾，不同的

〔註17〕　（清）鄧廷楨《雙硯齋詞話》，見《詞話叢編》第三冊，中華書局 2005
　　　　年版，第 2528～2529 頁。

是，他賦予了詞「高華沉痛」的思想內涵。在常人眼中，蘇軾詞和柳永詞風格迥異，但鄧廷楨均曾以「清」概括之。鄧廷楨曰：「東坡以龍驥不羈之才，樹松檜特立之操，故其詞清剛雋上，囊括群英。院吏所云：學士詞須關西大漢，銅琶鐵板，高唱『大江東去』。語雖近謔，實為知音。然如卜算子云：『缺月掛疏桐，漏斷人初定。時見幽人獨往來，縹緲孤鴻影。驚起欲回頭，有恨無人省。揀盡寒枝不肯棲，寂寞沙洲冷。』則明漪絕底，薌澤不聞，宜涪翁稱之為不食人間煙火。而造言者謂此詞為惠州溫都監女作，又或謂為黃州王氏女作。夫東坡何如人，而作牆東宋玉哉。至如蝶戀花之『枝上柳綿飛又少。天涯何處無芳草』，坡命朝雲歌之，輒泫然流涕，不能成聲。永遇樂之『古今如夢，何曾夢覺，但有新歡舊怨』，和章質夫楊花水龍吟之『曉來雨過，遺蹤何在，半池萍碎。春色三分，二分塵土，一分流水』，洞仙歌之『試問夜如何，夜已三更，金波澹、玉繩低轉』，皆能籤之揉之，高華沉痛，遂為石帚導師。譬之慧能肇啟南宗，實傳黃梅衣缽矣。」〔註18〕又云：「柳耆卿以詞名景祐皇祐間。樂章集中，冶遊之作居其半，率皆輕浮猥褻，取譽箏琶。如當時人所譏，有教坊丁大使意。惟雨霖鈴之『今宵酒醒何處，楊柳岸曉風殘月』，雪梅香之『漁市孤煙嫋寒碧』，差近風雅。八聲甘州之『漸霜風淒緊，關河冷落，殘照當樓』，乃不減唐人語。遠岸收殘雨一闋，亦通體清曠，滌盡鉛華。昔東坡讀孟郊詩作詩云：『寒燈照昏花，佳處時一遭。孤芳擢荒穢，苦語餘詩騷。』吾於屯田詞亦云。」〔註19〕

　　鄧廷楨對柳永詞作並非完全認可，認為其多數作品過於輕浮，只有少數作品堪稱佳作，評價的標準是這些詞「清曠」「滌盡鉛華」。對於蘇軾的作品，鄧廷楨進一步形容為「清剛雋上」「高華沉痛」，並且對常州詞派隨意曲解蘇軾詞的做法表示不滿。更加值得注意的是，鄧廷楨認為蘇軾的溫婉含蓄的詞作對姜夔詞風有重要影響，從更高的層面上把人們所謂的「豪放」和「婉約」打通了，這對把蘇軾視為豪放派的看

〔註18〕（清）鄧廷楨《雙硯齋詞話》，第 2529 頁。
〔註19〕（清）鄧廷楨《雙硯齋詞話》，第 2528 頁。

法是有力的一擊，在他這裡，「豪放」「婉約」不再是對立的，也不足以區分詞與詞、詞人與詞人，而是相輔相成的。而且，鄧廷楨在說明這一詞學思想時借用的例子是南宗和北宗，認為不管是南宗的「頓悟」等思想主張和北宗的「漸悟」思想有什麼樣的差異，最後的結果都是慧能接受了黃梅衣缽，延續了佛家思想，暗示，「豪放」也好，「婉約」也罷，只要是有益於詞的發展，我們都不應該過於計較。和浙西詞派的重要將領厲鶚相比，二人在談論「豪放」「婉約」問題時，不約而同都提到了「南宗」「北宗」，但是厲鶚以「南宗」比「婉約」，以「北宗」比「豪放」，認為，南宗高於北宗，「婉約」高於「豪放」，鄧廷楨則不然，認為南北宗的實質是一樣的，沒必要過多區分，重內容、思想，而非外在的風格表現。

　　鄧廷楨對李清照詞亦有評價，但是關注點不在其詞風，而在其他。首先，其肯定了李清照詞的成就，認為其詞橫絕一時，無人能比。其次，鄧廷楨對李清照的個人遭遇，尤其是喪夫的經歷深表同情，對那些對李清照再嫁問題喋喋不休的好事之徒進行了批判。最後，指出了李清照創作中的不足之處，即不應當做豔語詞，當戒之。云：「清照為趙德甫室，即箸金石錄者。樂府擅場，一時無二。聲聲慢一闋，純作變徵之音，發端連用十四疊字，直是前無古人。後闋云：『守著窗兒，獨自怎生得黑。』押黑字尤為險絕。閨襜得此，可號才難。乃或稱其所夫既喪，不能矢柏舟之節。夫以青裙白髮之嫠婦，而猥以讕語相加，洵所謂小人好議論，不樂成人之美者。然其『鳳皇臺上憶吹簫』諸作，繁香側豔，終以不工豪翰為佳。昔涪翁好作綺語，乃為法秀所訶。此在男子，猶當戒之，況婦人乎。」〔註20〕

　　鄧廷楨雖認為姜白石為詞家正宗，但欣賞的角度並不同於浙西詞派，與朱彝尊等人強調「清空」「騷雅」的審美韻味相比，鄧氏更注重詞中深沉寄意，這點則和常州詞派相類。「詞家之有白石，猶書家之有

<hr />

〔註20〕鄧廷楨《雙硯齋詞話》，第 2534 頁。

逸少，詩家之有浣花。……如《揚州慢》之『自胡馬窺江去後』……則周京離黍之感也……《疏影》前闋之『昭君不慣胡沙遠』……乃為北庭後宮言之，則衛風燕燕之旨也。讀者以意逆志，是主得之。」鄧廷楨正是看出了姜詞中「周京離黍之感」「衛風燕燕之旨」，鄧氏才獨具慧眼地指出白石之詞脫胎於蘇東坡。所以鄧氏雖受浙派影響較深，但在盛讚姜白石同時，亦能兼採蘇、辛詞風，因為兩派都是詞中有意，可以相融互濟。雖然鄧氏並沒有正面評論當時盛行的浙派詞風，但從他對蘇、辛詞的讚賞可以看出鄧氏已然覺察到浙派一味注重清空帶來的弊端。

鄧廷楨的詞風皆輕婉剛雅，注重內在的人格積蓄，但並非單純的文士，政治、軍事才能卓著，所以容易跳出尋常文人看問題的樊籬，他的詞擺脫了浙派後期的空疏之風，加入了深厚的愛國情愫，傳達出士大夫的憂國憂民之情。再加上其學養高深，有著很高的詞學審美趣味，其詞論在受常州詞派影響的同時，也避免了張惠言穿鑿附會，以經解詞帶來的弊端，是清代中期重要的詞學理論家。

第四章　謝章鋌「豪放」「婉約」詞論

謝章鋌（1820～1903〔註21〕），初字崇祿，字枚如，號江田生，又自稱癡邊人，晚號藥階退叟，福建長樂人。同治四年（1865）舉於鄉，

〔註21〕 謝章鋌的卒年學界存在兩種說法。其一說，卒於一八八八年，以嚴迪昌為代表持此觀點（見《清詞史》第 550 頁，江蘇古籍出版社，2001年），張宏生、蔣哲倫等均持此論（詳見《清代詞學的構建》第 352 頁，江蘇古籍出版社，1998 年；《中國詩學史・詞學卷》第 279 頁，鷺江出版社，2002 年）。其二說，卒於一九〇三年，以黃霖等為代表認同此說，（見《近代文學批評史》第 329 頁，上海古籍出版社，1993 年）郭延禮、陳慶元老師等認同此說。（詳見郭延禮《中國近代文學發展史》，山東教育出版社，1990 年；陳慶元編《賭棋山莊稿本》，江蘇古籍出版社，2002 年）筆者贊同第二說，謝章鋌實卒於一九〇三年。與謝章鋌有深厚交誼曾任太子少傅的陳寶琛為其撰《謝枚如先生哀誄》云：「先生卒於光緒二十九年正月二十五日，年八十四考終講舍。」（見陳寶琛《滄趣樓文存》下卷，福建省圖書館衛星印刷廠印，1959 年，第 57 頁）

光緒三年（1877）進士。先後主講過漳州書院、龍巖書院、陝西同州書院、江西白鹿洞書院，晚年掌教福建致用書院達 16 年之久。詩、文、詞均擅，一生著述豐富，有《賭棋山莊文集》《酒邊詞》《賭棋山莊詩集》《賭棋山莊詞話》《詞學纂說》《我見錄》等，其詞學思想在《賭棋山莊詞話》中有深入闡釋。

謝章鋌 84 年的人生歷程，經歷了清代中期和後期，為了便於比較其詞學思想的淵源，我們姑且把他放在清代中期的詞論家中進行論說，但是，相對清代中期詞人來說，謝章鋌又有些特殊，因為和這些詞人相比較，他的生活經歷豐富許多，他經歷了鴉片戰爭，目睹了清朝從強盛走向衰落的過程，時代背景難免會在其詞作及詞學思想上打下烙印。

謝章鋌生活的時代，詞學家幾乎完全被浙西詞派和常州詞派牢籠，謝章鋌卻在詞學上積極嘗試跳出常州與浙西二派的樊籬，他雖然也強調文學要經世致用，但在許多問題上有自己獨到的見解。面對社會的動盪，其學術思想對其詞學思想產生了重大影響，他客觀、理性地看待浙西、常州二派之爭，公允合理地對浙西、常州二派做了歷史性的評價。經世致用的思想在謝章鋌詞學觀上的運用即他贊同詞能存史的觀念，尤為重要的是，謝章鋌在其詞論著作《賭棋山莊詞話》中能有意識地多處運用考據等方法對詞學史上詞律、詞韻等存在的誤漏等情況予以考訂，這是清人詞話中的一個轉變，對詞話這一批評體式從隨意性走向科學化起到了應有的推動作用。對於南北宋詞，謝章鋌並未厚此薄彼，而是提倡「學詞須兼善兩宋」：「詞至南宋奧窔盡闢，亦其氣運使然，但名貴之氣頗乏，文工而情淺，理舉而趣少。善學者，於北宋導其源，南宋博其流，當兼善，不當孤諧。」〔註22〕

謝章鋌在其《稗販雜錄》一書中云：「國朝詞書，以竹垞《詞綜》、皋文《詞選》為最善。《詞綜》繁而有理，可以窮詞趣，《詞選》簡而不陋，可以敦詞品。」儘管如此，謝章鋌還是能清醒地認識到二派的不

〔註22〕謝章鋌《賭棋山莊詞話》卷十二，見《詞話叢編》第四冊，中華書局
　　　 2005 年版，第 3470 頁。

足。如認為常州詞派有對詞過度曲解、引申的弊病等。謝章鋌在詞學上趨向尊體，抬高詞的地位，將詞與詩並列，認為詞可以存史，和常州詞派相比，都有推尊詞體之功，將詩的功能也賦予詞，充分重視詞的功能、挖掘詞的潛力。謝章鋌認為，詞可以經世致用，可以褒貶時局，同時學習蘇軾、辛棄疾等拓展詞的題材，指出詞也可以像杜甫、白居易詩歌那樣承載史事，也可以寫長篇巨製，謝章鋌強調詞人要有學養，主張「有寄託，能蘊藉，是固倚聲家之金針也」〔註23〕。

謝章鋌曾為許多著名詞家溯源，認為在他們的詞作中能找到前人的影子，而蘇軾、辛棄疾詞卻是例外，獨闢蹊徑，在詞學領域開闢出一片新的風景，令人唏噓、讚歎不已，看來，謝章鋌是欣賞蘇、辛詞的。另外，清人在對蘇、辛進行探討時，一貫地更加重視辛棄疾，這在謝章鋌的詞論中也有體現，謝章鋌云：「讀蘇、辛詞，知詞中有人，詞中有品，不敢自為菲薄，然辛以畢生精力注之，比蘇尤為橫出。」〔註24〕謝章鋌曰：「蘇風格自高，而性情頗歉，辛卻纏綿惻悱。且辛之造語俊於蘇。若僅以大論也，則室之大不如堂，而以堂為室，可乎。」〔註25〕和周濟的「退蘇進辛」的詞學思想相似，但亦有不同之處，謝章鋌更為具體，告訴人們應該如何向辛棄疾詞學習，他說：「學稼軒，要於豪邁中見精緻。近人學稼軒，只學得莽字、粗字，無怪闌入打油惡道。試取辛詞讀之，豈一味叫囂者所能望其項踵。蔣藏園為善於學稼軒者。稼軒是極有性情人，學稼軒者，胸中須先具一段真氣奇氣，否則雖紙上奔騰，其中俄空焉，亦蕭蕭索索如牖下風耳。」〔註26〕謝章鋌在號召學稼軒的過程中指出學「豪放」不僅僅是外部的簡單模仿，更重要的是胸

〔註23〕 謝章鋌《賭棋山莊詞話》續編卷一，見《詞話叢編》第四冊，中華書局 2005 年版，第 3487 頁。

〔註24〕 謝章鋌《賭棋山莊詞話》卷九，見《詞話叢編》第四冊，中華書局 2005 年版，第 3444 頁。

〔註25〕 謝章鋌《賭棋山莊詞話》卷九，見《詞話叢編》第四冊，中華書局 2005 年版，第 3444 頁。

〔註26〕 謝章鋌《賭棋山莊詞話》卷一，見《詞話叢編》第四冊，中華書局 2005 年版，第 3330 頁。

中要有真氣奇氣，否則不能見「豪放」之精神，這就是謝章鋌倡導的「以氣論詞」，這反映了他對辛詞的深刻理解。謝章鋌曾說：「南宋善養氣」，並進一步解釋道：「詞家講琢句而不講養氣，養氣至南宋善矣。白石和永，稼軒豪雅。然稼軒易見，而白石難知。史之於姜，有其和而無其永。劉之於辛，有其豪而無其雅。至後來之不善學姜、辛者，非懈則粗。」〔註27〕

　　謝章鋌對蘇、辛詞的認同是和儒家思想聯繫在一起的，他說：「蓋文字之能留於天地間者，皆有精神以貫之。」〔註28〕對辛稼軒人格及其詞作的認同則自始至終貫穿於他的創作當中，這正是他與辛稼軒相契合的「精神」之所在。在他看來，「詞本於詩，當知比興，固已。究之尊前花外，豈無既境之篇，必欲深求，殆將穿鑿。夫杜少陵非不忠愛，今抱其全詩，無字不附會以時事，將漫興遣興諸作，而皆謂有深文，是溫柔敦厚之教，而以刻薄譏諷行之，彼烏臺詩案，又何怪其鍛鍊周內哉！即如東坡之《乳燕飛》，稼軒之《祝英臺近》，皆有本事，見於宋人之記載。今竟一概抹殺之，而謂我能以意逆志，是為刺時，是為歎世，……恐古人可起，未必任受也。」〔註29〕於此可知，謝章鋌所重視的是詞中所蘊含的忠孝節義的觀念。他事實上是希望通過孟子的「以意逆志」的哲學觀來達到「知人論世」的最終目的。他將溫柔敦厚的詩學精神引入詞評，同時認同東坡、稼軒之作，其認同的根源在於他認為蘇辛詞作具有「懲惡勸善」的儒家意識。他的這種思想對國運衰敗、社會動盪的關鍵時期是有很大的積極作用的。

　　對於前人講宋詞分為「豪放」「婉約」二派的說法，謝章鋌並未直言反駁，但是，在他的詞論中，他對詞派亦有自己的見解。謝章鋌云：

〔註27〕謝章鋌《賭棋山莊詞話》卷十二，見《詞話叢編》第四冊，中華書局 2005 年版，第 3470 頁。

〔註28〕謝章鋌《賭棋山莊詞話》卷十，見《詞話叢編》第四冊，中華書局 2005 年版，第 3452 頁。

〔註29〕謝章鋌《賭棋山莊詞話》續編卷一，見《詞話叢編》第四冊，中華書局 2005 年版，第 3486 頁。

「宋詞三派，曰婉麗，曰豪宕，曰醇雅，今則又益一派曰餖飣。」〔註30〕他所謂的「豪宕」其實也就是「豪放」，「婉麗」意即「婉約」。但是，我們可以知道，明人的兩分法到了清代則不再是固定的範式，而是朝多元化方向發展，清人不再滿足於明人的詞學思想和思維方式，而是注重詞人學養，倡導風格多樣，試圖更深層次、多方位挖掘「詞」這種藝術形式的魅力。

謝章鋌在《賭棋山莊詞話續編》中有對王初桐嶰莝山人詞集的介紹，其中有這樣一段精彩的言論：「王云：『詞之為道最深，以為小技者乃不知妄談，大約只一細字盡之，細者非必掃盡豔與豪兩派也。北宋詞人原只有豔冶、豪蕩兩派。自姜夔、張炎、周密、王沂孫方開清空一派，五百年來，以此為正宗。然金荃、握蘭本屬國風苗裔。即東坡、稼軒英雄本色語，何嘗不令人慾歌欲泣。文章能感人，便是可傳，何必淨洗豔粉香脂與銅琶鐵板乎。』張云：『余最好竹所之詞。甲戌將遊括蒼江，入山羈愁大發，奴聾傭蠢，不可告語。孤舟村店，惟竹所詞是親，朝吟夕誦，酒後耳熱，輒擊節嗚嗚，浙東之人無知音律者，聞余歌聲，無不群聚傾聽，爭相讚歎。新年還至武林，登紫陽山頂，再歌之，又有笑我者矣。一江之分，風俗大異，江東為朱砂，江西為赤土。乃我之口因之亦異，江西得毀，江東獲譽。而竹所之詞，因之亦異。譽我者不復知其詞，笑我者間有以詞為好者。』張之說，則真賞之難矣。」〔註31〕從「王之說，持平之論也。」可以看出，謝章鋌對王氏言論是肯定的態度，對推崇姜、張詞派「清空」詞風的浙西詞派委婉地進行了批評，而且對各種詞派的劃分，不太在意，側面說明：詞貴感人，跟屬於哪個詞派關係不大，並對豪放英雄本色語的思想及藝術價值進行了肯定。

〔註30〕 謝章鋌《賭棋山莊詞話》卷九，見《詞話叢編》第四冊，中華書局 2005 年版，第 3443 頁。

〔註31〕 謝章鋌《賭棋山莊詞話續編》卷四，見《詞話叢編》第四冊，中華書局 2005 年版，第 3549～3550 頁。

謝章鋌在《賭棋山莊詞話序》中談學詞感受：「少學倚聲，苦無師授。取竹垞詞綜讀之，曼聲綽態，囀玉圓珠，使人盪氣迴腸魂銷而不能已。循念茹荼食蓼，無酒裙歌扇之歡，以發其哀麗跌宕之致，即強習之而不肖也，輒弗講。長遊維揚，山川佳麗甲天下，青簾畫舫，歌吹往來。每當風日晴和，煙月靚深，倚棹推篷，思取洞簫一枝，抗聲長嘯以嘲弄景光，亦彷彿有詞意。而方心鈍舌，不能作酸甜柔脆語，遂噤不敢發聲。南旋，過燕南趙北口，時值初秋，蕭蕭蘆葦，漁謳荻唱，大似江以南風景。趙女抱箏至，聲嗚嗚不可辨，哀厲激亢，有悲歌慷慨之遺風焉，始歎『銅琶鐵板』與『曉風殘月』正復異曲同工。知此道勿刊毫芒，不差累黍。非按切宮商調和心氣者，不能領藝也。」〔註32〕作者認為，關於對詞的理解，「豪放」「婉約」異曲同工，在重性情，重寄託的基礎上，詞作的風格不應拘泥於一格，他說：「北宋多工短調，南宋多工長調。北宋多工軟語，南宋多工硬語。然二者偏至，終非全才。歐陽、晏、秦，北宋之正宗也。柳耆卿失之濫，黃魯直失之儉。白石、高、史，南宋之正宗也。吳夢窗失之澀，蔣竹山失之流。若蘇、辛自立一宗，不當儕於諸家派別之中。」〔註33〕謝章鋌把宋詞分為多宗，認為北宋有「正宗」，南宋亦有「正宗」，把蘇、辛單列一宗，各種風格的都未必盡善盡美，應追求豐富多樣，他主張，「迦陵之豪宕，竹垞之醇雅，羨門之妍秀，攻倚聲者所當鑄金事之，缺一不可。」〔註34〕但是，他還是有所鍾情的，他更傾向於「醇」：「大抵今之揣摩南宋，只求清雅而已，故專以委夷妥貼為上乘。而不知南宋之所以勝人者，清矣而尤貴乎真，真則有至情；雅矣而尤貴乎醇，醇則耐尋味。若徒字句修潔，聲韻圓轉，而置立意於不講，則亦姜、史之皮毛，周、張之枝葉已。雖不纖靡，亦且

〔註32〕 謝章鋌《賭棋山莊詞話》卷九，見《詞話叢編》第四冊，中華書局 2005 年版，第 3309 頁。

〔註33〕 謝章鋌《賭棋山莊詞話》卷一二，見《詞話叢編》第四冊，中華書局 2005 年版，第 3470 頁。

〔註34〕 謝章鋌《賭棋山莊詞話》卷八，見《詞話叢編》第四冊，中華書局 2005 年版，第 3421 頁。

浮膩，雖不叫囂，亦且薄弱。」〔註35〕「醇」之勝於「雅」，在於其內涵之厚重、豐腴，相對於「豪宕」與「妍秀」，則更符合謝章鋌本人所遵循的「求真」，「求大」的創作追求。可見，其對詞作「醇」的要求，正是建立在其主張的真性情的追求之上。這和浙西詞派的提倡「醇雅」、推崇姜、張有不同之處，把「醇雅」，細分為「醇」與「雅」，相輔相成而又有高下之分，從豐富而耐人尋味的思想角度來看，「醇」之勝於「雅」。

謝章鋌的詞學主張有與浙西詞派和陽羨派相似之處，如強調「詞貴感人」，但是在兩派之外，有了新的開拓，如，不再以「清空」的浙西詞派為標準，而是在「醇雅」之中，更加崇尚「醇」。尤其是對「豪放」「婉約」問題的看法，他的「以氣論詞」很有新意，強調「豪放」詞內在蘊含「氣」的重要性，著重辛棄疾詞的根源和詞人胸中真氣，有清代中期的時代特徵，亦有別於眾人之處。

〔註35〕謝章鋌《賭棋山莊詞話》卷十一，見《詞話叢編》第四冊，第 3459 頁。

第五章　清末民初之「豪放」「婉約」詞論

　　清朝後期的腐朽統治和國內各種矛盾的交織使清王朝走向了下坡路，再加上西方列強的覬覦，1840 年鴉片戰爭爆發，這對清朝乃至整個中國社會產生了深遠影響，開啟了中國的近代史，成為中國歷史的轉折點。從此，我們的國門被列強用堅船利炮打開，社會性質發生了重大改變，由封建社會淪落為半殖民地半封建社會，社會的主要矛盾亦發生變化，由地主階級和農民階級之間的矛盾轉化成外國資本主義和中華民族的矛盾。這些重大變化影響著中國社會的政治、經濟、思想、文化，使它們也發生了翻天覆地的改變。具體來講，政治上，我國淪為半殖民地，變成了一個主權不完整、不獨立的國家，西方國家的勢力滲透到政治統治的方方面面；經濟上，我國成為西方國家的商品傾銷地，他們瘋狂掠奪我國的原材料，給我國自給自足的自然經濟造成前所未有的衝擊；思想上，由於鴉片戰爭之前，清政府採取的「閉關鎖國」政策，許多人閉目塞聽，以「大國」人自詡，嚴重影響了我國經濟的發展和文化的進步，鴉片戰爭之後，西方思想向我國滲透，形成「西學東漸」潮流，人們開始向西方學習，反省國家衰敗的原因，尋求民族振興的途徑，一方面繼續高舉「經世致用」的旗幟，另一方面又倡導「師夷長技以制夷」的思想；文化上，中國傳統的學

術文化也發生了改變，傳統的經學發展到了一個新的階段。宋學與清代的漢學雖被清朝統治者定為官學、正學，二者又互爭正統，終因遠遠脫離社會實際而漸趨衰落，生命力漸失。乾嘉時期已重新興起的今文經學在鴉片戰爭前後形成氣候，常州之學治經既重視經學自身的研究，也關心時政，晚清今文經學承襲了這一傳統，他們假借經學議政，反對漢學家埋首故紙，主張「經世致用」。相對而言，今文經學的形式更能容納一些新的思想，適應社會發展，同時，資產階級思想也有了新的發展，所以在清代晚期各種思想的交匯和碰撞中詞學呈現出一種新的態勢，趙翼道：「國家不幸詩家幸，賦到滄桑句便工。」〔註1〕這是對於詩來講的，從清代中葉開始，清代詞論家就開始以詩的標準要求詞要「經世致用」，要「有寄託」等，在清末民初的風雲變幻的複雜局勢中，詞論呈現出繁盛狀態，這一時期詞學研究進入一個新的階段，該時期詞學流派不多，但詞論家輩出，說詞、論詞蔚然成風，清代最著名的詞話大都產生於此際，如劉熙載《藝概‧詞概》、陳廷焯《白雨齋詞話》、馮煦的《蒿庵論詞》、況周頤的《蕙風詞話》、王國維的《人間詞話》等，另外還有一些序跋和論詞詩詞。以這些詞論著作為依託，「豪放」「婉約」詞論亦呈現出一些新的形式和特徵，這一時期的詞學理論家們討論的熱點是蘇、辛，尤其對辛棄疾關注有加，相對辛詞在清代前中期的狀況，受到更大推崇，對李清照則評價不多，詞論家們一方面沿襲著前人以「豪放」「婉約」論詞的習慣，另一方面認為詞應該朝著無門戶之見、不開宗立派方向發展，受西方新思想的影響，「境界說」等被運用到詞學批評領域。

第一節　劉熙載「豪放」「婉約」詞論

　　劉熙載（1813～1881）字伯簡，號融齋，又字熙哉，晚年自號寤

〔註1〕趙翼《題遺山詩》，見《清詩選》，福建師範大學中文系古典文學教研室選注人民文學出版社1984年版，第431頁。

崖子，世多以融齋先生稱之，江蘇興化人，歷經清代中葉和晚期，是清代重要的詞學理論家。

　　劉熙載處在浙西詞派和常州詞派牢籠詞壇的時期，但其詞學思想卻能在吸收和借鑒常州詞派及浙西詞派的詞學思想的基礎上，倡「清空」兼「渾厚」，亦講究「醇雅」，追求「溫柔敦厚」與「風流瀟灑」，注重「詞品」，很是難得。

　　風、雅、頌、賦、比、興，這是詩所講求的「六義」，劉熙載卻把這些作用也賦予了詞，認為詞也應該有此涵蓋，云：「詞導源於古詩，故亦兼具六義。六義之取，各有所當，不得以一時一境盡之。」〔註2〕這對詞的發展提出了更高的要求，他認為詞和詩一樣，同樣可以興觀群怨。同時，在論詞時，他運用了情景交融的論法，這是對傳統詞學有所突破，曰：「詞或前景後情，後前情後景，或情景齊到，相間相融，各有妙處。」〔註3〕

　　劉熙載認為，蘇、辛詞至情、至性，完全符合「溫柔敦厚」之旨，是詞之正體，晚唐五代詞婉麗詞才是變調，蘇、辛詞是李白聲情悲壯之詞的復古。在「豪放」「婉約」問題上，劉熙載認為不應視蘇、辛詞為別調，提倡打破門戶之見，不必強分高下，指出，各家詞風均有可取之處，他說：「白石才子之詞，稼軒豪傑之詞，才子豪傑，各從其類愛之，強論得失，皆偏辭也。」又道：「張玉田盛稱白石，而不甚許稼軒，耳食者遂於兩家有軒輊意。不知稼軒之體，白石嘗傚之矣，集中如永遇樂、漢宮春諸闋，均次稼軒韻。其吐屬氣味，皆若祕響相通，何後人過分門戶耶。」〔註4〕但是，他仍然以「豪放」「婉約」論詞，劉熙載云：「東坡詞頗似老杜詩，以其無意不可入，無事不可言也。若其豪放之致，則時與太白為近。」〔註5〕他對蘇軾詞非常讚賞，以「神仙出世之

〔註2〕劉熙載《詞概》，見唐圭璋《詞話叢編》第四冊，中華書局 2005 年版，第 3687 頁。

〔註3〕劉熙載《詞概》，第 3699 頁。

〔註4〕劉熙載《詞概》，第 3693 頁。

〔註5〕劉熙載《詞概》，第 3690 頁。

姿」〔註6〕目之。辛棄疾詞也是他論述的重點，他認為，辛棄疾等人的悲壯激烈的詞作正是詞人胸臆的抒發。劉熙載沒有對清照詞進行專門評價，他認為許多詞人有著共同的詞學風格，那就是「婉約」，把詞趣分為許多種，「叔原貴異，方回瞻逸，耆卿細貼，少游清遠，四家詞趣各別，惟尚婉則同耳。」〔註7〕除了，《藝概·詞概》劉熙載作有《虞美人·填詞》二首，亦能體現出對「豪放」「婉約」的看法，認為好詞天然本色難得，好詞好在鬚眉氣，這也說明他對豪放詞的喜愛。

　　劉熙載的詞學理論有承上啟下之功，上承清代中期，下啟清代晚期，其對「豪放」「婉約」的看法在清代晚期很有代表性，仍然沿用這一觀點論詞，但是不再主張強分詞派，亦要求打破門戶的偏見還詞以自由，詞人們可以相互學習，典型的例子就是，他認為張惠言的詞也不僅僅是師法白石，而是轉益多師，吸取了各家的精華，並加以融會貫通，這和清代中葉相比是一個很大的進步。

第二節　常州詞派餘緒之「豪放」「婉約」詞論

一、譚獻、馮煦

　　譚獻（1832～1901）字仲修，號復堂，初名廷獻，浙江仁和（今杭州市）人，少孤，同治六年（1867）舉人，屢赴進士試不第，曾入福建學使徐樹藩幕，後署秀水縣教諭，又歷任安徽歙縣、全椒、合肥、宿松等縣知縣，後去官歸隱，銳意著述。著意今文經學，晚年受張之洞邀請，主講經心書院，年餘辭歸，選清人詞編為《篋中詞》。譚獻治學勤苦，有多方面成就，但以詞與詞論的成就最突出。他的詞論散見於其文集、日記、《篋中詞》及所評周濟《詞辨》中，由門人徐珂輯為《復堂詞話》。

　　關於譚獻，葉恭綽對其評價很高，稱其承常州詞派之餘緒，力尊

〔註 6〕 劉熙載《詞概》，第 3691 頁。
〔註 7〕 劉熙載《詞概》，第 3692 頁。

詞體，上溯風騷，詞之門庭，由此變得開闊，開近三十年詞壇風尚。譚獻確實繼承了常州詞派的詞學思想，繼續高舉「溫柔敦厚」的旗幟，但又加入了自己的認識，認為詞的風格應該更加多樣化。

　　譚獻在《篋中詞序》中論及詞人時說：「李白、溫岐，文士為之。昇元、靖康，君王為之。將相大臣范仲淹、辛棄疾為之。文學侍從蘇軾、周邦彥為之。志士遺民王沂孫、唐珏之徒，皆作者也。」〔註8〕意思是說，詞大概分為文士詞、君王詞、將相大人詞、文人侍從詞、志士移民詞五種，這種分法著眼於作者身份，相對「豪放」「婉約」二分法來講，是一種新的分類法，但是容易忽略詞本身的特性，即缺乏對文本本身的關照。譚獻的這種新的分類法，是對王引之分詞為詩人之詞、文人之詞、詞人之詞、英雄之詞四種的繼承，對況周頤的詞學思想產生了影響，況周頤對詞的這種新的劃分形式很是讚賞。譚獻認為，詞人詞較其他詞更高一籌，其他都是旁流別派，而在清代詞人中，詞人之詞有三家，即蔣春霖詞、納蘭性德詞與項鴻祚：「文字無大小，必有正變，必有家數。水雲樓詞，〔珂謹按：即蔣春霖著。〕固清商變徵之聲，而流別甚正，家數頗大，與成容若、項蓮生二百年中，分鼎三足。咸豐兵事，天挺此才，為倚聲家杜老。而晚唐兩宋一唱三歎之意，則已微矣。或曰：『何以與成項並論。』應之曰：『阮亭、葆酚一流，為才人之詞。宛鄰、止菴一派，為學人之詞。惟三家是詞人之詞。與朱屬同工異曲，其他則旁流羽翼而已。』」〔註9〕

　　譚獻認為，詞之所以表現出不同的特點關乎作者性情，他在評姜夔詞時說：「白石稼軒，同音笙磬。但清脆與鏜鎝異響，此事自關性分。」〔註10〕意思是說，姜夔與辛棄疾的詞雖然都是好的音樂文學，但是做果是不一樣的，這跟作者的性情有關，詞是作者性情的外在體現。

〔註8〕 譚獻《復堂詞話》，見《詞話叢編》第四冊，中華書局 2005 年版，第3988 頁。

〔註9〕 譚獻《復堂詞話》，第 4013 頁。

〔註10〕 譚獻《復堂詞話》，第 3994 頁。

　　關於蘇辛異同，譚獻也針對各自的詞發表了自己的看法，他認為蘇辛詞異曲同工，都體現了「豪放」風格，二人相比，蘇軾是「衣冠偉人」〔註11〕，辛棄疾是「弓刀遊俠」〔註12〕，原因是蘇軾的氣韻深厚，辛棄疾是橫奇倜儻。

　　譚獻在評價宋至清代諸位詞人的時候，多次用到「豪宕」「婉約」「沉雄」等詞，對「豪放」「婉約」沒有專章論述，但從他在文中的熟練運用這些近義詞的角度可以看出，他對這種論詞的方法並不反感。

　　馮煦（1843～1927），字夢華，號蒿庵，江蘇金壇人，有《蒿庵詞》和《蒿庵論詞》，在毛晉選編詞選的基礎上再加精選，校其訛誤，輯成《宋六十一家詞選》，《清史稿》卷四四九有傳，少有才名，詩、詞、駢文皆工，詞學理論和詞籍刊刻兼擅，是清末民初詞學界較活躍的詞論家，辛亥革命後，寓居上海，以遺老終世。馮煦的詞論豐富多彩，有許多新見，價值很高。

　　馮煦作有《論詞絕句十六首》，其中不乏真知灼見。

> 論詞絕句十六首〔註13〕
>
> 馮煦
>
> 五
>
> 大江東去月明多，更有孤鴻縹緲過。
>
> 後起銅琶兼鐵撥，莫教初祖謗東坡。
>
> 一四
>
> 金石遺文迴出塵，一編《漱玉》亦清新。
>
> 玉簫聲斷人何處，合與南唐作替人。

在其論詞絕句中，馮煦歷數從溫庭筠到李易安等晚唐至南宋十四個詞人，另外還有三位清代詞人，納蘭容若和朱竹垞、厲太鴻，共對十七位詞人進行了評價。其中第五首是對蘇軾及學蘇者的評論，他認為蘇軾

<hr>

〔註11〕　譚獻《復堂詞話》，第 3994 頁。
〔註12〕　譚獻《復堂詞話》，第 3994 頁。
〔註13〕　馮煦《蒿庵類稿》卷七，民國二年刻本。

雖然以豪放風格為主，但是也有婉約詞，委曲迴環，哀婉彷徨，提醒後世詞人一定要學到蘇軾的精髓，否則不僅會歪曲蘇詞本意，還會貽笑大方。第十四首詞中，馮煦提到了李清照的《漱玉詞》，認為易安居士不僅對金石頗有研究，在詞方面亦有很大成就，其詞清新自然，婉約幽曲，是南唐詞的延續和傳承。也就是說，馮煦論李清照詞中在其對前人的傳承，對其對婉約詞的進一步發展所做出的貢獻認識的不夠深入。

　　馮煦《四印齋刻本陽春集序》中對馮延巳之詞欣賞有加，認為馮詞比興、寄託是最大的特色，並且將馮詞與國家形勢聯繫起來：「詞雖導源李唐，然太白、樂天興到之作，非其顓詣。逮及季葉，茲事始現，溫、韋崛興，專精令體。南唐起於江左，祖尚聲律。二主倡於上，翁和於下，遂為詞家淵叢。翁俯仰身世，所懷萬端，繆悠其詞，若顯若晦，揆之六義，比興為多。若《三臺令》《歸國遙》《蝶戀花》諸作，其旨隱，其詞微，類勞人思婦羈臣屏子鬱伊憂怊之所為。翁何致而然耶。周師南侵，國勢岌岌。中主既昧本圖，汶音不自強，強鄰又鷹瞵而鶚睨之。而務高拱，溺浮采，芒乎芴乎，不知其將及也。翁具才略，不能有所匡捄，危苦煩亂之中，鬱不自達者，一於詞發之。其優生念亂，意內而言外，跡之唐五季之交，韓致堯之於詩，翁之於詞，其義一也。」〔註14〕馮煦以馮延巳之族孫的身份為其鳴不平，認為其詞寄託、含蓄，是其憂國憂己、有志難申的心情寫照。在此馮煦把詞上升到和六義相併列的地位，這和劉熙載論詞有相似之處，對詞的功能上提出更高要求，認為詞不應該再是躲在一隅的淺酌低吟，而是抒發壯志難酬的意內言外的文學樣式。馮煦繼承和發揚了張惠言為首的常州詞派的理論主張，是常州詞派餘緒。馮煦編馮延巳的詞，一方面是因為祖上的淵源，另一方面是為了迎合當時的形勢，山河破碎之際和馮延巳的同樣的感覺，前人贊馮延巳詞拓寬了詞的境界，馮煦更是將詞的地位和詩等相提並論，張惠言的寄託主要是性情襟抱和道德倫理方面，涉及到政治主題，但

〔註14〕　馮煦《四印齋刻本陽春集序》，見金啟華、張惠民等編《唐宋詞集序跋彙編》，江蘇教育出版社1990年版，第8頁。

不是其核心，主要抒發文人志士之抑鬱不得志，周濟的寄託已加入時代因素強調詞和時代盛衰的關係，但由於當時的社會現實相對於清代晚期稍顯平穩，處於清代晚期的馮煦在山河破碎之際，把詞和社會緊密結合了起來，則把寄託更加拓寬到了國家、社會，這篇序文可以說是馮煦為常州詞派的有效證據。馮煦作有《宋六十一家詞選序》闡述自己學詞經歷及編選詞集的緣由，稱「諸家所詣，其短長高下，周疏不盡同，而皆嶷然有以自見。」〔註15〕認為詞的風格多樣化，各種風格自有其可取之處。

馮煦在《東坡樂府序》中對「豪放」問題看法獨到，對蘇軾有著系統而明晰的認識，不認同世人以「豪放」論蘇辛的觀點，不以「豪放」「婉約」論詞，而是把詞分為剛柔兩派，其詞學觀點不僅在清末民初別具新意，也是對傳統的豪放、婉約二分法的顛覆。曰：「詞之有南北宋，以世言也。曰秦、柳，曰姜、張，以人言也。若東坡之於北宋，稼軒之於南宋，並獨樹一幟，不域於世，亦與他家絕殊，世第以豪放目之，非知蘇、辛者也。」〔註16〕又曰「綜其旨要，厥有四難：詞尚要眇，不貴質實，顯者約之使隱，直者揉之使曲。一或不善，鉤輈格磔，比於禽言；撲朔迷離，或儕兔跡。而東坡獨往獨來，一空羈靮，如列子御風以遊無窮，如藐姑射神人吸風飲露而超乎六合之表，其難一也。詞有二派，曰剛與柔。毗剛者斥溫厚為妖冶，毗柔者目縱軼為粗獷。而東坡剛亦不吐，柔亦不茹，纏綿芳悱，樹秦、柳之前旄；空靈動盪，導姜、張之大輅。唯其所之，皆為絕詣，其難二也。文不苟作，寄託寓焉，所謂文外有事在也。於詞亦然。然世非懷襄而效靈均九歌之奏，時非天寶而擬杜陵八哀之篇，無病而呻，識者恫之。而東坡夙負時望，橫遭讒口，連蹇萬里，灑邊花下，其忠愛之誠，幽憂之隱，旁礡鬱積於方寸間

〔註15〕 馮煦《宋六十一家詞選序》，見金啟華、張惠民等編《唐宋詞集序跋彙編》，江蘇教育出版社1990年版，第436頁。

〔註16〕 馮煦《東坡樂府序》，見金啟華、張惠民等編《唐宋詞集序跋彙編》，江蘇教育出版社1990年版，第31頁。

者，時一流露。若有意，若無意，若可知，若不可知。後之讀者，莫不
罩然思，迴然會，而得其不得已之故，非無病而呻者比，其難三也。夫
惻豔之作，止以導淫，悠繆之辭，或將損性，拘墟小儒，懸為徽纆，而
東坡涉樂必笑，言哀已歎，暗香水殿，時軫舊國之思；缺月疏桐，空弔
幽人之影。皆屬寓言，無慚大雅，其難四也。噫！東坡往矣。前輩早登
鶴禁，晚棲虎阜，沉冥自放，聊乞玉局之祠；峭直不阿，幾蹈烏臺之
案。其於東坡，若合符契。今樂府一刻，殆亦有曠百世而相感者乎？」
〔註17〕馮煦對蘇軾詞非常讚賞，認為其詞達到了詞的最高境界，內容
上有真情實感，又有比興寄託，而且完全不流於牽強附會和無病呻吟，
無惻豔之弊，剛柔相濟，文質彬彬，盡善盡美，將自身遭際和詞的藝術
追求相結合得非常完美。

　　清代重校勘考據之學，到了清末民初更是發展到了極致，該時期
的詞籍序跋更加偏重校勘之述，如朱祖謀的多篇序跋考辨詳實，鄭文
焯的《清真詞校後錄要》更是在考據、校勘問題上尋根探源，對詞籍內
容、詞人理論主張少有涉及，這樣的例子比比皆是，所以，在這樣的情
況下，馮煦的這篇序文對蘇軾詞評價全面而有新意，對詞論研究者來
講就顯得尤其珍貴。

　　馮煦另有一篇詞論價值極大的總集序文，即《唐五代詞選序》：「詞
有唐五代，猶文之先秦諸子，詩之漢魏樂府也。近世學者祖尚南渡，天
水而上罕或及之。殆文補唐宋八家，而祧東西京；詩學黃涪翁而不知有
蘇李十九首，可謂善學乎？」〔註18〕又道：「詞雖小道，本末爛然，先河
後海，蒙有取焉。夫詩有六義，詞亦兼之。是雅非鄭，風人恒軌，而是
編涉樂必笑，言哀已歎，率緣情靡曼之作，感遇怨悱之旨，揆厥所由，
或乖貞烈。然晚唐五季，如沸如羹，天宇崩析，彝教凌遲，深識之士，
陸沉其間，懼忠言之觸機，文俳語以自晦。黍離麥秀，周遺所傷；美人

<hr>

〔註17〕馮煦《東坡樂府序》，第31～32頁。
〔註18〕馮煦《唐五代詞選序》，見金啟華、張惠民等編《唐宋詞集序跋彙編》，
　　　　江蘇教育出版社 1990 年版，第 437 頁。

香草，楚累所託。其詞則亂，其志則苦，義兼盡各，毋勞刻舟。抑思之，吾家正中翁，鼓吹南唐，上翼兩主，下啟歐晏，實正變之樞貫，短長之流別。編中所採，亦為收弁。而《陽春》一錄，罕睹傳本，世有好事，願以是編徵之。」〔註19〕馮煦在這篇序文中同樣強調的是馮延巳詞的價值，而且強調了詞也涵蓋六義，應該遵從《毛詩序》中對詩的要求。馮煦認為，詞最初被人視為「小道」，但是隨著時間的發展，詞亦應該有所發展，應該由河入海，越來越開闊，越來越應包納更多的東西。南唐五代是詞的發源期，難免蕪雜，但是馮延巳詞起到了承上啟下的重要作用。

馮煦亦有一些詞論見於《蒿庵論詞》，該詞論本於《宋六十一家詞選》，曰：「興化劉氏熙載所著《藝概》，於詞多洞微之言，而論東坡尤為深至。」如云：「『東坡詞頗似老杜詩，以其無意不可入，無事不可言也。若其豪放之致，則時與太白為近。』又云：『東坡《定風波》云：尚餘孤瘦雪霜姿。』《荷華媚》云：『天然地別是風流標格。』『雪霜姿』、『風流標格』，學東坡詞者，便可從此領取。」又云：「『詞以不犯本位為高。』東坡《滿庭芳》：「『老去君恩未報，空回首，彈鋏悲歌。』語誠慷慨；然不若《水調歌頭》：『我欲乘風歸去，又恐瓊樓玉宇，高處不勝寒。』尤覺空靈蘊藉。」觀此可以得東坡矣。」〔註20〕馮煦論詞雖然在某些方面與繼承了劉熙載的詞學思想，但是他又認為劉熙載論詞沒有抓住東坡詞的要點，只看到了豪放，其實東坡空靈蘊藉的詞風更勝一籌，由此可見，馮煦對蘇軾詞雖然賞識，但不完全是因為「豪放」，還出於對其「婉約」風格的考慮。

馮煦認為秦觀才華妙絕，既有詞才，又有詞心，怨悱不亂，得小雅遺風，曰：「他人之詞，詞才也；少游，詞心也。得之於內，不可以傳。雖子瞻之明儁，耆卿之幽秀，獨若有瞠乎後者，況其下邪？」〔註21〕提

〔註19〕 馮煦《唐五代詞選序》，第 437 頁。
〔註20〕 馮煦《蒿庵論詞》，見《詞話叢編》第四冊，中華書局 2005 年版，第 3586 頁。
〔註21〕 馮煦《蒿庵論詞》，第 3587 頁。

出「詞心」一語，主要指溫柔敦厚與含蓄婉約的結合。他對子瞻詞在此概括為「明雋」，耆卿為「幽秀」，與其所作序跋中的詞分「剛」「柔」兩種又有不同，看來他所倡導的「剛」事實上內涵是非常豐富的，應該涵蓋了「明雋」的特點。而他所說的「柔」，也包括「幽婉」「秀麗」等等內容在內。

　　馮煦認為詞的最高境界是「渾」，他說：「詞至於渾，而無可復進矣。」〔註22〕認為豪放、婉約、高健、幽咽等等前人的評語都不是詞的最完美的追求。他對辛棄疾詞評價最高，尤其是「摧剛為柔」的說法，新人耳目。曰：「稼軒負高世之才，不可羈勒，能於唐宋諸大家外，別樹一幟。自茲以降，詞遂有門戶、主奴之見。而才氣橫軼者，群樂其豪縱而傚之；乃至里俗浮囂之子，亦靡不推波助瀾，自託辛、劉，以屏蔽其陋；則非稼軒之咎，而不善學者之咎也。即如集中所載水調歌頭長恨復長恨一闋，水龍吟昔時曾有佳人一闋，連綴古語，渾然天成，既非東家所能效顰；而《摸魚兒》《西河》《祝英臺近》諸作，摧剛為柔，纏綿悱惻，尤與粗獷一派，判若秦越。」〔註23〕並且認為劉過「龍洲自是稼軒附庸；然得其豪放，未得其宛轉。」〔註24〕說明他心目中的辛詞是豪放、宛轉並有的。

二、晚清四大家

　　晚清四大家即清季四大詞人，關於「清季四大詞人」，趙尊岳在《蕙風詞史》中曰：「叔問（鄭文焯）在蘇，治詞亦精，享盛名，時人與王半塘、朱彊村及先生合之稱為清季四大詞人。」〔註25〕但是，龍榆生的說法卻與趙尊岳有出入，他說：「五十年來，常派風流，未遽消歇。一時作者，遍於東南，而造詣之深，斷推王（鵬運）、文（廷式）、鄭（文焯）、況（周頤）四子。此亦張、周之遺緒，而益務恢宏；又其致力，或兼校

〔註22〕　馮煦《蒿庵論詞》，第3587頁。
〔註23〕　馮煦《蒿庵論詞》，第3592頁。
〔註24〕　馮煦《蒿庵論詞》，第3592頁。
〔註25〕　《詞學季刊》第一卷第四號。

勘，或主批評。意者天挺此才，為詞壇作一最光榮之結局歟？」〔註26〕
也就是說，趙尊岳所說的「清季四大詞人」是鄭文焯、王鵬運、朱祖謀
與況周頤，而龍榆生所指則是王鵬運、文廷式、鄭文焯和況周頤。由此
可見，二者的出入在於文廷式和朱祖謀，這究竟是為什麼呢？龍榆生在
他的《清季四大詞人》小引中給出了答案，原來，龍先生在寫《清季四
大詞人》一文時，朱祖謀尚在世，龍榆生按照「生存碩彥，不具於編」
〔註27〕之例，未把朱祖謀列入。所以，清季四大家當為鄭文焯、王鵬運、
朱祖謀與況周頤無誤。另外，龍榆生明確指出了四大詞人是常州詞派之
流脈，認為他們「承張、周之遺緒，而意務恢宏。」〔註28〕龍榆生的說
法頗有代表性，一般人也都認為晚清四大家是常州詞派之餘緒，但亦有
不同的聲音，如蔡嵩雲《柯亭詞論》中提出「清詞三期」說：「清詞派別，
可分三期。浙西派與陽羨派同時。浙西派倡自朱竹垞，曹升六、徐電發
等繼之，崇尚姜張，以雅正為歸。陽羨派倡自陳迦陵，吳薗次、萬紅友
等繼之，效法蘇、辛，惟才氣是尚，此第一期也。常州派倡自張皋文，
董晉卿、周介存等繼之，振北宋名家之緒，以立意為本，以葉律為末，
此第二期也。第三期詞派，創自王半塘，葉遐菴戲呼為桂派，予亦姑以
桂派名之。和之者有鄭叔問、況蕙風、朱彊村等，本張皋文意內言外之
旨，參以凌次仲、戈順卿審音持律之說，而益發揮光大之。此派最晚出，
以立意為體，故詞格頗高。以守律為用，故詞法頗嚴。今世詞學正宗，
惟有此派。餘皆少所樹立，不能成派。其下者，野狐禪耳。故王、朱、
鄭、況諸家，詞之家數雖不同，而詞派則同。」〔註29〕蔡嵩雲把晚清四
大家看作是桂派，獨立於常州詞派之外的另一詞派，單是也指出了四大

〔註26〕龍榆生《清季四大詞人》，見《龍榆生詞學論文集》，上海古籍出版社
　　　　1997 年版，第 437 頁。
〔註27〕《清季四大詞人‧小引》，見《龍榆生詞學論文集》，上海古籍出版社，
　　　　1997 年版。
〔註28〕《清季四大詞人‧小引》。
〔註29〕蔡嵩雲《柯亭詞論》，見唐圭璋《詞話叢編》，中華書局 2005 年版第五
　　　　冊，第 4908 頁。

家受常州詞派影響。筆者在論述「清季四大詞人」時，也姑從龍榆生之說，但具體到每個人的「豪放」「婉約」詞論時亦不宥於這個範圍。

在古代文人中，專力做詩者很多，專攻文、賦的亦不少見，但從詞的興起以來，把其他文體置之身後，以畢生精力專心製詞者則少之又少，造成這種情況的原因大概與長期以來詞為「卑體」的觀念有關。「晚清四大家」即「清季四大詞人」，是清代晚期易代之際的一個詞人群體，也是重要的「專業」詞人，精於作詞、論詞和校勘詞籍，是清代詞人中對詞尤其專注者。所以，研究「豪放」「婉約」詞論，不能不談清季四大詞人，但四大詞人的重心在詞籍校刊，詞論存世不多，我們只能在其現存資料中搜尋，以期有所發明。

清末民初動盪的社會狀況給文人的生活帶來很大影響，清季四大家也不例外，生不逢時的煩悶抑鬱和壯志難酬的滿腔抱負困擾著他們，傾瀉在他們的詞作中，反映在他們的詞學態度上。嚴迪昌《清詞史》中對清季四大詞人的詞風、詞作，有形象概括，說王鵬運詞多「風雲氣」，朱祖謀詞多「書卷氣」、鄭文焯詞表現出「隱逸氣」，況周頤則是「名士氣」。〔註30〕四人之間亦師亦友，不僅共同探討詞學創作和理論，而且私交很好，可謂志同道合。

王鵬運（1849～1904），字幼遐，號半塘老人，廣西桂林人。有《半塘定稿》、校勘輯刻《四印齋所刻詞》《四印齋匯刻宋元三十一家詞》。

四人中王鵬運年齡最長，王鵬運曾模仿辛棄疾作有兩首《沁園春》，其中有對詞體的看法。

　　沁園春

　　王鵬運

　　島佛祭詩虇傳千古，八百年來未有為詞修祀事者。今年辛峰來京度歲，倡酬之樂雅擅一時。因於除夕陳詞以祭，譜此迎神，而以送神之曲屬吾弟焉。

〔註30〕　嚴迪昌《清詞史》，江蘇古籍出版社1999年版，第584頁。

詞汝來前，酹汝一杯，汝敬聽之。念百年歌哭，誰知我
者，千秋沆瀣，若有人兮。芒角撐腸，清寒入骨，底事窮人
獨坐詩。空中語問綺情懺否，幾度然凝。

玉梅冷綴苔枝。似笑我吟魂不支。歎春江花月，競傳宮
體。楚山雲雨，枉托微詞。畫虎文章，屠龍事業，淒絕商歌
入破時。長安陌，聽喧闐簫鼓，良夜何其。

沁園春・代詞答

詞告主人，酹君一觴，君言滑稽。歎壯夫有志，雕蟲豈
屑。小言無用，窮狗同嗤。搗麝塵香，贈蘭服媚，煙月文章
格本低。平生意，便非優帝畜，臣職奚辭？

無端驚聽還疑，道詞亦窮人大類詩。笑聲偷花外，無關
著作。情移笛裏，聊寄相思。誰遣芳心？自成呫舌，翻訝金
荃不入時。今而後，倘相從未已，論少卑之。〔註31〕

王鵬運不依照傳統小道觀念視詞，傳統觀念認為詞是雕蟲小技，壯夫
不為，花前月下的閒情，或是博人笑得小技，王認為詞是自己窮困潦倒
時的感情寄託，對詞體觀念有著非常嚴肅的思考，由於他自己又致力
於詞的創作，所以相對其他清末詞人，對詞更加有感情和切身體會，他
的詞學主張與詞的創作結合的非常緊密，也因此更富於感染力。

王鵬運注重思想感情厚重有寄託的詞作，刻《南宋四名臣詞集》，
賞識有家國觀念的詞家。趙鼎、李光、李綱、胡銓四位在南北宋之際力
主抗戰的大臣的詞，王鵬運對他們的詞非常喜愛，並加以倡導，這和他
所處的時代有關，清代末年戰爭不斷、山河破碎、政府衰朽，王鵬運強
烈希望能有一個強有力的政府，再振民族雄風，擊潰外敵，而不是軟弱
的、任人蹂躪的腐朽統治者。

《南宋四名臣詞集跋》：「嗟呼！茲四公者，夫豈非所謂魁壘閎廓，
儒者其人耶。其身繫乎長消安危，其人又繫乎用與不用，用之而不終用

〔註31〕 王鵬運《半塘定稿》，見《清名家詞》。

之也。於是則悲天運憫人窮，當變風之時，自託乎小雅之才，而詞作焉。其思若怨悱，而情彌哀，顯號幽明，剖通精誠，又不欲以為名也。於是則推剛藏棱，蔽遏掩飾，所謂整頓締造之意，而送之以馨香芬芳之言與激昂怨慕不能自殊之音。蓋至今使人讀焉而悲，繹焉而慨。伉真洞然大人也，故其詞深微渾雄，而情獨多。鵬運竊嘗持此旨以盱衡今古之詞人，如四公者，亦出而唱歎於其間，則必非閨襜屑越小可者所得倚託，故校刊四公詞，都為一編，後有方雅君子之好之者，意可無疑於諷一而勸百，致與毓華流瀜同類，而交譏鄙人之區區也。」〔註32〕他認為，四名臣詞深微渾雄，傾注了作者滿腔的家國之情，具有更加震撼人心的效果，比那些閨房怨曲更有價值，從中可以看出王鵬運深受儒家思想的影響，在國難當頭之時，有強烈的責任感。從詞作風格來看，四名臣詞與豪放派辛棄疾有相似之處，豪放、恣肆、雄壯，亦有婉約，王鵬運欣賞的均是這類詞作，「豪放」「婉約」不再是其關注點，而在寄託和感慨，王鵬運真正關注詞人內心，將詞與時運緊密地聯繫在了一起，認為詞和詩同樣是抒發心緒的形式。

　　王鵬運曾為朱敦儒詞集作有序跋，即《樵歌拾遺跋》，曰：「希真詞清俊諧婉，猶是北宋風度。」〔註33〕《樵歌跋》：「希真詞於名理禪機，均有悟入，而憂時念亂，忠憤之致，觸感而生，擬之於詩，前似白樂天，後似陸務觀。至晚節依違，史家亦與務觀同慨。」〔註34〕從這裡可以看出，王鵬運對詞的內容、作用的關注更加重於對詞的風格的關注，在認為朱希真詞清俊婉約的同時，更加強調其憂時念亂及忠憤之情的抒發。

〔註32〕　王鵬運《南宋四名臣詞集跋》《四印齋所刻辭》，見金啟華、張惠民等編《唐宋詞集序跋彙編》，江蘇教育出版社 1990 年版，第 444 頁。

〔註33〕　王鵬運《樵歌拾遺跋》四印齋匯刻《宋元三十一家詞》，見金啟華、張惠民等編《唐宋詞集序跋彙編》，江蘇教育出版社 1990 年版，第 101 頁。

〔註34〕　王鵬運，四印齋刊本《樵歌拾遺跋》，見金啟華、張惠民等編《唐宋詞集序跋彙編》，江蘇教育出版社 1990 年，第 102 頁。

　　王鵬運作有論詞詩，由於其所作詞籍序跋很多，但詞論不多，大多從詞籍校勘的角度來說，很少涉及到對詞人、詞家的評論，所以他的論詞詩是其詞論的有益補充。

　　　　校刊稼軒詞成率成三絕於後〔註35〕

　　　　王鵬運

　　　　一

　　　　曉風殘月可人憐，婀娜新詞競管絃。

　　　　何似三郎催羯鼓，夙醒餘歲一時捐。

　　　　二

　　　　層樓風雨暗傷春，煙柳斜陽獨愴神。

　　　　多少江湖憂樂意，漫呼清児作詞人。

　　　　三

　　　　信州足本銷沉久，汲古叢編亥豕多。

　　　　今日雕鐫撥雲霧，廬山真面問如何。

由這幾首詩可以知道，王鵬運欣賞辛棄疾詞，時代呼喚稼軒這樣的詞人、詞氣，辛棄疾詞適合這個時代背景，所以也受到了王鵬運的重視。無病呻吟，單獨寫景的沒有時代意義，只有和歷史風雲融合在一起的詞人才受歡迎，詞真正和時代有了密切聯繫，詞的地位也得到空前提高。王鵬運曾刻稼軒詞，試圖對國、對民有積極作用。

　　朱祖謀（1857～1931），字古微，後改名孝臧，號漚尹，又號彊村，歸安（今浙江湖州）人。有《彊村語業》《湖州詞徵》《國朝湖州詞錄》。朱祖謀早年專力為詩，四十以後，才一意填詞，平生不喜歡寫駢散文。

　　在四大家中，朱祖謀的詞學理論最少，龍榆生在其所輯朱祖謀詞論時說：「彊村老人論詞最矜慎，未嘗率意下筆。」〔註36〕

〔註35〕　王鵬運《校刊稼軒詞成率成三絕於後》，見四印齋本《稼軒長短句》。
〔註36〕　朱祖謀《彊村老人論詞》，見《詞話叢編》第五冊，第4379頁。

朱祖謀《彊村語業》卷三的《望江南・雜題我朝諸名家詞集後》十二首，歷評清代各時期、各流派著名的詞人，同時也表現了對詞體的認識，是其重要的詞論。

朱祖謀對張惠言、周濟為代表的常州詞派的比興寄託說非常讚賞。其詞中寫道：「回瀾力，標舉選家能。自是詞源疏鑿手，橫流一別見淄澠。異議四農生。」〔註37〕指出張惠言對詞學有開闢之功，他編選的詞集力挽詞壇狂瀾，使人們有了明確的審美價值觀，引起很大反響。另外，他還在詞中對周濟進行評價：「金針度，《詞辨》止菴精。截斷眾流窮正變，一燈樂苑此長明。推演四家評。」〔註38〕由於朱祖謀精通校勘之學，所以他評論詞家時，喜歡從詞家編選的選本效用入手，認為周濟精通詞學，其正變寄託說狂掃詞壇，成為當時首屈一指的詞論大家。朱祖謀的這些論詞詞有力地證明了他的思想受常州詞派影響，是常州詞派之餘緒。

受常州詞派之影響，再加上動盪的時代和生不逢時的遭際，只有把這種感情深埋心底，朱祖謀對蘇軾詞尤其用心，酷愛蘇軾詞，馮煦在《東坡樂府序》中說：「古微前輩，詞家之南董也，酷嗜坡詞，乃取世所傳毛、王二刻，訂偽補缺，以年為經而緯以詞。既定本，屬煦一言簡端。煦嗜坡詞，與前輩同。」〔註39〕可見，清末民初之際，東坡詞有大量的讀者群，受到許多人的喜愛。朱祖謀對東坡酷愛有加是因為蘇軾的坎坷人生和瀟灑豪放的人生態度對其的心靈起到慰藉作用。另外，朱祖謀之《東坡樂府》開近代史上注蘇詞之先，對蘇軾詞的接受起推動作用。

鄭文焯（1856～1918），字俊臣，號小坡，又號叔問，晚號大鶴山人，又署冷紅詞客，奉天鐵嶺（今遼寧鐵嶺）人，畢生專力於詞，工尺牘，兼擅書畫。有《樵風樂府》，又有《大鶴山人詞話》等。

〔註37〕　朱祖謀《彊村語業箋注》，白敦仁箋注，巴蜀書社 2002 年版。
〔註38〕　朱祖謀《彊村語業箋注》。
〔註39〕　馮煦《東坡樂府序》，第 31 頁。

　　鄭文焯精通音律，詞學理論不多，且較雜亂，多為詞評，審讀之，亦可發現他和常州詞派的師承關係，認為張惠言以詩論要求詞有比興寄託的觀點對推尊詞體起到了重要作用。鄭文焯云：「自宋迄今將千年，正聲絕，古節陵，變風小雅之遺，騷人比興之旨，無復起其衰而提倡之者，宜夫朱厲雕琢為工，後進馳逐，幾欲奴僕命騷矣。獨皋文能張詞之幽隱，所謂『不敢以詩賦之流，同類而而風誦之』，其道日倡，其體日尊。」〔註 40〕作者認為，正是張惠言常州詞派的出現才改變了宋代以來的詞壇低靡的狀態，此言難免有過譽之嫌，因清代初年的浙西詞派及陽羨詞派亦對詞風的轉變付出了巨大努力。但是，常州詞派的出現，並且轉而追求詞的比興、寄託，對詞的發展確實拓寬了道路。

　　鄭文焯對視詞學小道者持鄙薄態度，他認為詞極難工，對詞人的要求很高。同時，他的詞學思想與陳廷焯有異曲同工之妙，雖然推崇作家不同，但是都把張惠言的思想加以發揮，提倡「意內言外」。但是，相比較而言，鄭文焯的詞論沒有陳廷焯的詳細、系統，而且陳廷焯的「意在筆先」更加符合當時的社會實際，便於詞的傳播和運用。

　　和王鵬運重辛棄疾不同，鄭文焯更喜歡蘇軾詞，在其現存的為數不多的詞評中，對蘇軾詞關愛有加。在談到蘇軾的《水調歌頭·明月幾時有》一詞時，他稱其為「奇逸之筆」〔註 41〕，「從李白仙心脫化」〔註 42〕，也就是說蘇軾有神仙之姿、天賦之才。對於蘇軾的「以詩為詞」，幾乎成為詞壇公論，但是鄭文焯有新的見解。他把蘇軾的詞和陶淵明的詩進行比較，認為蘇軾詞從陶詩中脫胎而來，但是氣象自是不同，從而得出結論：「論者每謂東坡以詩筆入詞，豈審音知言者。」也就是說那些持所謂蘇軾「以詩為詞」的說法者是不懂音律、不瞭解詞者得愚鈍之言，非聰明語。他還說：「讀東坡先生詞，於氣韻格律，並有悟到空

〔註 40〕鄭文焯《大鶴山人詞話》，見《詞話叢編》第五冊，中華書局 2005 年版，第 4331 頁。
〔註 41〕鄭文焯《大鶴山人詞話》，第 4321 頁。
〔註 42〕鄭文焯《大鶴山人詞話》，第 4321 頁。

靈妙境，非可以詞家目之，亦不得不目為詞家，世每謂其以詩入詞，豈知言哉。」〔註43〕

　　鄭文焯沒有以「豪放」「婉約」二分法論詞，但是他對蘇軾的不同風格的詞都是讚賞的態度，可見，他不重詞之風格，而重詞之具體的內涵及境界之美。鄭文焯反對詞分宗立派，但是認為體裁很重要，不然會流於荒途。他說：「凡為文章，無論詞賦詩文，不可立宗派，卻不可価體裁。」他所說的「體裁」，指得是詞要講究章法和旨趣追求，要有一定的體式，否則容易雜亂無章，可以有豪放風格的，也可以有婉約風格的詞，但是不能簡單地把詞人們劃到豪放派和婉約派裏去。他認為蘇軾有仙逸之氣，做起詞來遊刃有餘，其詞不易流於粗豪，倒是後人沒有蘇軾的天縱之才，很難學到其真工夫。鄭文焯的不立宗派說對近現代詞學上許多詞論家持「詞無豪放派、婉約派之分」的說法產生了重要的影響。

　　況周頤（1859～1926），原名周儀，字夔笙，一字葵孫，別號玉梅詞人，晚號蕙風詞隱，廣西臨桂（今桂林）人。有《蕙風詞話》《香海棠館詞話》《餐櫻廡詞話》《玉棲述雅》《歷代詞人考略》等。以詞為專業，致力 50 年，譴情鑄意，用心良苦。《蕙風詞話》是常州詞派系統的一部詞論和詞學批評著作，以「重」「拙」「大」為詞學審美價值觀，主張詞不要輕巧纖細，要「渾厚」，重寄託，主張意內言外，對常州詞派早期詞論有了進一步的發展。

　　在清季四大家中，王鵬運和況周頤的詞學理論相對豐富，尤其是況周頤，在詞學理論方面多有貢獻，認為詞以曲折含蓄為貴，要抒發襟抱，不宜直率，不宜雕琢，否則，韻味頓失且有礙音樂文學的性質。

　　長期以來，「詞為詩餘」的觀念廣為流傳，況周頤卻對此持反對意見，他認為詞是偉大而莊重的事情，不該受人鄙薄，云：「詞之為道，智者之事。酌劑乎陰陽，陶寫乎性情。自有元音，上通雅樂。別黑白而

〔註43〕鄭文焯《大鶴山人詞話》，第 4323 頁。

定一尊,經古今而不敝矣。唐宋以還,大雅鴻達,篤好而專精之,謂之詞學。獨造之詣,非有所附麗,若為駢枝也。曲士以詩餘名詞,豈通論哉。」〔註44〕這對提高詞的地位有積極作用,宋以來,許多詞人一方面對「詞為詩餘」的觀念非常不滿,另一方面又不敢站出來反對,久而久之,自己都把作詞看作是不登大雅之堂的行為,況周頤是詞人中的勇敢者,不僅明確提出自己的反對意見,並且身體力行,專注於作詞,把其作為自己畢生的追求。

　　況周頤認為「吳文英與蘇軾、辛棄疾殊流同源」的觀點比較獨特,曰「重者,沉著之謂。在氣格,不在字句。於夢窗詞庶幾見之。即其芬菲鏗麗之作,中間雋句豔字,莫不有沉摯之思,灝瀚之氣,挾之以流轉。令人翫索而不能盡,則其中之所存者厚。沉著者,厚之發見乎外者也。欲學夢窗之緻密,先學夢窗之沉著。即緻密、即沉著。非出乎緻密之外,超乎緻密之上,別有沉著之一境也。夢窗與蘇、辛二公,實殊流而同源。其所為不同,則夢窗緻密其外耳。其至高至精處,雖擬議形容之,未易得其神似。穎慧之士,束髮操觚,勿輕言學夢窗也。」〔註45〕雖然吳文英與蘇、辛詞風格不同,但是詞中蘊含的氣格及沉著、深厚是相同。由此可見,況周頤也不重視風格之分,而是重詞人的深厚、沉著及詞的氣格。但是,況周頤對「豪放」「婉約」論詞也並不反對,在論述朱淑真詞與李清照詞之不同時,他說:「淑真清空婉約,純乎北宋。易安筆情近濃至,意境較沉博,下開南宋風氣,非所詣不相若,則時會為之也。」〔註46〕在這裡,他沒有像前人那樣,用「婉約」來概括易安詞,更是認為其「意境沉博」,並且認為之所以這樣是因為李清照經歷了宋朝的變遷及家庭的變故,所以更加深沉。在清季四大家中,況周頤詞論在李清照身上所費筆墨最多。在其論詞著作

〔註44〕況周頤《蕙風詞話》,見唐圭璋《詞話叢編》第五冊,中華書局 2005年版,第 4405 頁。
〔註45〕況周頤《蕙風詞話》,第 4447 頁。
〔註46〕況周頤《蕙風詞話》,第 4497 頁。

《玉棲述雅》中亦多次以「婉約」論詞。

在《蕙風詞話》續編中，他對清代中葉王引之對詞風格的劃分法非常贊同，認為其見解高妙。云：「王文簡《倚聲集》序：『唐詩號稱極備。樂府所載，自七朝五十五曲外，不概見。而梨園所歌，率當時詩人之作，如王之渙之《涼州》。白居易之《柳枝》。王維《渭城》一曲流傳尤盛。此外雖以李白、杜甫、李紳、張籍之流，因事創調，篇什繁富，要其音節皆不可歌。詩之為功既窮，而聲音之秘，勢不能無所寄，於是溫、韋生而《花間》作，李、晏出而《草堂》興，此詩之餘而樂府之變也。詩餘者，古詩之苗裔也。語其正則南唐二主為之祖，至漱玉、淮海而極盛，高、史其嗣響也。語其變則眉山導其源，至稼軒、放翁而盡變，陳、劉其餘波也。有詩人之詞，唐、蜀、五代諸人是也。有文人之詞，晏、歐、秦、李諸君子是也。有詞人之詞，柳永、周美成、康與之之屬是也。有英雄之詞，蘇、陸、辛、劉是也。至是，聲音之道乃臻極致。而詩之為功，雖百變而不窮。』云云。僅二百數十言，而詞家源流派別，了若指掌。是書傳本絕鮮，亟節記之。」〔註47〕王引之把宋代詞人詞作分為詩人之詞、文人之詞、詞人之詞、英雄之詞四種，新人耳目。人們常常以蘇軾、辛棄疾等為豪放詞的代表人物，這裡卻把其詞作冠以「英雄之詞」，更加偏重作者的個人氣質，簡單明瞭，尤其合理性，但是，和「豪放」相比，多了英雄氣，少了些內在的氣象和韻味。但是王引之對詞史的概括甚是精到。況周頤在講詞的具體做法的時候，認為蘇、辛難學，二人詞看似隨意，其實神秀，性情少的人尤其不能學稼軒，這和清季詞人大都認為稼軒詞不易學的詞學態度是相同的。

況周頤講究詞心及以吾言寫吾心，迫求詞境，有境界，有真氣，從中可以看到新思想的影響。其在運用「豪放」「婉約」詞論的同時，又用開放的態度接納著新的詞學觀念，如「英雄之詞」等。蔡嵩雲這樣評價其詞及詞話：「蕙風詞，才情藻麗，思致淵深。小令得淮海、小山

〔註47〕況周頤《蕙風詞話》，第4545頁。

之神，慢詞出入片玉、梅溪、白石、玉田間。吐屬雋妙，為晚清諸家所僅有。然以好作聰明語，有時不免微傷氣格。少作以側豔勝。中年以後，漸變為深醇。論慢詞，標出「重」「大」「拙」三字境界，可謂目光如炬。其蕙風詞話五卷，論詞多具卓識，發前人所未發。」〔註48〕

三、陳廷焯

陳廷焯（1853～1892 年）字亦峰，又字伯與。江蘇丹徒人（今江蘇省鎮江縣），光緒十四年（1888）舉人，性情磊落，天資聰穎，尤工於詞，著作豐富，編有詞選《詞則》，詞論《白雨齋詞話》《詞壇叢話》尤其著名，發展了張惠言的詞學理論，又有自己的新見，主張「沉鬱」說，清代詞論到了陳廷焯這裡已經發展到比較成熟的階段，其論詞抽象與生動相結合，言簡意賅，且常常翻新出奇。

針對當時詞壇論者紛紜的狀況陳廷焯認為各家詞論雖然各有可觀之處，但均未洞悉詞學本源，亦未揭示出詞學三昧，陳氏抱著「盡掃陳言，獨標真諦」的態度，在眾詞人和許多詞學問題中縱橫捭闔，言之灼灼。關於他的「沉鬱」說，他是這樣解釋的：「所謂沉鬱者，意在筆先，神餘言外，寫怨夫思婦之懷，寓孽子孤臣之感。凡交情之冷淡，身世之飄零，皆可於一草一木發之。而發之又必若隱若見，欲露不露，反覆纏綿，終不許一語道破，匪獨體格之高，亦見性情之厚。飛卿詞，如『懶起畫蛾眉。弄妝梳洗遲。』無限傷心，溢於言表。又『春夢正關情。鏡中蟬鬢輕。』淒涼哀怨，真有欲言難言之苦。又『花落子規啼。綠窗殘夢迷。』又『鸞鏡與花枝。此情誰得知』。皆含深意。此種詞，第自寫性情，不必求勝人，已成絕響。後人刻意爭奇，愈趨愈下，安得一二豪傑之士，與之挽回風氣哉。」〔註49〕陳廷焯繼承了張惠言的比興寄託說，但又有了新的發展，比張惠言詞學理論更加細緻，且少了政治上的

〔註48〕 蔡嵩雲《柯亭詞話》，見唐圭璋《詞話叢編》第五冊，中華書局 2005 年版，第 4914 頁。

〔註49〕 陳廷焯《白雨齋詞話》卷一，第 5 頁。

牽強附會，更多地體現在身世之感和真性情的流露，強調「成竹在胸」，意在筆先，即對所寫景物及抒發的感情要有一個整體的把握，有整體布局，然後方能下筆。這是我國詞學理論的一大進步，更加系統和有章可循，並且與詞的創作實踐緊密結合，對具體的詞之創作有指導意義，從這段言論可以看出，他對南唐詞評價是很高的。在南唐詞人中，陳廷焯認為李後主詞思路淒婉，是詞場本色，但也有缺點，可見他對「婉約」詞風是有所肯定的。總而言之，陳廷焯推崇唐五代詞，認為符合其「沉鬱」標準。

對於唐宋詞的分流別派之說，他是這樣看待的：「唐宋名家，流派不同，本原則一。論其派別，大約溫飛卿為一體，〔皇甫子奇、南唐二主附之。〕韋端已為一體，〔朱松卿附之。〕馮正中為一體，〔唐五代諸詞人以暨北宋晏、歐、小山等附之。〕張子野為一體，秦淮海為一體，〔柳詞高者附之。〕蘇東坡為一體，賀方回為一體，〔毛澤民、晁具茨高者附之。〕周美成為一體，〔竹屋、草窗附之。〕辛稼軒為一體，〔張、陸、劉、蔣、陳、杜合者附之。〕姜白石為一體，史梅溪為一體，吳夢窗為一體，王碧山為一體，〔黃公度、陳西麓附之。〕張玉田為一體。其間惟飛卿、端已、正中、淮海、美成、梅溪、碧山七家，殊途同歸。餘則各樹一幟，而皆不失其正。東坡、白石尤為矯矯。」〔註50〕陳廷焯分詞體為十四種，其中七家殊途同歸，則最終為七體，而且把蘇軾詞的地位和白石詞並列，推到最高處，這對詞的風格論來說是一種新的嘗試。並且，陳氏對這七種體式都是贊同的，原因是「皆不失其正」〔註51〕。

《白雨齋詞話》中說：「張綖云：『少游多婉約，子瞻多豪放，當以婉約為主。』此亦似是而非，不關痛癢語也。誠能本諸忠厚，而出以沉鬱，豪放亦可，婉約亦可，否則豪放嫌其粗魯，婉約又病其纖弱

〔註50〕　陳廷焯《白雨齋詞話》卷八，第 206 頁。
〔註51〕　陳廷焯《白雨齋詞話》卷八，第 206 頁。

矣。」〔註52〕陳廷焯以「沉鬱」論詞，認為豪放、婉約都不重要，關鍵是要「沉鬱」，於「豪放」「婉約」之外另闢說法。「兩宋詞家，各有獨至處，流派雖分，本原則一。惟方外之葛長庚，閨中之李易安，別於周、秦、姜、史、蘇、辛外，獨樹一幟。而亦無害其為佳，可謂難矣。然畢竟不及諸賢之深厚，終是託根淺也。」〔註53〕他認為宋代是存在詞的流派的，只是許多詞派在本源上歸於一類，認為周邦彥、秦觀、姜夔、史達祖、蘇軾、辛棄疾這些都有共性可言，那就是溫柔敦厚之旨，只有李清照獨樹一幟，獨立於眾家之外。陳廷焯的這個詞學觀念和前人的詞學觀念很不一樣，前人論詞時一般會認為眾多的詞家都是本於婉約的，只有蘇軾、辛棄疾開闢了與眾不同的一派，視蘇、辛為變體的詞學觀念沒有影響到陳廷焯的詞學思想。

《白雨齋詞話》中多次論及蘇軾、辛棄疾及李清照，陳廷焯認為蘇軾、辛棄疾同中有異，尤其是蘇軾詞，完全符合自己的「溫柔敦厚」之旨，甚至把辛棄疾詞推為「詞中之龍」，雖然不免瑕疵，然終歸瑕不掩瑜。對李清照詞，沒有像蘇辛詞那樣評價之高，但也多為肯定之語。《白雨齋詞話》是清末民初詞論中對「豪放」「婉約」問題論述最為詳細者，且評論有新意，不苟同前人意見。和前人的視蘇、辛詞為別格、變體的說法不同，陳廷焯認為蘇辛詞皆為「正聲」，並說：「白石仙品也。東坡神品也，亦仙品也。夢窗逸品也。玉田雋品也。稼軒豪品也。然皆不離於正。」〔註54〕可見，在他這裡，蘇軾詞的地位無與倫比，稼軒詞則是「豪品」。

陳廷焯把蘇軾和辛棄疾分為兩派：「東坡心地光明磊落，忠愛根於性生，故詞極超曠，而意極和平。稼軒有吞吐八荒之概，而機會不來。正則可以為郭、李，為岳、韓，變則即桓溫之流亞。故詞極豪雄，而意極悲鬱。蘇、辛兩家，各自不同。後人無東坡胸襟，又無稼軒氣概，漫

〔註52〕　陳廷焯《白雨齋詞話》卷一，第 14 頁。
〔註53〕　陳廷焯《白雨齋詞話》卷六，第 149 頁。
〔註54〕　陳廷焯《白雨齋詞話》卷八，第 205 頁。

為規模，適形粗鄙耳。」〔註55〕認為蘇軾詞不易學，就像李白之詩一樣，羚羊掛角、無跡可求，故無人能繼；後人學稼軒詞也是舍本逐末，不得要領，流於叫囂，未得要領。並且認為學蘇、辛不成便會墜入魔道，流於叫囂。但學清真等人詞，即使不成，也無妨礙，言下之意仍然是蘇辛詞難學。認為蘇軾「和婉中見忠厚易，超曠中見忠厚難，此坡仙所以獨絕千古也。」在他看來，蘇軾磊落、忠愛，故其詞才能超曠、平和，達到了詞的最高境界。辛棄疾是「豪雄」和「沉鬱」的結合，是悲壯中見渾厚，雄莽中存雋味。所以，陳廷焯的在談論豪放、婉約問題時，仍然是本於詞人內心的沉鬱的氣質、忠愛的思想的。陳廷焯認為，蘇辛詞為正聲，即使是極力推崇豪放派的陳維崧詞也缺乏蘇、辛詞的厚度，原因是內心的忠愛之氣不足，缺少沉鬱之氣。「蘇、辛並稱，然兩人絕不相似。魄力之大，蘇不如辛。氣體之高，辛不逮蘇遠矣。東坡詞寓意高遠，運筆空靈，措語忠厚，其獨至處，美成、白石亦不能到。昔人謂東坡詞非正聲，此特拘於音調言之，而不究本原之所在。眼光如豆，不足與之辯也。」〔註56〕陳廷焯對前人鄙薄蘇、辛的說法進行了批判。陳氏看來，蘇詞是王道，辛詞是霸道，但又不悖王道。

陳廷焯把李清照詞獨立於蘇、辛、周、姜等人之外，這和前人總是把蘇辛詞另立一格有所不同。他認為李清照詞不及這幾位詞人詞之「忠厚」，不太符合自己的審美風格，但對其詞還是肯定的：「李易安詞，獨闢門徑，居然可觀。其源自從淮海、大晟來，而鑄語則多生造。婦人有此，可謂奇矣。」〔註57〕，另外，在南北宋問題上，他認為南北宋皆不可偏廢，各有高絕之詞人。

處於清末民初這個新舊交替的時代，陳廷焯的詞話亦具有新舊交替的性質，一方面用傳統的詞話、詞選本的方式表達自己的詞學宗旨，另一方面又融入了新的思想，如開始重視詞之「境」「意境」，並在詞論

〔註55〕陳廷焯《白雨齋詞話》卷六，第 166 頁。
〔註56〕陳廷焯《白雨齋詞話》卷一，第 11～12 頁。
〔註57〕陳廷焯《白雨齋詞話》卷二，第 52 頁。

中多次闡述，在論述南渡後詞的時候說：「詞境雖不高，然足以使懦夫有立志。」〔註58〕論述稼軒詞的時候說：「觀稼軒詞，才力何嘗不大，而意境亦何嘗不沉鬱。」〔註59〕對王國維的「境界說」有很大啟發。

第三節　王國維、梁啟超與「豪放」「婉約」詞論

一、王國維

　　王國維（1877～1927），初名德禎，後改為國維，字靜安，亦字伯隅，初號禮堂，後更為觀堂，又號永觀，浙江海寧人。

　　在文學、美學、史學、哲學、古文字、考古學等各方面都有卓越的成就，文學上以研究詞曲為主，詞論著作《人間詞話》尤為著名。

　　王國維處在清末民初這樣一個大衝突、大裂變、大融合的時代轉型期，在加上其性格憂鬱，受西方叔本華等思想的影響，在其詞學理論上必然有所反映。王國維的詞論用傳統的詞話的批評方式並吸收借鑒了西方的文藝思想，是近代詞學史上第一個系統地引入西方文藝思想的詞論家，為詞學的發展做出了重要貢獻。

　　王國維論詞推崇「境界說」，云：「詞以境界為最上。有境界則自成高格，自有名句。五代、北宋之詞所以獨絕者在此。」〔註60〕推求自然、他以李後主為例倡導文學要求真，拋卻了功利主義，把文學推向了「自由」的天地。關於「境界」，他是這樣說的：「境非獨謂景物也。喜怒哀樂，亦人心中之一境界。故能寫真境物、真感情，謂之有境界；否則謂之無境界。」〔註61〕看來，王國維所謂的「有境界」的前提是必須以真感情去創作，有真情實感，這和清代中晚期的詞人們對詞的總體要求是一致的。王國維認為，詞之有境界與否比詞之「豪放」「婉約」重要，也就是說，到了王國維這裡，他推出了一種自認為比「豪

〔註58〕　陳廷焯《白雨齋詞話》卷六，第 155 頁。
〔註59〕　陳廷焯《白雨齋詞話》卷六，第 156 頁。
〔註60〕　王國維《人間詞話》，第 1 頁。
〔註61〕　王國維《人間詞話》，第 2 頁。

放」「婉約」更合適的論詞法，這就是「境界」。其實，「境界說」並非
王國維的新發明，在中國文學批評史上是有一個發展脈絡的，只是到
了清代，詞論家們對其尤其留意，許多詞話中都曾出現過以「境」論詞
的觀點，如陳廷焯的《白雨齋詞話》等，但很少對「境」有專門界定，
王國維詞論中對「境界」的解說相對詳細。

　　王國維之詞婉約、憂傷，但是在「豪放」「婉約」問題上，他對蘇
軾、辛棄疾卻尤為關注。他認為按境界來講，北宋詞人符合標準的很
多，蘇軾是其中一個，南宋詞人中，只有辛棄疾一人能入圍。云：「東
坡之詞曠，稼軒之詞豪。無二人之胸襟而學其詞，猶東施之效捧心也。」
〔註62〕「曠」與「豪」是近義詞，又都與「豪放」意義相近，他認為蘇
軾與辛棄疾的詞之所以能表現出「豪放」的風格，是因為二人有博大的
胸襟，高尚的人格。王國維在強調詞人內在的雅量與詞所呈現出的面
貌之間的關係，認為只有真正具有「豪放」風格的人才能寫出豪放詞，
云：「讀東坡、稼軒詞，須觀其雅量高致，有伯夷、柳下惠之風。白石
雖似蟬脫塵埃，然終不免局促轅下。」〔註63〕但是，王國維所指的「雅
量」並非氣質：「言氣質，言神韻，不如言境界。有境界，本也。氣質、
神韻，末也。有境界而二者隨之矣。」〔註64〕這與清初的主張「神韻
說」的詞人有很大不同。

　　在王國維這裡完全摒棄了「婉約」為詞之正體，「豪放」為詞之變
體的傳統觀念，雖然自己創作的詞趨於婉約，但對蘇軾、辛棄疾的詞表
現出莫大的興趣，對李清照詞隻字未提。

　　在秦觀詞是他說：「少游詞境，最為凄婉。」〔註65〕他把「婉約」
「豪放」論詞的手法與詞的境界結合起來，這是一種新的發明。王國維
云：「詞之為體，要眇宜修。能言詩之所不能言，而不能盡言詩之所能

〔註62〕　王國維《人間詞話》，第 11 頁。
〔註63〕　王國維《人間詞話》，第 11 頁。
〔註64〕　王國維《人間詞話》，第 19 頁。
〔註65〕　王國維《人間詞話》，第 7 頁。

言。詩之景闊，詞之言長。」〔註66〕他在繼承前人思想的基礎上對詞的特點概括得非常恰當，在與詩的比較中，形象說明了詞的體式、功能。

王國維詞論對常州詞派張惠言論詞的方法提出了置疑，認為張惠言在闡釋詞的具體內容時過度強調比興，某些解說流於牽強附會。這對詞學批評的發展有積極意義，用更加客觀的態度去論詞，和張惠言等人相比，王國維更加強調詞中之「真」，重詞渾融的境界，更加關注詞本身的特質，重自然，如他對納蘭性德的讚賞，重真情，如他對李後主的褒揚。

除了《人間詞話》，王國維還創作了大量的詞籍序跋，但大多注重考據和版本源流，對「豪放」「婉約」詞論研究的價值不大。

二、梁啟超

梁啟超（1873～1929）字卓如，一字任甫，號任公，別署飲冰子、飲冰室主人、哀時客、中國之新民等，廣東新會人，資產階級改良運動的領導者，同時又是一位學者，1917年退出政壇後，開始偏重學術研究，其《中國近三百年學術史》影響很大，另外，梁啟超在詞學史上亦有貢獻，晚年致力於《辛稼軒年譜》編撰工作。梁啟超對詞的看法主要體現在其女梁令嫻所編的《藝蘅館詞選》中，唐圭璋《詞話叢編》輯為《飲冰室評詞》。

梁啟超提倡資產階級新思想，但是對中國古代的詩詞亦有著深厚的感情，他的詞學思想深受常州詞派張惠言等人影響，提倡比興寄託和儒家的「溫柔敦厚」思想，在對陳允平的《絳都春·秋韆倦倚》一詞點評時云：「陳通甫最賞之，謂其怨而不怒。」〔註67〕論及辛棄疾《清玉案·東風夜放花千樹》詞時道：「自憐幽獨，傷心人別有懷抱。」〔註68〕

〔註66〕 王國維《人間詞話》，第19頁。
〔註67〕 梁啟超《飲冰室評詞》，見唐圭璋《詞話叢編》，中華書局2005年版，第五冊，第4310頁。
〔註68〕 梁啟超《飲冰室評詞》，第4308頁。

在清末民初的動盪的社會場景中，世界和未來充滿了未知的變數，梁啟超的詞學主張有現實意義，詞人們用詞寫心，寄託自己的胸中鬱悶和彷徨，詞和詩一樣，甚至在「言情」，寄託憂思方面有詩所無法比擬的特長，讀到黃孝邁的《湘春夜月‧近清明》詞，他說：「時事日非，無可與語，感喟遙深。」梁啟超有著強烈的憂國憂民的思想，在民族危難的生死關頭，他對此更是日夜憂慮，這種思想反映在他的詞評中，在評王沂孫、周密、張炎詞時均有體現，這大概也是他對南宋諸多詞人頗為關注的原因，借他人懷抱，澆心中塊壘，南宋和清末民初有許多相似之處，梁啟超和眾多南宋詞人一樣，希望朝廷能重振雄風，救民於水火之中。

梁啟超論詞重「豪放」，人們常以婉約派領袖目之的李清照，他也能找出其中豪放風格的詞來，他一方面對李清照的婉約風格連連讚賞，另一方面又指出某些詞亦是豪放風格。他是這樣評價李清照的《聲聲慢‧尋尋覓覓》一詞的：「此詞最得咽字訣，清真不及也。」〔註69〕認為其詞一唱三歎，幽咽纏綿，韻味無窮。對於李清照的另外一首詞《漁家傲‧天接雲濤連曉霧》，他的評價卻又不同：「此絕似蘇辛派，不類漱玉集中語。」〔註70〕從「蘇辛派」三字可以看出，他還是贊成詞分「豪放」「婉約」兩派的，只是他對豪放派與婉約派兩派的評價更為謹慎，認為豪放派詞人並非所有的詞都體現了豪放風格，也會有婉約詞，而婉約派詞人如李清照也不乏豪放詞。

蘇辛詞派中，梁啟超對辛棄疾的關注高於蘇軾，誇讚其《摸魚兒‧更能消幾番風雨》「迴腸盪氣，至於此極。前無古人，後無來者。」而「菩薩蠻如此大聲鏜鞳，未曾有也。」則是梁公對辛棄疾《菩薩蠻‧鬱孤臺下清江水》的點評，認為辛棄疾詞在很多方面的成就都是前所未有的，可見他對辛棄疾詞的讚賞程度之高。姜夔有《念奴嬌‧鬧紅一舸》詞，梁啟超對其評價為：「渾灝流轉，奪胎稼軒。」認為姜夔的詞作中也可以看出稼軒的影子。

〔註69〕 梁啟超《飲冰室評詞》，第 4308 頁。
〔註70〕 梁啟超《飲冰室評詞》，第 4308 頁。

　　梁啟超之詞學批評只見於他對詞的點滴評論，未形成系統的詞學理論體系，但是從中我們可以看出其對詞學的看法及詞學觀念，他沿用了前人豪放派和婉約派的分法，但是更加科學地看待這個問題，認為婉約派詞人、豪放派詞人是就詞作的代表性風格確定的，其詞學創作不一定就千篇一律，如李清照就有豪放詞。就個人來講，梁啟超更加鍾情於豪放派，尤其是辛棄疾，梁啟超對辛棄疾詞亦非常喜愛，為其詞集做過序跋，考辨詳實，還致力於《辛稼軒年譜》的編寫工作，對辛稼軒多有研究，這不僅僅是個人嗜好，和梁啟超所處的時代背景是契合的。

結　論

綜觀全書，我們發現，「豪放」「婉約」具有豐富的內涵及理論意義。先秦兩漢時期為「豪放」「婉約」的醞釀和萌芽時期，「婉」「約」兩字連用組成一個語辭最早見於《國語·吳語》：「夫固知君王之蓋威以好勝也，故婉約其辭，以從逸王志，使淫樂於諸夏之國，以自傷也。」〔註1〕這裡的「婉約」不再指「美」，而是內容和表達上的含蓄、委婉。相對於「婉約」「豪放」語辭出現稍晚，漢代，史傳文學尚乏關於「豪放」的記載，但「豪」「放」單用，史料中卻頻繁見於書端，早已屢見不鮮。三國至唐朝，可以被歸納為「豪放」「婉約」的產生、發展時期。

就筆者目前掌握的資料判斷，「豪放」作為一個語辭，最早出現於北朝，《魏書》載：「彝少而豪放，出入殿庭，步昉高上，無所顧忌。文明太后雅尚恭謹，因會次見其如此，遂召集百僚督責之，令其修悔，而猶無悛改。善於督察，每東西馳使有所巡檢，彝恒充其選，清慎嚴猛，所至人皆畏服，儔類亦以此高之。」〔註2〕根據《魏書》內容，我們很容易就能作出判斷，張彝是良臣，然而這樣一個享譽朝野的棟樑之才的「豪放」之舉尚引起太后和百官的督責，可見「豪放」之舉在當時難為眾人接受，亦可知此處的「豪放」一詞是稍含貶義的，它的內涵大概

〔註1〕 上海師範大學古籍整理組校點《國語》下冊，上海古籍出版社 1978 年版，第 595 頁。

〔註2〕 （北齊）魏收撰《魏書》中華書局 1974 年版，第一冊，第 1428 頁。

和魏晉時期的「放誕」所包含的內容類似，表現在行為上則是目中無人，說話、做事無所顧忌。無獨有偶，《辭源》中在解釋「豪放」一詞時的也以此引文為例，並解釋為「狂放不檢點」。唐以前，「豪放」「婉約」作為語辭進入應用領域的例子很多，但是它們真正進入文學批評領域的時間卻並不早。「婉約」雖曾現身於《文心雕龍》，但也只是作為一個普通的語辭被劉勰驅遣，尚未對其進行單章論述，也並未作為概念提出，更甭提上升到理論範疇了。但是，我們卻從中發現，「婉約」的語辭含義在這段時期內趨於穩定。和「婉約」相比，「豪放」稍遜一籌，雖然在史傳文學中風光無限，卻始終被阻遏在文學批評領域之外。

「豪放」「婉約」真正進入文學批評領域的時間並不相同。「婉約」詞論在明代以前一直處在匿形狀態，只見其意不睹其形，但在詩歌批評中卻多次出現。「豪放」進入詩歌批評領域是在唐代，司空圖的《二十四詩品》把它單列為一品，並對其內涵進行定義。司空圖首次認識到這一風格的獨特意義，對其進行闡釋，對「豪放」這一理論範疇的形成和發展做出了重大貢獻。詩詞同源，詞源於詩，但又不同於詩，他的《二十四詩品》充分重視到了「豪放」的作用，並把其引到詩歌批評領域，這對「豪放」風格在詞學領域的發展奠定了堅實的基礎。

宋代，「豪放」被廣泛應用到詩歌批評領域，甚至形成了一種風氣。蘇軾所講的詩詞中的「豪放」又與唐代司空圖所闡述的「豪放」有了意義上的區別，在肯定內在的氣勢的情況下，更注重外在的表現風格。「婉約」雖是宋詞創立之始就體現出的創作準則，但以「婉約」論詞，宋人始未見自道，主要行於明清，但並不意味著「婉約」沒有發展變化。該詞在唐以前主要用來評價《左傳》的隱晦和女子的柔美，到了宋代，有了更豐富的範疇，包括思想內容、語言音調、藝術風格多種因素的統一，變得更加立體，兼有內容上的婉轉、含蓄，語言上的一場三歎，表達方式上的委曲迴環。在「豪放」「婉約」的接受史鏈條上，宋代是最重要的一環，根據「豪放」「婉約」詞在宋代的發展狀況和宋人對「豪放」「婉約」詞的態度，我們不難發現，有宋一代，尤其是北宋

時期，傳統的以「婉約」為主的詞學觀念依然處於主導地位，與此同時，人們對「豪放」詞風有一個從反感到逐漸接受的過程。李清照《詞論》一文未從「豪放」「婉約」入手，但從作者對眾多詞人的評價，尤其是被後世認為豪放詞人、婉約詞人的不同評價上看，其對詞的態度可見一斑，即嚴守傳統的詞學觀念，以「婉約」為詞之本色，尤其重視音律，並依據這些要求，提出詞「別是一家」之說，主張詩詞異域，要求對兩種不同形式的文學做出不同的對待。辛棄疾更是高舉蘇軾大旗，「以詩為詞」「以文為詞」「以議論為詞」，真正確立了「豪放」詞的地位，創作出大量的「豪放」詞篇。同時，對「婉約」詞風也頗為欣賞，吸收和借鑒了蘇軾、李清照的精華，把自己鎔鑄成了一個能豪能婉、能剛能柔、能壯能逸，既發揮了豪放詞的特長，造豪放詞之極詣，同時又能博取眾芳，融會貫通的詞壇大家。

　　蘇軾、辛棄疾詞在金代受到了極大的歡迎，這跟蘇軾、辛棄疾的作品本身有關，更多的是契合了少數民族的生活習性如騎馬射箭等和作家們的個人氣質，女真人直率的性格和生活習慣使他們在心理上更易於接受「豪放」詞作。元好問不僅在詩論上做出了很大貢獻，在詞論上也功不可沒。他認為蘇詞卓絕，無人匹敵，同時，指出詞應與詩有同樣的地位和功能，而辛棄疾的詞在元好問這裡也受到了極大的推崇，可見他對「豪放」詞是持讚賞態度的。元好問《新軒樂府引》曰：「唐歌詞多宮體，又皆極力為之。自東坡一出，情性之外，不知有文字，真有『一洗萬古凡馬空』氣象。」〔註3〕在北宋時期很少受讚賞的蘇軾詞，在元好問看來是人間奇文，認為蘇軾才情和文字合二為一，水乳交融，不著痕跡，內容和氣勢均為絕佳。對於辛棄疾，元好問《遺山自題樂府引》曰：「樂府以來，東坡第一，以後便到辛稼軒」〔註4〕，這是就蘇

〔註3〕（金）元好問《新軒樂府引》，見《遺山先生文集》卷36，《四部叢刊》本。

〔註4〕（金）元好問《遺山自題樂府引》，見《遺山先生文集》卷36，《四部叢刊》本。

辛對豪放詞的貢獻而言的，認為蘇辛一脈相承，開「豪放」奇觀。元好問對於辛棄疾的這段論述為明清「豪放」「婉約」詞論的發展作出了貢獻，對詞學史上「豪放詞派」的提出奠定了基礎。所以他的詞融合了蘇軾、辛棄疾開創的豪放風格和李清照為代表的婉約風格。

明人對「豪放」「婉約」詞論的發展亦做出了不小的貢獻，在詞學史上最早提出了豪放、婉約風格的劃分，首次正式把「豪放」「婉約」對舉，對後世影響深遠。嘉靖年間人張綖在《詩餘圖譜‧凡例》後面的按語中云：「詞體大略有二：一體婉約，一體豪放。婉約者欲其詞情蘊藉，豪放者欲其氣象恢弘。蓋亦存乎其人，如秦少游之作，多是婉約；蘇子瞻之作，多是豪放。大抵詞體以婉約為正，故東坡稱少游為今之詞手；後山評東坡詞雖極天下之工，要非本色。」「豪放」進入詞學批評，從宋代始，至明已有時日，出現頻率頗高，已成為詞學批評的重要術語，張綖的這段文字，再次證明了「豪放」風格的重要和其在詞學領域的重要地位。但「婉約」論詞，宋元少見，多見其同義、近義詞如「婉麗」「清婉」等，廣泛出現，在明清二朝。而「豪放」「婉約」成對出現，成為詞的兩種主要體式，尚屬首次，為後世詞學批評的發展提供了重要的批評範式。張綖之後，明人多用「豪放」「婉約」來形容詞的主要風格。跟宋元時期相比，明代的詞學批評更加成熟，邏輯性強，明人使許多模糊的詞學問題更加明朗化，並鮮明提出自己的觀點，如張南湖的「豪放」「婉約」二分法，在繼承前人思想的基礎上，首次明確概括出兩大詞風，為詞學批評開闢了兩條清晰的道路，這在缺乏系統化歸納的中國古代文學批評領域是有著重大進步的。另外，明人雖然崇正抑變，維護「婉約」詞的正統地位，但對蘇軾的詞也有了更加開放的態度，肯定了這種獨特風格是詞壇裏的重要風景，具有很高的藝術價值。由宋至明一直沒有對詞明確劃分詞派，詞學典籍中雖多處論及，但不成系統。明人開始自覺地歸納詞學規律，對詞學上的大問題，迎難而上，多不迴避，明確把詞化為「豪放」「婉約」兩體，為清代更加全面和詳盡地探討詞學問題奠定了基礎。

　　系統考察了「豪放」「婉約」詞論在宋、金、元、明各個朝代的發展狀況，筆者發現，事實上，從詞的產生開始，其後的幾百年裏，雖然詞這種文學樣式經歷了許多變化，如蘇軾的異軍突起，「豪放」「婉約」先後進入詞學批評領域等，詞論家們所持觀點基本上沿襲「婉約」為正統、本色的觀念，但是「豪放」詞也在逐漸地擴大影響，散發出令人不可忽視的藝術魅力，尤其是明代張綖的說法使得「豪放」成為可以與「婉約」並放的體性，作為一對體式進入詞學批評範疇。就「豪放」「婉約」大的範疇來講，先秦兩漢時期是「豪放」「婉約」的萌芽時期，「婉約」與「豪」和「放」及由此衍生的詞開始進入人們的視野，代表了其早期的意義；三國至唐為「豪放」「婉約」的產生、發展時期，這段時期，完整的「豪放」語辭隨「婉約」之後問世，並逐漸步入文學批評領域；而宋、金至明、清則為「豪放」「婉約」的繁榮時期，「豪放」「婉約」進入詞論，在詞學史上大放光芒，宋及之後的每個朝代幾乎都圍繞這個問題爭論不休，並引出詞的正變等問題的探討。但是，就詞學範疇來講，宋金兩朝可稱「豪放」「婉約」詞論的萌芽時期，「豪放」始被用於論詞，「婉約」的同義、近義詞也開始見於詞學論著；明代為其產生發展時期，其實，「豪放」詞論要更早一些，但以「婉約」論詞明代才多次出現，並且開始成對出場，被明確確立為詞的兩種體型；清朝是詞學發展的高峰，也是詞學理論的繁盛時期，對「豪放」「婉約」詞論來說也是高潮，清代對這個問題的論述達到了高潮，歷史上的「豪放派」「婉約派」批評範疇問世，也更細緻、更全面、更系統。

　　清代「豪放」「婉約」詞論是本書論述的重點問題。清代詞學理論成績斐然，相比前代，理論內容更加豐富，並且形成了一定體系，對於「豪放」「婉約」等詞學具體問題也有了更加細緻而深入的論述，民國以至當代的許多詞學著作、詞學家對「豪放」「婉約」問題的認識及詞的風格流派的看法都是對清人詞論的沿襲，或是在清人詞學闡釋的基礎上而發展形成的，清人「豪放」「婉約」詞論主要的表述方式是詞話、詞籍序跋、詞選、及論詞詩詞。在這些文獻資料研究的基礎上，筆者發

現，清代各個時期的統治狀況、政治經濟狀況存在差別，反映在文學上也有差異。

　　清代前期是詞學流派比較集中的時期，雲間派的代表人物陳子龍對李清照、姜夔、柳永的婉約詞風還是相當推崇的，雲間派崇南唐北宋，尚婉麗當行，倡含蓄蘊藉，延續了詞壇一貫的崇「婉約」的風氣，也是一種回歸，從明代詞壇的尚俗豔的《草堂詩餘》之風回歸到詞的本色當行上來，是對詞本身特質的一種肯定。鄒祗謨認為稼軒詞是本色詞，從這裡可以看出「豪放」的地位得到了很大提高，已經被人以「本色」稱之，這在以前是沒有的。詞到了清代，不再是「婉約」一統天下的局面，「豪放」成為和「婉約」相媲美的詞風，這是鄒祗謨給我們傳達出的重要信息。鄒祗謨的詞論另有創新之處，他參之王維、孟浩然之山水閒淡之詩，在「豪放」「婉約」之外另開「閒淡」一派，新人耳目。王士禎認為「豪放」「婉約」當分正變，不當分優劣，無論是豪放還是婉約詞，自有可觀之處，都是當行本色詞，不能給詞劃定為哪個當行，哪個不當行，都是詞的魅力的展現。賀裳的《皺水軒詞筌》全文未涉「豪放」「婉約」字眼，但是其對「豪放」「婉約」的態度很明顯，倡「婉約」，對「豪放」的態度更加包容，欣賞這類詞展示出的氣骨，但卻譏稼軒詞為「粗豪」。西泠詞人雖然被歸為一派，事實上詞學主張是有差異的，對以前的獨尊一派的觀念有所突破，突出詞風格的多樣性，對豪放詞風的態度更加包容，這為陽羨詞派的倡「豪放」作了鋪墊，說明已經有越來越多的人欣賞豪放詞，重視「豪放」詞風。陽羨派倡導豪放詞，鼓勵學蘇軾、辛棄疾，可以說是詞學史上第一個明確且大張旗鼓地提倡豪放詞風的正規的詞學流派，在陽羨派的倡導下，豪放詞實現了大跨越，無論在理論上還是創作實踐中，清代形成了一股學習豪放、倡導豪放詞的風氣。以陳維崧為首的陽羨派的形成標誌著「豪放」詞風的發展進入了一個新的時期。前人提到「豪放」，總是強調其外在形式上的雄豪、壯觀，不甚留意其內容的深厚，陳維崧在倡導「豪放」詞是更加重視其思想內容的深刻，而這些即來源於作者個人氣質的豪放、大

氣，也來源於詞人對世事人生的體悟日深。把詞提高到與經、史同等的地位，充分重視詞的功能和作用，認為詞既能感人，也能發揮經、史的作用，這是他的目標，他甚至在詞中記錄歷史。浙西詞派是清初影響最大的詞學流派之一，朱彝尊的詞學態度是重南宋，而尤其賞識姜夔、張炎詞作，恨姜詞存世太少。於「豪放」「婉約」之外，獨尊雅詞，鄙視俚俗詞作，跳出「豪放」「婉約」之爭，審美方式多元化，這對詞學發展來說，有很大好處，不再執著於一端。浙西詞派早期「豪放」「婉約」的態度是認為雅詞高於「豪放」之上的精品，很少單獨論及「豪放」，偶有提及，也是做為雅詞的陪襯和參照物。所以，在浙西詞派這裡，「豪放」「婉約」之爭有了暫時的停歇，但事實上是「婉約」佔了上風，因為南宋雅詞是在婉約基礎上的強化某些特質的發展。厲鶚是浙西詞派重要的傳承者，其詞學理論源於朱彝尊而有所不同。如果說對於「豪放」「婉約」的態度在朱彝尊那裡還模糊的話，在厲鶚這裡開始逐漸明朗化、清晰化。認為「婉約」高於「豪放」，並且形象地比之為南宗和北宗，欣賞清婉深秀之作。認為詞的南宗勝於北宗，蘇軾等人的豪放詞比之婉約纏綿的吳兒詞稍遜一籌。郭麐是浙西詞派後期的重要代表人物，對豪放、婉約也有自己的看法，郭麐對同為豪放派的領袖蘇、辛的態度有差別，誇讚東坡以天才之姿作詞，使豪放雄詞別為一宗，卻認為辛棄疾、劉過詞豪放太過，流於粗豪。在這裡沒有分詞之高下，而是風格多樣化，雖然倡導雅詞，推舉姜、張，但只是喜好上的不同，而沒有在「豪放」「婉約」之間分高下，詞學態度更為客觀。可見清代社會安定下來後，詞風逐漸多樣化，當然，「豪放」「婉約」問題仍然是貫穿其中的一條線索。這大概也是浙西詞派歷時較長的原因，各詞學將領在詞學傳承的過程中不斷地摸索，不斷地完善。而且浙西詞學發展到這裡，有了向寄託轉變的痕跡，也就有了向常州詞派的轉接，說明當時的社會需求，常州詞派的條件在逐漸地成熟。郭麐更重詞作反映內心，認為只要出於內心，豪放也好，婉約也好，醇雅也好，都為好詞。陽羨派也好，浙西詞派也好，詞的地位一直在不斷的提高，也就是清代前期

詞的尊體運動一直是方興未艾，詞的作用越來越受到重視，納蘭性德在更新一代詞學觀念方面作了可貴的努力，他跳出「豪放」「婉約」這種詞的風格上的爭論，從詞的本身的特性，重詞人真情實感，內心感情的抒發，認為「豪放」「婉約」不是詞的關鍵問題，重要的是詞要起到自身的作用，尤其是要言之有情。「婉約」其實在詞產生之後，經歷了宋代的高峰期之後就應該分為三個意義，一種是南唐五代的婉約，一種是秦觀、李清照婉約，還有一種是姜夔張炎式的婉約。納蘭性德更多的是南唐李後主式的婉約。他的這種重比興寄託與後來的張惠言常州詞派的比興寄託有很大不同，但卻是為常州詞派的出現作了鋪墊。也可以看出清代「豪放」「婉約」之爭與宋代「豪放」「婉約」之爭不同之處，清代的爭論開始拋卻所謂的外在的放曠與否，更加偏重內在的詞中真情所在，也就是把詞更多的與人生際遇，思想感情的抒發聯繫起來。這也從另一方面說明的詞的功能在逐漸增強。納蘭性德重性靈和袁枚性靈說有重要關係，對袁枚的性靈說起到了重要啟發作用，所以詩詞的發展也並非完全獨立的，可以相互影響。納蘭性德雖然沒有直接談「豪放」「婉約」，但是他的重性靈、重真情抒發其實是從詞的根本上來說的，所以無論「豪放」也好，「婉約」也好，根基都在於詞的表達功能，所以對後世「豪放」「婉約」的發展指明了道路，從單純的風格之爭，上升到對詞的特質的探討。所以，到了清代初期，「豪放」「婉約」問題不再是詞的發展中的處處觸及的問題，而是被限定了範圍和領域，新的問題不斷融入詞學領域，為詞的發展增添著新的活力。

　　清代中期的「豪放」「婉約」詞論不像清初那樣歸屬於眾多的流派，而是以常州詞派為主，同時，另外一些既獨立於常州詞派之外，又受這一時期的常州詞派、浙西詞派影響的詞論家，如鄧廷楨、謝章鋌亦有可貴的「豪放」「婉約」詞論。總的來說，該時期和清代初期不同，明代的「豪放」「婉約」二分法，不再是詞壇主線，更多的詞論家選擇跳出這一窠臼，用更加開放的眼光去看待「豪放」「婉約」詞論，也提出了許多新的詞學審美價值觀。在詞的功能上，隨著政治風雲的變幻亦更

加強調「經世致用」和儒家思想，詞的地位得到進一步的提高，詩學理論被相繼應用於詞，詞的功能得到進一步的強化，詞為「小道」「末技」的詞學觀念被詞學家們所打破，詞和詩歌等正統的文學樣式一樣，成為人們探討的重點和熱點。張惠言對豪放、自由的情感抒發是讚揚的，但是對於形式上的豪放則不能接受，認為詞學語言應該婉約有致，抱著提高詞的地位的責任感和對當時的詞壇風氣的批判的態度，力圖理清詞學門戶，想通過選詞為廣大詞家指出詞之坦途。常州學派「經世致用」的思想反映到詞學上，常州詞派詞人反對作品成為娛興遣賓的工具和應酬之作，對詞的態度更加嚴肅，擺脫了自清初以來長期糾纏於師法北宋詞還是南宋詞的爭論，破除了明代以來將詞壇劃為豪放與婉約兩大陣營的簡單化模式，更不以「豪放」「婉約」作為評判詞家之唯一依據，而是從中間跳出，提出「深美宏約」的詞學觀和價值觀。張惠言在《詞選序》中提出的「深美閎約」事實上是提倡在詞的創作中求「深摯」「深婉」。但是到了常州詞派，在對「豪放」「婉約」問題上，張惠言等採取了折衷兼顧的態度，在張惠言看來，詞不必分南宋、北宋，也不分「豪放」「婉約」，一切以立意為主。常州詞派的這種不執著於「豪放」「婉約」的詞學思想新人耳目，把對詞外在風格體式上的關注轉為注重詞的內容深層次的意蘊。對於「豪放」「婉約」問題有著更加深入和認真審視的常州詞派理論家則是周濟。在周濟看來，「豪放」不僅僅是外在的橫放傑出，更重要的是內在的情感充沛，這是才氣和情感完美結合的產物。隨著人們對「豪放」「婉約」問題的認識不斷深入，南北宋問題也被捲入其中，清初詞人要麼厚南宋薄北宋，要麼推北宋而貶北宋，周濟卻摒棄了這一點，認為兩宋詞各有盛衰，常州詞派的詞學理論到周濟這裡才形成了完整的脈絡。他沒有用「豪放」「婉約」的體式論詞，也沒有一味強調蘇軾、辛棄疾、李清照、秦觀等是豪放派、婉約派的主將，而是聯繫社會現實、結合自己的審美趣味，把周邦彥、棄疾疾、王沂孫、吳文英詞推到了宋詞的最高處，這其中既有人們常說的豪放詞人，也有婉約詞人，還有清雅之詞，周濟認為，作詞貴在

有心、貴在深厚、含蓄，不必硬分豪放、婉約。常州詞派在提高詞的地位、強調比興寄託、開拓詞的審美模式方面做出了重大貢獻，該詞派把明代張綖以來的「豪放」「婉約」模式擴展到多元化的審美世界，兼顧了作品的思想內容和其在婉約基礎上的風格多樣性，形成了更為寬鬆、開放的審美標準。常州詞派發展詞學以詩學的理論為用，秉承和發展的傳統的詞學觀念，以詞學的特色為體，在創作的內容和風格上，不再以豪放、婉約二分法為唯一標準，呈現出一種兼容、開放的態勢。清代中期還有一些詞論家，他們在常州詞派之外，為詞論的發展開闢了另一片天地。譚瑩對蘇軾的豪放詞甚是欣賞，認為豪放詞的昂然氣魄和壯觀的勢頭掩蓋了詞壇婉約詞的風采，另一方面也繼續肯定豪放作家的婉約才能，認為蘇軾是詞壇奇才，豪放、婉約均有上乘之作。但是譚瑩在形容「豪放」地位提高的同時，仍然沒有擺脫「婉約」為詞之本色的傳統的詞學觀念，認為婉約詞人仍然佔據詞壇首要位置。從譚瑩這個個案我們可以看出，儘管常州詞派的詞學觀念更加開放，儘管清代中期的詞壇風氣是不再以「豪放」「婉約」為詞人定位，但是「豪放」「婉約」這種從明代以來佔據著詞壇主要位置的詞的體式方式的劃分一時之間很難從詞壇消失，儘管這兩個詞不再像以前那樣被人動輒提及，但它們代表的風格、體式的二分法的影響是不會立刻消失的，也可能只是被短暫掩蓋，因為人們詞學觀念的變化是一個緩慢而複雜的過程。鄧廷楨詞較多受到浙西詞派影響，然而又不拘囿於當時盛行的浙派詞風，也不一味以依照常州詞派的理論行事，而是兼採蘇、辛之長，結合自身遭際，另闢一番「高健蒼涼、返虛入渾」的新境界。鄧廷楨亦不再沿襲前人的說法把蘇、辛歸為豪放派，把秦觀、李清照等劃歸豪放派，他用新的眼光來看待詞人、詞作。他把辛棄疾詞細化為兩派，認為不能僅以「豪邁」來概括辛詞，其某些詞作則溫婉憂傷。鄧廷楨的這種詞學態度更為客觀，有助於人們更加深入、細緻地瞭解辛詞，對後人對「豪放」「婉約」問題的看法有啟發作用，後人在反對「豪放」「婉約」二分法的時候，常常以蘇、辛創作有大量的婉約詞，而李清照亦不乏豪

放詞作為論據，認為不能稱蘇軾是豪放派詞人，而辛棄疾是婉約派詞人。鄧廷楨在說明這一詞學思想時借用的例子是南宗和北宗，認為不管是南宗的「頓悟」等思想主張和北宗的「漸悟」思想有什麼樣的差異，最後的結果都是慧能接受了黃梅衣缽，延續了佛家思想，暗示，「豪放」也好，「婉約」也罷，只要是有益於詞的發展，我們都不應該過於計較。和浙西詞派的重要將領厲鶚相比，二人在談論「豪放」「婉約」問題時，不約而同都提到了「南宗」「北宗」，但是厲鶚以「南宗」比「婉約」，以「北宗」比「豪放」，認為，南宗高於北宗，「婉約」高於「豪放」，鄧廷楨則不然，認為南北宗的實質是一樣的，沒必要過多區分，重內容、思想，而非外在的風格表現。清人在對蘇、辛進行探討時，一貫地更加重視辛棄疾，這在謝章鋌的詞論中也有體現，和周濟的「退蘇進辛」的詞學思想相似，但亦有不同之處，謝章鋌更為具體，告訴人們應該如何向辛棄疾詞學習，他將溫柔敦厚的詩學精神引入詞評，同時認同東坡、稼軒之作，其認同的根源在於他認為蘇辛詞作具有「懲惡勸善」的儒家意識。他的這種思想對國運衰敗、社會動盪的關鍵時期是有很大的積極作用的。明人的兩分法到了清代則不再是固定的範式，而是朝多元化方向發展，清人不再滿足於明人的詞學思想和思維方式，而是注重詞人學養，倡導風格多樣，試圖更深層次、多方位挖掘「詞」這種藝術形式的魅力。於對詞的理解，「豪放」「婉約」異曲同工，在重性情，重寄託的基礎上，詞作的風格不應拘泥於一格。謝章鋌的詞學主張有與浙西詞派和陽羨派相似之處，如強調「詞貴感人」，但是在兩派之外，有了新的開拓，如，不再以「清空」的浙西詞派為標準，而是在「醇雅」之中，更加崇尚「醇」。尤其是對「豪放」「婉約」問題的看法，他的「以氣論詞」很有新意，強調「豪放」詞內在蘊含「氣」的重要性，著重辛棄疾詞的根源和詞人胸中真氣，有清代中期的時代特徵，亦有別於眾人之處。

　　清代晚期，各種思想的交匯和碰撞中在，詞學呈現出一種新的態勢，在清末民初的風雲變幻的複雜局勢中，詞論呈現出繁盛狀態，詞學

研究進入一個新的階段，該時期詞學流派不多，但詞論家輩出，說詞、論詞蔚然成風，清代最著名的詞話大都產生於此際，如劉熙載《藝概‧詞概》、陳廷焯《白雨齋詞話》、馮煦的《蒿庵論詞》、況周頤的《蕙風詞話》、王國維的《人間詞話》等，另外還有一些序跋和論詞詩詞。以這些詞論著作為依託，「豪放」「婉約」詞論亦呈現出一些新的形式和特徵，這一時期的詞學理論家們討論的熱點是蘇、辛，尤其對辛棄疾關注有加，比較辛詞在清代前中期的狀況，這一時期受到更大推崇，對李清照則評價不多，詞論家們一方面沿襲著前人以「豪放」「婉約」論詞的習慣，另一方面認為詞應該朝著無門戶之見、不開宗立派方向發展，受西方新思想的影響，「境界說」等被運用到詞學批評領域。劉熙載認為，蘇、辛詞至情、至性，完全符合「溫柔敦厚」之旨，是詞之正體，晚唐五代詞婉麗詞才是變調，蘇、辛詞是李白聲情悲壯之詞的復古。在「豪放」「婉約」問題上，他認為不應視蘇、辛詞為別調，提倡打破門戶之見，不必強分高下，指出，各家詞風均有可取之處，劉熙載的詞學理論有承上啟下之功，上承清代中期，下啟清代晚期，其對「豪放」「婉約」的看法在清代晚期很有代表性，仍然沿用這一觀點論詞，但是不再主張強分詞派，亦要求打破門戶的偏見還詞以自由，詞人們可以相互學習，典型的例子就是，他認為張惠言的詞也不僅僅是師法白石，而是轉益多師，吸取了各家的精華，並加以融會貫通，這和清代中葉相比是一個很大的進步。譚獻在評價宋至清代諸位詞人的時候，多次用到「豪宕」「婉約」「沉雄」等詞，對「豪放」「婉約」沒有專章論述，但從他在文中的熟練運用這些近義詞的角度可以看出，他對這種論詞的方法並不反感。關於蘇辛異同，譚獻也針對各自的詞發表了自己的看法，他認為蘇辛詞異曲同工，都體現了「豪放」風格，二人相比，蘇軾是「衣冠偉人」〔註5〕，辛棄疾是「弓刀遊俠」〔註6〕，原因是蘇軾的氣韻深厚，辛棄疾是橫奇倜儻。馮煦在《東坡樂府序》中對「豪放」問題看法

〔註5〕譚獻《復堂詞話》，第 3994 頁。
〔註6〕譚獻《復堂詞話》，第 3994 頁。

獨到，對蘇軾有著系統而明晰的認識，不認同世人以「豪放」論蘇辛的觀點，他本人不以「豪放」「婉約」論詞，而是把詞分為剛柔兩派，其詞學觀點不僅在清末民初別具新意，也是對傳統的豪放、婉約二分法的顛覆。馮煦認為詞的最高境界是「渾」，認為豪放、婉約、高健、幽咽等等前人的評語都不是詞的最完美的追求。他對辛棄疾詞評價最高，尤其是「摧剛為柔」的說法，新人耳目。清末詞論家更重詞的寄託功能和家國觀念，這一點以晚清四大家為代表。王鵬運對詞的內容、作用的關注更加重於對詞的風格的關注，欣賞辛棄疾詞，認為辛棄疾詞適合這個時代背景，無病呻吟，單獨寫景的沒有時代意義，只有和歷史風雲融合在一起的詞人才受歡迎。鄭文焯對視詞學小道者持鄙薄態度，他認為詞極難工，對詞人的要求很高。同時，他的詞學思想與陳廷焯有異曲同工之妙，雖然推崇作家不同，但是都把張惠言的思想加以發揮，提倡「意內言外」。但是，相比較而言，鄭文焯的詞論沒有陳廷焯的詳細、系統，而且陳廷焯的「意在筆先」更加符合當時的社會實際，便於詞的傳播和運用。和王鵬運重辛棄疾不同，鄭文焯更喜歡蘇軾詞，在其現存的為數不多的詞評中，對蘇軾詞關愛有加。鄭文焯沒有以「豪放」「婉約」二分法論詞，但是他對蘇軾的不同風格的詞都是讚賞的態度，可見，他不重詞之風格，而重詞之具體的內涵及境界之美。鄭文焯反對詞分宗立派，但是認為體裁很重要，不然會流於荒途。鄭文焯的不立宗派說對近現代詞學上許多詞論家持「詞無豪放派、婉約派之分」的說法產生了重要的影響。長期以來，「詞為詩餘」的觀念廣為流傳，況周頤卻對此持反對意見，他認為詞是偉大而莊重的事情，不該受人鄙薄。宋以來，許多詞人一方面對「詞為詩餘」的觀念非常不滿，另一方面又不敢站出來反對，久而久之，自己都把作詞看作是不登大雅之堂的行為，況周頤是詞人中的勇敢者，不僅明確提出自己的反對意見，並且身體力行，專注於作詞，把其作為自己畢生的追求。況周頤認為「吳文英與蘇軾、辛棄疾殊流同源」的觀點比較獨特，他也不重視風格之分，而是重詞人的深厚、沉著及詞的氣格。但是，況周頤對「豪放」「婉約」論詞

也並不反對，他沒有像前人那樣，用「婉約」來概括易安詞，更是認為其「意境沉博」，並且認為之所以這樣是因為李清照經歷了宋朝的變遷及家庭的變故，所以更加深沉。在清季四大家中，況周頤詞論在李清照身上所費筆墨最多。在其論詞著作《玉棲述雅》中亦多次以「婉約」論詞。況周頤講究詞心及以吾言寫吾心，追求詞境，有境界，有真氣，從中可以看到新思想的影響。其在運用「豪放」「婉約」詞論的同時，又用開放的態度接納著新的詞學觀念，如「英雄之詞」等。陳廷焯分詞體為十四種，其中七家殊途同歸，則最終為七體，而且把蘇軾詞的地位和白石詞並列，推到最高處，這對詞的風格論來說是一種新的嘗試。他認為宋代是存在詞的流派的，只是許多詞派在本源上歸於一類，認為周邦彥、秦觀、姜夔、史達祖、蘇軾、辛棄疾這些都有共性可言，那就是溫柔敦厚之旨，只有李清照獨樹一幟，獨立於眾家之外。陳廷焯的這個詞學觀念和前人的詞學觀念很不一樣，前人論詞時一般會認為眾多的詞家都是本於婉約的，只有蘇軾、辛棄疾開闢了與眾不同的一派，視蘇、辛為變體的詞學觀念沒有影響到陳廷焯的詞學思想。《白雨齋詞話》是清末民初詞論中對「豪放」「婉約」問題論述最為詳細者，且評論有新意，不苟同前人意見。和前人的視蘇、辛詞為別格、變體的說法不同，陳廷焯認為蘇辛詞皆為「正聲」，陳廷焯對前人鄙薄蘇、辛的說法進行了批判。陳氏看來，蘇詞是王道，辛詞是霸道，但又不悖王道。處於清末民初這個新舊交替的時代，陳廷焯的詞話亦具有新舊交替的性質，一方面用傳統的詞話、詞選本的方式表達自己的詞學宗旨，另一方面又融入了新的思想，如開始重視詞之「境」「意境」，並在詞論中多次闡述。王國維的詞論在我國詞論史上的作用不可低估，其論詞推崇「境界說」，他認為，詞之有境界與否比詞之「豪放」「婉約」重要，也就是說，到了王國維這裡，他推出了一種自認為比「豪放」「婉約」更合適的論詞法，完全摒棄了「婉約」為詞之正體，「豪放」為詞之變體的傳統觀念，雖然自己創作的詞趨於婉約，但對蘇軾、辛棄疾的詞表現出莫大的興趣，對李清照詞則隻字未提。梁啟超亦是清末民初頗有影響力

的人物，他提倡資產階級新思想，但是對中國古代的詩詞亦有著深厚的感情，他的詞學思想深受常州詞派張惠言等人影響，提倡比興寄託和儒家的「溫柔敦厚」思想，論詞重「豪放」，人們常以婉約派領袖目之的李清照，但他也能找出其中豪放風格的詞來，他一方面對李清照的婉約風格連連讚賞，另一方面又指出某些詞亦是豪放風格。他還是贊成詞分「豪放」「婉約」兩派的，只是他對豪放派與婉約派兩派的評價更為謹慎，認為豪放派詞人並非所有的詞都體現了豪放風格，也會有婉約詞，而婉約派詞人如李清照也不乏豪放詞。蘇辛詞派中，梁啟超對辛棄疾的關注高於蘇軾，就個人來講，梁啟超更加鍾情於豪放派，尤其是辛棄疾。他沿用了前人豪放派和婉約派的分法，但是更加科學地看待這個問題，認為婉約派詞人、豪放派詞人是就詞作的代表性風格確定的，其詞學創作未必就千篇一律。

參考文獻

一、專著

1. 《白雨齋詞話》，陳廷焯著，人民文學出版社 1959 年版。

2. 《碧雞漫志校正》，岳珍著，巴蜀書社 2000 年版。

3. 《陳子龍及其時代》，朱東潤著，上海古籍出版社 1984 年版。

4. 《陳迦陵文集》，陳維崧著，四部叢刊。

5. 《詞學十論》，劉慶雲著，嶽麓書社 1990 年版。

6. 《詞籍序跋萃編》，施蟄存著，中國社會科學出版社 1994 年版。

7. 《詞論》，劉永濟著，上海古籍出版社 1981 年版。

8. 《詞學十講》，龍榆生著，福建人民出版社 1988 年版。

9. 《詞話研究》，孫維城等著，黃山書社 1995 年版。

10. 《詞學史料學》，王兆鵬著，中華書局 2004 年版。

11. 《詞學概論》，宛敏灝，上海古籍出版社 1987 年版。

12. 《詞論史論稿》，邱世友，人民文學出版社 2002 年版。

13. 《詞學論叢》，唐圭璋著，上海古籍出版社 1986 年版。

14. 《詞話叢編》，唐圭璋等編，中華書局 2005 年版。

15. 《詞話史》，朱崇才著，中華書局 2006 年版。

16. 《詞林紀事》，張宗橚著，唐圭璋校，上海中華書局 1959 年版。

17.《詞學》，夏承燾等，華東師範大學出版社。

18.《詞學通論》，吳梅，復旦大學出版社 2005 年版。

19.《吳熊和詞學論集》，吳熊和，杭州大學出版社 1999 年版。

20.《詞集考》，饒宗頤著，中華書局，1992 年修訂版。

21.《詞學季刊》，上海書店影印本，1985 年版。

22.《詞苑叢談》，徐釚著，上海古籍出版社，1981 年版。

23.《詞綜》，朱彝尊輯，汪森增訂，上海古籍出版社 1978 年版。

24.《詞苑英華》，毛晉輯，乾隆十七年補刻本。

25.《詞則》，陳廷焯著，上海古籍出版社，1984 年版。

26.《詞學理論綜考》，梁榮基著，北京大學出版社 1991 年版。

27.《20 世紀中國古典文學研究史》，趙敏俐等著，陝西人民教育出版社 1997 年版。

28.《樊謝山房集》，屬鶚著，上海古籍出版社 1992 年版。

29.《復堂日記》，譚獻著，河北教育出版社 2001 年版。

30.《古典文學論集》，朱靖華著，吉林文史出版社 2003 年版。

31.《國語》，上海師範大學古籍整理組校點，上海古籍出版社，1978 年版。

32.《漢書》，班固撰，中華書局，1962 年版。

33.《蒿庵類稿》，馮煦撰，民國二年刻本。

34.《近現代詞紀事會評》，嚴迪昌編著，黃山書社 1995 年版。

35.《稼軒詞編年箋注》（增訂本），鄧廣銘箋注，上海古籍出版社 1993 年版。

36.《近三百年名家詞選》，龍榆生選編，上海古籍出版社 1979 年版。

37.《金元明清詩詞理論史》，丁放著，安徽大學出版社 2000 年版。

38.《迦陵論詞叢稿》，葉嘉瑩著，上海古籍出版社 1980 年版。

39.《絕妙好詞箋》，周密輯，屬鶚等箋，上海古籍出版社 1984 年版。

40.《金代前期詞研究》，劉鋒燾著，陝西師範大學出版社，1998 年版。

41.《兩宋文化與詩詞發展論略》，劉乃昌著，山東大學出版社 2005 年版。

42.《歷代詞紀事會評叢書》，鍾振振等編，黃山書社 1995 年版。

43.《李清照集箋注》，徐培均箋注，上海古籍出版社 2002 年版。

44.《李清照資料彙編》，褚斌傑等編，中華書局 2005 年版。

45.《歷代詩話》，何文煥編，中華書局 2004 年版。

46.《歷代詩話續編》，丁福保編中華書局 1997 年版。

47.《歷代詞論新編》，龔兆吉編，北京師範大學出版社，1984 年版。

48.《龍榆生詞學論文集》，龍榆生著，上海古籍出版社 1997 年版。

49.《樂志堂詩集》，譚瑩撰，續修四庫全書本。

50.《劉熙載集》，劉熙載著，華東師範大學出版社 1993 年版。

51.《明詞史》，張仲謀著，人民文學出版社 2002 年版。

52.《明清詞派論史》，姚蓉著，廣西師大出版社 2007 年版。

53.《孟子譯注》，楊伯峻譯注，中華書局 2005 年版。

54.《清史列傳》，清國使館臣，上海中華書局，1928 年版。

55.《清詞史》，嚴迪昌著，江蘇古籍出版社 1990 年版。

56.《清詞論叢》，葉嘉瑩著，河北教育出版社，1997 年版。

57.《清代詞學發展史論》，陳水雲著，學苑出版社 2005 年版。

58.《清代前中期詞學思想研究》，陳水雲著，武漢大學出版社 1999 年版。

59.《清代文學評論史》，青木正兒著，楊鐵嬰譯，中國社會科學出版社 1988 年版。

60.《清代詞學的建構》，張宏生著，江蘇古籍出版社 1998 年版。

61.《清詞紀事會評》，尤振中等著，黃山書社 1995 年版。

62.《清代詞學》，孫克強著，中國社會科學出版社 2004 年版。

63.《清代詞學批評史論》，上海古籍出版社，孫克強 2008 年版。

64.《清代學術思想的變遷與文學》，馬積高著，湖南出版社 1996 年版。

65. 《清代學術與文化》，王俊義等著，遼寧教育出版社1993年版。

66. 《清代辛稼軒接受史》，朱麗霞著，齊魯書社2005年版。

67. 《全清詞·順康卷》，程千帆等編，中華書局1994年版。

68. 《齊物論齋文集》，董士錫著，影印上圖藏清道光二十年江陰暨陽
    書院刻本。

69. 《全清詞鈔》，葉恭綽輯，中華書局1982年版。

70. 《彊存語業箋注》，朱祖謀著，白敦仁箋注，巴蜀書社2002年版。

71. 《清名家詞》，陳乃乾編，上海書店1982年影印版。

72. 《日本學者中國詞學論文集》，王水照等編，上海古籍出版社1991
    年版。

73. 《人間詞話》，王國維著，上海古籍出版社，1998年版。

74. 《宋代文學理論集成》，蔣述平等，中國社會科學出版社2000年
    版。

75. 《宋代文學思想史》，張毅著，中華書局1995年版。

76. 《宋代詞學資料彙編》，張惠民，汕頭大學出版社1993年版。

77. 《宋元詞話》，施蟄存等，上海書店1999年版。

78. 《蘇軾資料彙編》，川大中文系編，中華書局1994年版。

79. 《蘇軾的哲學觀與文藝觀》，冷成金著，學苑出版社2003年版。

80. 《蘇軾詞編年校注》，鄒同慶等著，中華書局2002年版。

81. 《蘇詞彙評》，曾棗莊編，四川文藝出版社，2000年版。

82. 《詩詞散論》，繆鉞著，陝西師範大學出版社，2007年版。

83. 《宋元詞話》，施蟄存、陳如江輯錄，上海書店出版社，1999年版。

84. 《詩話和詞話》，張葆全著，上海古籍出版社，1983年版。

85. 《史記》，司馬遷著，中華書局，2007年版。

86. 《蘇軾詩集》，蘇軾著，（清）王文浩輯注，孔凡禮點校，中華書局，
    1982年版。

87. 《宋六十名家詞》，毛晉編選，上海古籍出版社，1989年版。

88.《詩餘圖譜》，張綖著，詞苑英華本。

89.《四印齋所刻詞》，王鵬運輯，上海古籍出版社，1989 年影印版。

90.《宋詞紀事》，唐圭璋著，上海古籍出版社，1982 年版。

91.《唐宋詞通論》，吳熊和著，浙江古籍出版社，1989 年版。

92.《唐宋詞史的還原與建構》，王兆鵬著，湖北人民出版社，2005 年版。

93.《唐宋詞集序跋彙編》，金啟華、江蘇教育出版社，1990 年版。

94.《唐宋詞流派史》，劉揚忠著，福建人民出版社，1999 年版。

95.《唐宋詞十七講》，葉嘉瑩著，嶽麓書社，1989 年版。

96.《唐宋詞集序跋彙編》，金啟華、張惠民等編，江蘇教育出版社，1990 年版。

97.《唐宋詞史論》，王兆鵬著，人民文學出版社，2000 年版。

98.《通志堂集》，納蘭性德著，黃曙輝，印曉峰點校，華東師範大學出版社，2019 年版。

99.《晚清詞學的思想與方法》，皮述平著，學苑出版社，2003 年版。

100.《晚清民初詞學思想建構》，楊柏嶺著，安徽大學出版社，2004 年版。

101.《文心雕龍今譯》，劉勰撰，周振甫譯，中華書局，1986 年。

102.《魏書》，魏收撰，中華書局，1974 年版。

103.《辛棄疾資料彙編》，辛更儒著，中華書局，2005 年版。

104.《倚聲初集》，王士禛等輯，清順治刻本。

105.《吹劍錄全編》，俞文豹撰，張宗祥校訂，中華書局 1959 年版。

106.《中國文學批評史》，郭紹虞著，上海古籍出版社，1979 年版。

107.《中國文學批評通史》，王運熙等著，上海古籍出版社，1997 年版。

108.《中國文學理論史》，蔡仲翔等著，北京出版社，1987 年版。

109.《中國評點文學史》，孫琴安著，上海社會科學院出版社，1999 年版。

110.《中國詞學大辭典》，馬興榮等著，浙江教育出版社，1996 年版。

111.《中國詞學的現代觀》，葉嘉瑩著，嶽麓書社，1990 年版。

112.《中國詞學批評史》，方智範著，中國社會科學出版社，1994 年版。

113.《中國古典詞學理論史》，方智範等著，華東師範大學出版社，2005 年版。

114.《中國詞學史》，謝桃坊（修訂本）著，巴蜀書社，2002 年版。

115.《中國蘇軾研究》（第一輯），朱靖華等編著，學苑出版社，2004 年版。

116.《中國古典文學接受史》，過常寶等著，山東教育出版社，2005 年版。

117.《中國詞史略》，胡雲翼著，華東師範大學出版社，2004 年版。

118.《中國古代詩話詞話辭典》，張葆全著，廣西師範大學出版社，1992 年版。

119.《中國古代文學批評方法研究》，張伯偉著，中華書局，2002 年版。

120.《中國近三百年學術史》，梁啟超著，中國書店，1985 年版。

121.《中國古代序跋史論》，石建初著，人民出版社，2008 年版。

122.《中國詞學批評史》，方智範、鄧喬彬等著，中國社會科學出版社，1994 年版。

123.《左傳春秋文繫年注析》，邵炳軍、梅軍撰，廣西師範大學出版社，2008 年版。

124.《朱靖華序跋書評集》，朱靖華著，吉林人民出版社，2006 年版。

二、論文

1.《對宋詞研究中「婉約」「豪放」兩分—兼論宋詞的分期》，王兆鵬，棗莊師專學報 1990 年第 1 期。

2.《梁啟超的詞學研究》，劉石，文學遺產，2003 年第 1 期。

3.《梁啟超的稼軒詞研究之詞學史意義──兼論近世關於豪放詞的評價》，謝桃坊南陽師範學院學報（社科版），2006 年第 1 期。

4.《清代詞學文獻的整理和研究》，孫克強，河南大學學報（社科版），2005 年第 4 期。

5.《古典詩學中的「清」的概念》，蔣寅《中國社會科學》，2000 年第 1 期。

6.《清代詞學研究》，李睿，華東師範大學 2006 屆博士論文。

7.《以詞話為中心的宋元詞論研究》，高鋒，南京師範大學 2002 屆博士論文。

8.《清代宋詞學研究》，曹明升，揚州大學 2006 屆博士論文。

9.《關於宋詞的豪放與婉約問題研究之述評》，劉暢，渤海學刊，1988 年第 1 期。

10.《清初清詞評點的風尚成因與原生面貌》，朱秋娟，文藝研究，2008 年第 11 期。

11.《近百年清詞研究歷史回顧》，張宏生，文學評論，2007 年第 1 期。

12.《詞論在詞學理論上的貢獻》，傅淑芳，文史哲，1991 年第 2 期。

13.《婉約與豪放詞派新論》，張仲謀，語文知識，2001 年第 1 期。